VALENTIN MUSSO

Valentin Musso est né en 1977. Agrégé de lettres classiques, il a enseigné la littérature durant une quinzaine d'années avant de se consacrer à l'écriture. Il est l'auteur de nombreux succès, traduits dans plusieurs langues, dont *Le Murmure de l'ogre* (Éditions du Seuil, 2012, Prix Sang d'encre des lycéens et Prix du polar historique de Montmorillon), *Une vraie famille* (Éditions du Seuil, 2015), *Dernier été pour Lisa* (Éditions du Seuil, 2019) et *Le Mystère de la Maison aux Trois Ormes* (Éditions du Seuil, 2024). Son dernier roman, *Voici demain*, vient de paraître aux Éditions Julliard.

LE MYSTÈRE
DE LA MAISON
AUX TROIS ORMES

VALENTIN MUSSO

LE MYSTÈRE DE LA MAISON AUX TROIS ORMES

ÉDITIONS DU SEUIL

En exergue :
Jean Giono, *Un roi sans divertissement* (scénario), 1963.

Le Code de la propriété intellectuelle n'autorisant, aux termes de l'article L. 122-5, 2° et 3° a, d'une part, que les « copies ou reproductions strictement réservées à l'usage privé du copiste et non destinées à une utilisation collective » et, d'autre part, que les analyses et les courtes citations dans un but d'exemple et d'illustration, « toute représentation ou reproduction intégrale ou partielle faite sans le consentement de l'auteur ou de ses ayants droit ou ayants cause est illicite » (art. L. 122-4).
Cette représentation ou reproduction, par quelque procédé que ce soit, constituerait donc une contrefaçon, sanctionnée par les articles L. 335-2 et suivants du Code de la propriété intellectuelle.

© Éditions du Seuil, mai 2024
ISBN 978-2-266-35431-8
Dépôt légal : mai 2025

Au lieu de vivoter cent ans comme un pauvre bougre, on peut préférer vivre une seconde de roi.

Jean Giono

I

Paris-soir
GRAND QUOTIDIEN D'INFORMATIONS ILLUSTRÉES
Édition du 6 mai 1938

UN REPOS BIEN MÉRITÉ
POUR UN COMMISSAIRE D'EXCEPTION

Le commissaire divisionnaire Louis Forestier, légende de la police judiciaire, vient de prendre sa retraite après trente ans de bons et loyaux services. À cette occasion, une réception était organisée au ministère de l'Intérieur en présence de monsieur le directeur de la Sûreté générale, qui a retracé la longue carrière du policier et salué les immenses services qu'il a rendus au pays dans la lutte contre le crime.

Diplômé en droit, Forestier intègre les Brigades régionales de police mobile peu après leur création en 1907. Avec ses collègues mobilards, il participe aux enquêtes criminelles les plus célèbres de ce début de siècle : les chauffeurs de la Drôme, la bande à Bonnot, l'affaire Landru, dans l'arrestation duquel il joue un rôle essentiel. Après la guerre, le commissaire rejoint la brigade régionale de Nice, où il résout l'affaire dite de « l'Ogre », un tueur qui sema la panique sur la Riviera au cours du printemps 1922. Six ans plus tard, après la mort de sa femme, Clara, il revient à Paris, où il est notamment chargé d'enquêtes politico-policières particulièrement délicates, qui lui vaudront d'être décoré de la Légion d'honneur.

Avec son départ, c'est une page glorieuse de la police judicaire qui se tourne.

1

Les Trois Ormes

— Bienvenue, monsieur le commissaire. Je suis Henri. Je me tiendrai à votre disposition tout au long de votre séjour, en espérant pouvoir vous le rendre aussi agréable que possible.

Quoique blanchi sous le harnais, l'homme qui patientait au pied des marches du perron portait beau. Impeccablement mis, il avait l'apparence altière de ces serviteurs façonnés dans la domesticité des maisons respectables.

— Heureux de faire votre connaissance, répondit Louis Forestier tandis que le majordome refermait la portière de la Delage qui l'avait acheminé depuis la gare.

— Avez-vous fait bon voyage, monsieur ?

— Pour être honnête, j'avais hâte d'arriver.

Les trajets en train, Forestier les détestait. Le roulement lancinant des voitures lui donnait la nausée, et il était incapable de s'occuper autrement qu'en regardant les paysages défiler à travers la vitre du compartiment.

La plupart des voyageurs trouvaient sans doute cette occupation charmante, mais Forestier n'était pas d'un naturel contemplatif : il préférait de loin l'agitation des grandes villes au calme de la campagne. Le pays qu'il avait traversé – avec ses grands espaces plats ponctués de croupes boisées, ses champs de colza ou de blé, ses pâturages où paissaient tranquillement les vaches – n'avait eu pour effet que de le plonger peu à peu dans la déprime.

Le temps était à l'image de son humeur. Un ciel gris pesait sur le domaine. Dans l'air planait une odeur de feuilles mortes et de terre mouillée. Alors que Patrice, le chauffeur, récupérait les bagages dans le coffre de la limousine, Forestier leva les yeux vers la façade qui se dressait devant lui. La Maison aux Trois Ormes… À ce nom, il s'était imaginé une gentilhommière ou quelque obscur manoir perdu dans la campagne rouennaise. Or la demeure à colombages était impressionnante : haute, massive et solidement bâtie, quoique sans grande ambition architecturale. Elle reflétait de manière ostentatoire le rang et la fortune de son propriétaire.

Ils entrèrent. Le hall était décoré de têtes d'animaux naturalisées et d'armes médiévales qui donnaient au lieu un aspect lugubre. Quelques photographies de famille étaient exposées sur un guéridon.

— Monsieur aurait aimé vous accueillir en personne, mais il est accaparé par certaines affaires qui ne pouvaient attendre…

— Ne vous inquiétez pas, Henri. Je sais combien mon hôte est occupé.

— Je vais vous conduire à votre chambre. Peut-être aimeriez-vous vous reposer un peu…

Forestier ne pipa mot, mais il n'avait aucune envie de rester enfermé entre quatre murs. L'épreuve du train lui avait suffi.

Ils gravirent l'escalier de marbre – un monument à lui tout seul –, puis empruntèrent un interminable couloir lambrissé, orné de portraits à l'huile jaunissante : probablement des ancêtres glorieux du comte. Henri finit par ouvrir l'une des portes les plus excentrées, dans l'aile est du bâtiment.

— Si monsieur veut bien se donner la peine, fit-il en inclinant la tête.

Dieu, que ce majordome se montrait cérémonieux !

La pièce était vaste, tapissée de tentures grenat et pourvue d'un lit à baldaquin. Une imposante cheminée trônait face à deux fenêtres en ogive. Comme dans le couloir, les murs étaient ornés de toiles, mais il s'agissait cette fois de petits paysages bucoliques assez quelconques.

Le chauffeur arriva peu après et déposa au pied du lit les deux valises que le commissaire avait emportées.

— Désirez-vous que je les défasse ?

— Non, merci. Je m'en occuperai moi-même.

— Comme il vous plaira.

Forestier fit quelques pas dans la chambre. Elle était certes luxueuse, mais terriblement surannée. Et puis il la trouvait humide – quelques taches brunes maculant le plafond et les murs prouvaient qu'il ne s'agissait pas que d'une impression –, et cette humidité froide et pénétrante, caractéristique de beaucoup de demeures normandes, lui fit craindre pour ses rhumatismes.

— Les autres invités sont-ils déjà là, Henri ?

— Non, monsieur, hormis le général Granger qui est arrivé en fin de matinée. Je crois d'ailleurs qu'il est en train de se promener dans le parc.

Forestier se trouvait justement près d'une fenêtre et il distingua au loin une silhouette assise sur un banc, tout près d'un massif de fleurs.

— Il me semble que c'est lui, là-bas.

Le domestique ne fit pas l'effort de se déplacer pour le vérifier par lui-même.

— Sans doute, monsieur. Avez-vous déjà eu l'occasion de le rencontrer ?

— Non, à mon grand regret.

— Le général est un homme très respecté et influent. On dit qu'il aurait l'oreille du gouvernement sur certaines questions stratégiques...

— Vraiment ?

— C'est du moins ce qu'on raconte.

Forestier avait suffisamment côtoyé les maisons de ce genre au cours de sa carrière pour savoir que les domestiques répétaient les paroles de leurs employeurs sans même s'en rendre compte.

— Qui sont les autres invités ?

Henri eut l'air de s'offusquer de la question.

— Je ne saurais le dire, monsieur.

— Est-ce donc un secret d'État ?

— Monsieur le comte m'a simplement demandé de faire préparer les chambres. Je n'ai pas pour habitude de réclamer des informations qu'il n'a pas cru utile de me donner.

Pour ne pas le mettre davantage mal à l'aise, Forestier sourit. Il devait à tout prix se défaire de cette sale habitude qu'il avait de cuisiner tous les gens qu'il croisait.

Le majordome lui semblait pourtant anormalement anxieux, malgré ses questions plutôt anodines.

— Si vous le permettez, reprit Henri, je vais me retirer. Si vous avez besoin de quoi que ce soit, n'hésitez pas à tirer le cordon de la sonnette.

— Je n'y manquerai pas.

Une fois seul, l'ex-commissaire déposa l'une des valises sur le lit mais il ne se sentit pas le courage de la défaire. Il arpenta à nouveau la chambre, observa les bibelots et les livres de la petite bibliothèque, avant de retourner se poster devant la vitre.

Le brouillard s'étirait à l'horizon. Une nuée de corbeaux s'élevait au-dessus des bois parsemés des premières taches rousses de l'automne. Sur le banc, la silhouette n'avait pas bougé.

Forestier ressentit soudain le besoin de prendre l'air et de fumer une cigarette. Il allait profiter de l'occasion pour faire connaissance avec le général. Non par souci de sociabilité, encore moins pour se divertir, mais parce qu'une petite voix lui conseillait de s'intéresser au plus vite aux invités.

Au fond, il ignorait encore les raisons précises qui l'avaient conduit en ces lieux. Tout ce qu'il savait, c'était qu'il s'agissait d'une question de vie ou de mort.

2

Une affaire de morale

Tirant de longues bouffées de son cigare, le général Paul Granger était absorbé dans la lecture de son journal. Il était seul dans le parc, qui s'étendait jusqu'à l'orée d'un bois de chênes-lièges. C'était un homme long et sec, qui arborait une moustache cendrée fournie mais parfaitement entretenue. Forestier jugea qu'il devait avoir peu ou prou son âge. Quoiqu'il n'eût jamais porté les militaires dans son cœur – il avait même été dans son jeune temps proche des idéaux anarchistes qu'il était pourtant censé combattre –, il fit l'effort de se montrer courtois.

Après qu'ils eurent fait connaissance, Granger offrit un cigare au policier, mais celui-ci préféra sortir une de ces Gitanes dont sa femme désormais disparue avait toujours trouvé l'odeur infecte.

— Commissaire, votre légende vous précède, fit le général avec une certaine grandiloquence. Les journaux ne tarissaient pas d'éloges à votre sujet ces derniers temps.

— La presse exagère toujours.

— Alors, c'est donc vrai, vous avez rendu votre tablier ?

— Je n'ai pas l'impression d'avoir déserté... J'ai simplement pris ma retraite.

Le général eut un petit rire amusé.

— Votre travail ne va-t-il pas vous manquer ? Il doit être difficile, après avoir résolu tant d'affaires retentissantes, de se retrouver... comment dirais-je ?... désœuvré.

— C'est un sentiment que j'éprouverai peut-être dans quelques mois, mais pour le moment je me sens plutôt soulagé.

— Soulagé ?

— Oh, j'aurais pu encore passer quelques années au sein de la Judiciaire, mais je crois que j'avais fini par perdre la foi.

— Allons, allons ! Tout le monde sait que vous avez fait preuve d'un immense dévouement encore très récemment. Ces attentats de l'Étoile et cette tentative de putsch ratée, qui a conduit au démantèlement de la Cagoule...

Forestier détourna le regard, un peu embarrassé.

— Vous comprendrez que je ne puisse pas m'étendre sur ce sujet. Même à la retraite, je suis toujours soumis au secret professionnel.

— Bien sûr... Mais vous n'avez pas vraiment répondu à ma question. N'allez-vous pas regretter de ne plus courir après les brigands ?

— J'en ai passé l'âge. Surtout avec cette fichue jambe qui me fait souffrir.

— Oui, j'ai vu que vous boitiez en arrivant. Une blessure imputable au service ?

— Tout dépend de quel service on parle, répondit Forestier en passant une main sur sa cuisse. J'ai reçu un éclat de shrapnel sur le front de l'Est, en 1914... Je suis certain que d'autres policiers plus alertes et plus enthousiastes que moi sauront prendre la relève. Et puis, voyez-vous, le problème avec le mal, c'est qu'il n'aura jamais de fin. À quoi bon résoudre un crime puisque vous savez qu'un autre sera commis la minute d'après ?

Granger s'assombrit.

— Je vous trouve bien pessimiste. Mais vous avez raison : le mal n'aura jamais de fin. On pourrait en dire autant des conflits entre les hommes...

En prononçant ces paroles, le général releva les pages de son journal pour en dévoiler la une.

29 septembre 1938

Grande espérance pour la paix européenne

MM. Daladier, Chamberlain, Mussolini et Hitler se rencontrent à Munich, cet après-midi, à 15 h.

Forestier tiqua au nom du quotidien, qu'il n'avait pu identifier avant : *Le Journal*. Longtemps conservateur et catholique, ce titre était devenu franchement nationaliste et ne cachait même plus ses sympathies pour Hitler ni pour l'Italie fasciste. Il était étrange que Granger lise ce journal s'il était proche des radicaux au pouvoir. Le policier fit une moue désapprobatrice que son interlocuteur ne remarqua peut-être pas.

— À votre avis, comment cette histoire finira-t-elle, commissaire ?

— Si je dois être franc, je dirais « mal ». Je trouve que la France et l'Angleterre se montrent incroyablement complaisantes à l'égard de ces dictateurs.

— Dictateurs ? Comme vous y allez... Ils ne font que défendre leurs intérêts, après tout.

— L'Autriche... puis les Sudètes. Cela commence tout de même à faire beaucoup !

— Et que préférez-vous alors ? La guerre ? J'y ai vu assez d'horreurs pour ne pas en souhaiter une nouvelle. Si nous voulons l'éviter, il nous faudra bien nous résigner à des compromis avec Hitler.

— Des compromis ou des compromissions ? Je crains qu'en cherchant à éviter la guerre nous n'obtenions que le déshonneur.

Granger s'apprêtait à répliquer quand des coups de fusil retentirent. Les deux hommes tournèrent la tête vers le bois qui émergeait de la brume.

— Chassez-vous, commissaire ?

— Ça m'est arrivé, même si je dois avouer que la chasse n'a jamais été une grande passion. Et vous ?

— Non. Cela va sans doute vous surprendre, mais je crois que je répugne moins à tuer un homme qu'un animal.

La froideur avec laquelle il avait prononcé ces paroles donna à Forestier un frisson.

— Vous parlez sérieusement ?

— Tout à fait. Les animaux n'agissent que par instinct, ils ne pensent jamais à mal. Pourquoi irait-on leur en faire ? On dit de certains hommes qu'ils sont sans morale, mais il n'y a rien de plus faux.

— Que voulez-vous dire ?

— Un homme sans morale serait semblable à un animal. Or c'est la morale, ou plutôt le désir conscient et volontaire de l'enfreindre, qui pousse les humains à commettre des crimes. Je n'ai jamais vu d'animaux éprouver de honte ni de remords.

Le général tira sur son cigare, puis replia son journal avant de poursuivre :

— Tous ces criminels que vous avez arrêtés... Je sais qu'il est de bon ton aujourd'hui de prétendre qu'ils ont agi malgré eux, poussés par je ne sais quel déterminisme social. La vérité, c'est que Dieu nous a offert un libre arbitre, et qu'il ne tient qu'à nous de nous en servir.

Ne goûtant guère les discussions philosophiques, Forestier préféra changer de sujet :

— Pardonnez-moi de me montrer indiscret, mais connaissez-vous le comte depuis longtemps ?

— Fort longtemps, oui. Nos familles étaient proches, nous ne nous sommes jamais perdus de vue. Montalabert m'invite quelquefois ici. Il vit comme un reclus, mais je crois qu'il déteste la solitude. Et vous ?

— J'ai eu l'occasion de croiser sa route au cours d'une de mes enquêtes...

— La disparition des diamants ?

— Vous êtes au courant ?

— Tout le monde connaît cette affaire, commissaire. Vous lui avez rendu un fier service en les retrouvant. Ces pierres-là devaient bien aller chercher dans les 200 000 francs...

— Plus du double.

— Mazette !

Forestier tourna son regard vers la demeure. À une fenêtre de l'étage, il distingua une silhouette qui paraissait les observer – peut-être Henri, le majordome.

— Général, savez-vous qui nous tiendra compagnie ce week-end ?

— Absolument pas. Yves met toujours un point d'honneur à nous en faire la surprise. Il aime bien réunir autour de lui des personnes que tout oppose – pour pimenter leur séjour, en quelque sorte. Est-ce la première fois que vous venez aux Trois Ormes, commissaire ?

— Oui.

— Vous verrez, on y mange fort bien. Sans exagérer, je crois qu'on ne peut pas trouver de meilleure table dans la région.

« Malheureusement, je ne suis pas venu ici pour faire ripaille », songea Forestier. Et il repensa à la lettre alarmiste que lui avait envoyée son hôte une semaine plus tôt.

3

Le corbeau

Installé dans un large fauteuil aux accoudoirs affaissés, Yves de Montalabert ajustait les aiguilles d'une petite pendule surmontée d'angelots lorsque Louis Forestier franchit le seuil de son bureau.

— Entrez, commissaire. Je suis navré d'avoir manqué à tous mes devoirs. J'espère qu'Henri vous a fait bon accueil.

— Il a été parfait.

— Tant mieux. Je savais que je pouvais lui faire confiance.

La pièce, de dimensions confortables, parut à Forestier particulièrement en désordre en comparaison du reste de la demeure. Des livres étaient disséminés un peu partout, parfois à même le sol. L'espace était saturé d'objets hétéroclites et exotiques. Il y avait là des pièces de collectionneur ou des souvenirs de voyages : un énorme globe terrestre, des fétiches et des masques africains, des fossiles, des poteries antiques. Deux hautes fenêtres bordées de rideaux en velours rouge diffusaient une lumière automnale.

Le comte se leva avec quelque difficulté et se fraya un chemin au milieu de ces objets encombrants.

— Êtes-vous bien installé ?

— Très bien, je vous remercie.

— Je vous ai attribué la chambre de feu mon père. Je suis sûr que vous l'apprécierez, c'est celle qui possède la plus grande cheminée.

Le comte désigna du doigt un imposant portrait qui trônait au-dessus du bureau et qui représentait un vieil homme à l'air sévère.

— Jean de Montalabert était d'une nature frileuse : il faisait allumer une bonne flambée presque chaque jour, quelle que soit la saison.

— Votre père nous a quittés il y a peu, je crois.

— Cela fera un an dans quelques semaines. 92 printemps, tout de même... J'espère bien le battre.

Forestier doutait fort que le comte puisse atteindre cet âge canonique. Il avait beaucoup vieilli et on pouvait se demander s'il n'était pas malade. Un visage malingre et bruni, une peau qui semblait flotter sur les os, une apparence terne et avachie... on aurait facilement donné une décennie de plus à cet homme d'à peine 55 ans.

— Les derniers temps, il avait sombré dans la mélancolie. Non par crainte de la mort, mais par désespoir de voir sa lignée s'éteindre.

Forestier fronça les sourcils.

— Vous n'avez pas de fils, mais il y a votre fille...

— Ah, Louise, fit le comte avec un manque flagrant d'enthousiasme. Vous savez bien que ce n'est pas la même chose... J'ignore même si je parviendrai à la marier.

Le policier ne put cacher son étonnement :

— J'ai vu sa photographie dans l'entrée en arrivant, elle est fort jolie. J'ai du mal à croire que nul ne cherche à lui faire la cour.

— Ne vous fiez pas aux apparences... Mais parlons d'autre chose, voulez-vous ? Comment trouvez-vous ma demeure ?

— C'est une bâtisse très impressionnante.

— Impressionnante, oui, mais elle n'a jamais été à mon goût. Trop grande et pas assez fonctionnelle. Savez-vous que ma famille possédait autrefois un château à quelques kilomètres d'ici ?

— Je l'ignorais.

— Il a été victime d'un incendie à la Révolution. Rien à voir avec des émeutes : la région de Rouen n'est pas réputée pour avoir été le théâtre de répressions sanglantes. Mon ancêtre, Thibault de Montalabert, a fait construire cette demeure sous la Restauration.

— Pourquoi l'appelle-t-on la Maison aux Trois Ormes ? Je n'ai pas remarqué cette espèce d'arbres dans les environs.

— Oh, c'est à cause du blason de ma famille.

Montalabert leva les yeux vers un écu héraldique accroché au-dessus de la porte d'entrée : argent et azur, il figurait une tour médiévale entourée de trois arbres.

— Savez-vous que les ormes étaient vénérés au Moyen Âge ? On les plantait sur les parvis des églises et c'est sous ces arbres qu'on rendait la justice. Il paraît qu'à l'occasion on y pendait aussi des émeutiers...

Ils prirent place de part et d'autre du bureau.

— Pardonnez le désordre qui règne ici, reprit le comte, mais je n'aime guère qu'on vienne fureter dans mes affaires : la femme de chambre n'a le droit de faire le ménage qu'en ma présence.

Il referma la vitre du cadran de la pendule.

— Henri m'a dit que vous aviez rencontré le général.

— Effectivement.

— Un homme assez étrange, n'est-ce pas ? Avenant de prime abord, mais rigide sur bien des sujets. Du genre à camper sur ses positions.

— Est-il vrai qu'il est proche du nouveau gouvernement Daladier ?

Le comte tiqua.

— Qui vous a dit ça ?

— La rumeur…

— Elle pousse souvent plus dru que du chiendent. Vous devriez vous en méfier.

Le visage du comte se fit plus grave.

— Je vous suis très reconnaissant d'avoir accepté mon invitation. Vous devez vous demander pourquoi je l'ai entourée d'autant de mystère.

— Le message que vous m'avez envoyé était en effet inquiétant : « une question de vie ou de mort », écriviez-vous.

— Je sais, j'ai peut-être un peu exagéré.

— Pour être certain que je viendrais ?

— Non. Sans flagornerie, je ne crois pas qu'on impose quoi que ce soit à un homme comme vous. Si vous êtes là, c'est que j'ai dû exciter votre curiosité. Votre appétence pour le crime est restée intacte, j'en suis certain.

— Le crime ?

— Ou ce qui pourrait bientôt s'y apparenter… Je ne vais pas tourner autour du pot : au cours des dernières semaines, j'ai reçu trois courriers que je qualifierais d'inhabituels et de préoccupants. Mais mieux vaut que vous en jugiez par vous-même.

Il ouvrit un tiroir du bureau et en extirpa des feuilles qu'il tendit au commissaire. Les missives, de papier courant, étaient couvertes de caractères découpés dans des journaux. Forestier se mit à lire la première à voix haute :

— « Si j'étais vous, je ne dormirais plus tranquille. On ne sait jamais ce que l'avenir nous réserve. Ceux qui doivent payer payeront. La vengeance et la rétribution ne sont pas l'affaire que de Dieu. »

Les deux autres courriers étaient du même acabit, mêlant avertissements et menaces sans rien évoquer de précis. Évidemment, tous étaient anonymes.

— Quand les avez-vous reçus précisément ?
— Les 13, 19 et 26 septembre. Le dernier m'est parvenu le jour même où je vous ai envoyé mon message.
— Auriez-vous gardé les enveloppes ?
— Oui, mais elles étaient totalement vierges.

Montalabert sortit trois enveloppes blanches, qui ne présentaient effectivement aucune particularité.

— Et vous avez manipulé chacun de ces courriers ?
— Malheureusement, répondit le comte avec une mine un peu coupable. Vous pensez aux empreintes, je suppose ?
— Oui… même si je doute qu'il ait pu y en avoir. Tout le monde sait aujourd'hui que nous avons recours à la dactyloscopie.

Forestier étala les lettres et les enveloppes sur le bureau et les observa comme s'il s'agissait d'un casse-tête.

— Vierges… reprit-il. Elles n'ont donc pas été expédiées par la poste mais déposées directement dans votre boîte aux lettres par quelqu'un des environs, voire un de vos serviteurs.

— Je vous arrête tout de suite, commissaire. J'ai une totale confiance en eux, aucun ne serait capable de ce genre de menaces. Comme vous l'avez constaté, il y en a d'ailleurs fort peu aux Trois Ormes : je n'ai jamais supporté les maisons qui grouillent de domestiques.

— On peut aussi imaginer que l'expéditeur ait payé un habitant de la région pour venir les déposer chez vous. Avez-vous averti quelqu'un de ces envois – je pense à la police en particulier ?

— Non. On n'est jamais à l'abri d'une fuite et je n'ai pas envie de voir ma vie étalée sur la place publique. C'est pour cela que je me suis adressé à vous.

Forestier retrouva facilement ses réflexes d'enquêteur :

— Avez-vous des ennemis ? Il est question de vengeance dans ces courriers.

Le comte assura qu'il n'en avait aucun. Il avait toujours vécu en bons termes avec les gens du cru. Quant au monde des affaires qu'il avait fréquenté, s'il fallait s'y montrer intraitable et parfois retors, il n'y avait connu que des concurrents et des adversaires, jamais d'ennemis.

— Quelqu'un veut ma mort, n'est-ce pas, commissaire ?

— Je n'irais pas jusque-là.

— Vous ne prenez donc pas ces menaces au sérieux ?

— Lorsque l'on souhaite la mort d'une personne, il est rare qu'on lui envoie des lettres pour l'en avertir. Or ce corbeau vous sait désormais sur vos gardes.

Forestier se fit songeur.

— Et puis, elles restent vagues... Les lettres anonymes sont monnaie courante, mais elles ont en général un but bien précis : pratiquer un chantage, détruire des réputations... Rien de tel dans ces lignes. Non, le corbeau veut simplement vous effrayer.

— Rassurez-moi : vous n'avez pas l'intention de repartir ?

— Bien sûr que non. Je resterai jusqu'à dimanche, comme prévu, et j'en profiterai pour mener ma petite enquête. Vous n'avez rien à craindre, je vous l'assure.

— Hum... Du moins tant que vous serez là.

Montalabert paraissait prendre cette histoire très au sérieux et le policier en était surpris, car un homme tel que lui avait dû en voir des vertes et des pas mûres au cours de sa vie. Peut-être l'affaiblissement maladif dont il semblait atteint avait-il fini par avoir raison de ses nerfs.

Forestier pivota sur son fauteuil et promena son regard sur le bric-à-brac qui l'entourait.

— J'ai beaucoup voyagé pour mes affaires, déclara le comte, qui avait lu dans ses pensées. L'Afrique, l'Asie... Ce que vous voyez là n'est que la partie émergée de l'iceberg. Avec ce que j'ai rapporté de mes périples, j'aurais de quoi remplir un musée.

L'attention du commissaire se porta sur un magnifique meuble phonographe, situé près de la porte, qu'il n'avait pas remarqué en entrant. Tout en acajou, il était équipé d'un pavillon interne visible à travers une grille ovale. À côté était rangée une impressionnante collection de disques 78 tours.

— C'est un très bel appareil que vous avez là.

— Oh, je ne pourrais plus m'en passer ! Plus besoin de sortir de chez soi pour profiter de Mozart ou de Bach. Un misanthrope comme moi ne pouvait rêver mieux. Appréciez-vous la musique, commissaire ?

— Je mentirais en prétendant être un mélomane.

— Évidemment… Vous êtes un pragmatique, plus versé dans l'action que dans les arts.

— Les deux ne sont pas incompatibles. J'imagine qu'il vous a fallu une bonne dose de pragmatisme pour en arriver là où vous êtes.

— Très juste. Mais, voyez-vous, tout cela est derrière moi, à présent. Je ne rêve plus que d'une vie tranquille.

Forestier n'en croyait pas un mot : il était sûr qu'il ne s'agissait là que d'une coquetterie.

— J'ai une question à vous poser : ma présence ici a-t-elle un rapport avec celle des autres invités ?

— Que voulez-vous dire ?

— Sont-ils là par hasard ou soupçonneriez-vous l'un d'entre eux d'être mêlé de près ou de loin à ces envois ?

— Jamais de la vie ! Croyez-vous que j'inviterais un maître chanteur sous mon toit ?

— Un maître chanteur ? Qu'est-ce qui vous fait penser que cet expéditeur mystérieux souhaite exercer sur vous un quelconque chantage ?

— Rien… C'est le premier mot qui me soit venu à l'esprit. Mais je ne vais pas vous mentir, commissaire : j'ai préféré éviter de vous inviter seul, par peur d'éveiller les soupçons. Vous êtes célèbre et on aurait facilement compris que vous ne veniez pas ici pour une simple visite de courtoisie. Les murs ont des oreilles…

Forestier acquiesça. Il ne pouvait se départir d'une très désagréable impression. Montalabert prétendait avoir une confiance totale en ses domestiques, pourtant il ne laissait jamais la femme de chambre seule dans son bureau et suggérait à présent qu'on l'espionnait. Il craignait pour sa vie depuis deux semaines mais n'avait demandé aucune protection à la police et recevait des convives chez lui comme si de rien n'était. Quant aux lettres, il était étrange qu'il n'ait aucun soupçon sur l'identité de leur expéditeur et qu'il ignore tout de la raison de ces menaces.

Même s'il n'en savait pas encore la raison, Forestier était certain que le comte lui mentait.

4

Le parfait meurtrier

Le reste des invités arriva au compte-gouttes. Le premier à faire son entrée fut le docteur Gilles Vautrin, un homme petit et replet, aux bajoues flasques et rosées, qui portait un costume passé de mode. Il jouissait d'une certaine renommée, non qu'il fût considéré comme une sommité dans son domaine, mais il avait fort bien su mener sa barque en se constituant au fil des ans une clientèle influente. Forestier le trouva relativement quelconque. Montalabert faisait-il partie de ses patients ? Si c'était le cas, il ne devait pas en tirer grande gloire tant le comte paraissait en mauvaise santé.

Vautrin fut introduit dans le grand salon au moment où l'on y servait le thé. Le fond de l'air s'étant refroidi, on avait fait allumer un feu dans la cheminée. La pièce était meublée avec opulence, quoique de façon hétéroclite. Forestier et Granger étaient assis sur un large canapé de velours, tandis que Montalabert trônait dans un fauteuil richement sculpté.

— J'ai beaucoup entendu parler de vous, commissaire. On peut dire que vos exploits ne sont pas passés inaperçus.

Vautrin possédait une voix alerte et enjouée qui collait mal avec son physique.

— J'aime pourtant me faire discret.

— On a beaucoup évoqué cet horrible Landru à votre sujet, mais il est un autre assassin qui m'a toujours fasciné.

— Lequel ?

— Cet homme que vous avez arrêté sur la Riviera et que tout le monde surnommait l'Ogre.

— Albain Jeansart... précisa Forestier. On ne peut pas vraiment dire que je l'aie arrêté : il s'est suicidé au cours de son interpellation.

— Vous lui avez mis la main dessus en tout cas... En ma qualité de médecin, j'aurais beaucoup aimé pouvoir l'examiner. Voilà maintenant un bon siècle que médecins et psychiatres se chamaillent au sujet de l'origine du mal qui se manifeste chez l'homme : est-il inné, issu d'un déterminisme biologique, ou découle-t-il d'un environnement psychologique et social ?

Le général, qui s'était un peu assoupi, sortit soudain de sa torpeur :

— Nous débattions justement de cette question tout à l'heure... Je prétendais que l'homme était parfaitement libre de son destin.

— Je suis pour ma part un adepte de Cesare Lombroso. Il assurait que l'on peut distinguer et reconnaître les criminels à partir de leurs caractéristiques physiologiques et anatomiques : leur crâne, leur denture, la longueur de leurs membres...

Montalabert s'agita sur son fauteuil et ricana.

— Allons, Vautrin, vous croyez vraiment à de telles balivernes ?

Le médecin parut vexé par la rudesse de la remarque.

— Absolument. Bien utilisées, ces lois peuvent permettre à la police de les identifier et de prévenir ainsi le crime.

Montalabert ricana de plus belle. À ce moment précis, un puissant crissement de pneus se fit entendre au-dehors.

Forestier s'approcha de la fenêtre. Une magnifique Delahaye vert bouteille venait de se garer devant la bâtisse. En sortit une femme longiligne qui portait un chapeau à larges bords.

— Mme Lafargue vient d'arriver, annonça Henri peu après en pénétrant dans le salon.

— Quelle bonne nouvelle ! Nous commencions à nous ennuyer, entre hommes.

— Parlez pour vous, Yves ! s'exclama le général.

Blonde, d'allure conquérante, à la beauté sophistiquée, la quatrième invitée fit grande impression.

Catherine Lafargue salua son hôte, qui s'était levé pour l'accueillir et faire les présentations. Si elle se montra polie avec le général, elle fit preuve d'une froideur notable envers le médecin.

— Et voici le célèbre commissaire Forestier, de la police judiciaire.

— Ex-commissaire, corrigea-t-il.

La femme le toisa, avec un mélange de curiosité et de condescendance. Quelque chose dans son regard intrigua Forestier, mais il n'aurait su dire quoi précisément.

— Célèbre ? Je crois pourtant n'avoir jamais entendu parler de vous.

Elle avait une voix rogue, quoique non dénuée de charme.

— C'est au commissaire que nous devons l'arrestation de Landru il y a une vingtaine d'années, précisa le général.

— Je n'étais pas seul. C'était un travail d'équipe.

— Landru, dit-elle d'un air dégoûté. Quel affreux personnage ! Je devais être à peine adolescente en ce temps-là. Combien a-t-il tué de femmes, déjà ?

— Une bonne dizaine.

Montalabert s'empressa de rejoindre son fauteuil.

— Prendrez-vous une tasse de thé, chère Catherine, pour vous remettre de votre voyage ?

— Nous ne sommes pas en Angleterre ! Je prendrai plutôt un whisky-soda, si vous avez…

Au lieu de s'asseoir, la jeune femme s'approcha du feu.

— Brrr… La température s'est vraiment rafraîchie. J'espère que les chambres sont bien chauffées.

— Elles le sont, rassurez-vous, répondit le comte. Avant que vous n'arriviez, chère Catherine, nous étions plongés dans une discussion très intéressante.

— À quel sujet ?

— Au sujet du mal… et du crime.

— Le crime ! Vous n'avez rien trouvé de plus réjouissant ? Je croyais que nous étions censés nous amuser, ce week-end.

— Le docteur prétendait que certains hommes sont programmés pour tuer.

— Vous caricaturez un peu mes propos, cher comte.

— Quelle drôle de théorie ! s'amusa Mme Lafargue.

— Mes amis, déclara Montalabert, je propose que nous nous livrions à une petite expérience. Ou plutôt à un petit jeu…

Il posa les deux mains sur les accoudoirs de son fauteuil et laissa s'écouler quelques secondes pour ménager ses effets.

— Qui, parmi nous, ferait le meilleur criminel ? Qui serait le moins susceptible de se faire démasquer par la police ?

— Nous ne devrions pas plaisanter avec ce genre de choses, fit Vautrin en secouant la tête.

— Ne faites pas le rabat-joie, docteur. Mme Lafargue voulait s'amuser…

— C'est vrai, dit la jeune femme d'un air pincé, mais je ne m'attendais pas à un jeu de ce genre.

Granger toussota pour attirer l'attention.

— Je veux bien m'y coller… Pour moi, il ne fait aucun doute que ce serait le commissaire. Il a une longue expérience du crime, connaît toutes les techniques modernes que l'on emploie pour confondre un meurtrier : l'analyse des empreintes, la balistique, la toxicologie… Il saurait éviter tous les écueils. Et je ne crois pas qu'il serait homme à avouer, même sous la torture.

— Ça se tient, admit le comte. À votre tour, commissaire, puisque vous avez été pris pour cible.

Forestier n'était pas d'un naturel joueur, mais ce genre d'exercice en apparence anodin pouvait se révéler intéressant pour découvrir la personnalité de chacun.

— Je choisirais M. Vautrin.

Le petit homme aux joues roses faillit s'étrangler avec sa gorgée de thé.

— Vous vous moquez de moi !

— Nullement. Votre profession vous amène à manipuler des drogues et des poisons. Vous pourriez en trouver un qui ne soit pas décelable, ou provoquer un surdosage en laissant croire à une négligence d'un de vos patients... Je crois que le meilleur moyen de ne pas se faire prendre est de maquiller un meurtre en accident. À partir du moment où vous entrez directement en contact avec la victime, vous prenez le risque de laisser des traces. C'est le principe de transfert et d'échange qu'a mis en évidence le professeur Locard.

— Il me semble que le poison est plutôt utilisé par les femmes, rétorqua le médecin. Il paraît que c'est parce qu'elles ne supportent pas la vue du sang.

— Quelle misogynie crasse, docteur ! s'agaça Catherine Lafargue. Vous seriez surpris de voir ce dont les femmes sont capables. Pour ma part, je prétends que c'est moi qui ferais la meilleure meurtrière.

— Vous ! s'exclama Vautrin.

— Vous avez bien entendu. Il est évident qu'on est moins enclin à soupçonner une femme : de pauvres créatures sans défense, comme vous semblez le penser ! L'avantage du sexe faible, c'est qu'on le sous-estime en permanence. Mais je n'utiliserais certainement pas le poison, c'est beaucoup trop attendu.

— Quel moyen utiliseriez-vous, alors ?

— Je partage l'avis de M. Forestier : pour commettre un crime parfait, mieux vaut le maquiller en accident ou en suicide. Pourquoi pas une intoxication au gaz ou une ingestion de barbituriques accompagnée d'une fausse lettre d'adieu ?

— Vous êtes redoutable, Catherine ! s'amusa Montalabert. C'est à votre tour, docteur. Vous n'allez pas bouder dans votre coin !

De guerre lasse, Vautrin céda. À la surprise générale, il porta son choix sur le comte. Selon lui, son sens des affaires lui serait précieux dans l'accomplissement d'un meurtre. Il savait bluffer, comme au poker, et saurait facilement se forger un alibi et se jouer des enquêteurs.

— Et vous-même, cher comte ? poursuivit-il. Vous n'allez pas vous réfugier derrière votre rôle d'arbitre !

Après s'être redressé un peu, Montalabert embrassa l'assistance du regard. À la lueur des flammes, son visage parcheminé avait quelque chose d'intimidant.

— Je crois que chacun d'entre vous, chacun d'entre *nous*, pourrait faire un excellent criminel. L'exécution du meurtre parfait ne repose ni sur l'intelligence ni sur l'expertise.

— Sur quoi repose-t-elle, alors ?

— Sur la nécessité et la motivation. Une personne qui se sent acculée, qui sait qu'elle n'a d'autre choix que d'ôter la vie pour se protéger, peut déployer des trésors d'ingéniosité pour parvenir à ses fins. Savez-vous que l'on voit parfois de frêles mères de famille capables de décupler leur force pour sauver leurs enfants ? Je crois qu'il en va de même dans le domaine criminel.

— Donc chacun d'entre nous serait un meurtrier qui s'ignore ? demanda Vautrin.

— Absolument. Si l'on met de côté les aliénés, qui agissent par pulsions et sans raisons identifiables, je pense qu'un mobile sérieux peut conduire tout être humain à commettre l'irréparable, et à le faire avec un talent insoupçonné.

— J'ose espérer que vous vous trompez, dit Forestier. Si nous sommes tous capables de tuer, c'est à désespérer du genre humain...

— Je n'ai jamais été particulièrement optimiste touchant le genre humain. L'homme est un loup pour l'homme, ne l'oubliez jamais.

Un profond silence s'installa dans le salon. On n'entendait plus que le feu crépitant dans l'âtre. Tous se dévisageaient, avec un mélange de distance et de méfiance. C'était à croire que chacun des invités regardait désormais les autres comme autant d'assassins potentiels.

5

Une arrivée surprise

De tous les convives, seule Catherine Lafargue avait trouvé nécessaire de se changer pour le dîner. Vêtue d'une robe de soirée noire des plus élégantes, elle eût été parfaite si elle avait eu le bon goût d'alléger son maquillage et de renoncer à quelques-uns des bijoux qu'elle semblait moins porter qu'exhiber aux yeux de son *public*.

Le général Granger n'avait pas menti : aux Trois Ormes, on savait recevoir. La table était dressée dans les règles de l'art, la nourriture délicieuse, le vin exquis. Le comte avait préféré que l'on dîne dans le salon, une salle bien plus chaleureuse et plus intime que ne l'était la grande salle à manger.

Tandis qu'une jeune servante aux nattes brunes apportait les plats, les discussions allaient bon train. Le général et le médecin parlaient politique. Le premier continuait de justifier les concessions inévitables auxquelles il faudrait se résoudre avec Hitler ; le second, indécis, se perdait en considérations nébuleuses.

Forestier était assis à côté de Mme Lafargue, qui l'interrogeait sur les affaires les plus emblématiques de sa carrière avec une réelle curiosité.

— Et ces chauffeurs de la Drôme… est-il vrai qu'ils brûlaient les pieds de leurs victimes ?

— C'est la vérité. Ils les torturaient avec des braises de cheminée pour les obliger à indiquer la cachette de leurs économies. Ce sont d'ailleurs leurs méfaits qui ont conduit à la création des Brigades mobiles.

— C'est vraiment horrible ! Vous allez me trouver stupide, mais j'ai longtemps cru que ces « chauffeurs » étaient des conducteurs d'automobile spécialisés dans les attaques à main armée… Vous savez, comme ce couple d'Américains qui a défrayé la chronique il y a quelques années.

— C'est amusant, dit Forestier en buvant une gorgée de vin. Excusez-moi, madame, mais n'aurions-nous pas déjà eu l'occasion de nous rencontrer ?

— Je ne le crois pas… J'en suis même certaine : je me serais souvenue de vous, commissaire.

Forestier demeura songeur : qu'y avait-il dans son regard qui la lui rendait si familière ?

C'est quand on apporta le plat de résistance – des cailles farcies aux marrons – que le dernier des convives fit son entrée. Il débarqua dans le salon avec une décontraction qui frisait la désinvolture. C'était un jeune homme d'environ 35 ans, d'une beauté insolente, au visage délicat et à la lèvre couverte d'une fine moustache. Il portait un costume à rayures de toute première qualité. Un vrai dandy…

— Monsieur Moreau ! s'exclama le comte. Je commençais à désespérer de votre venue.

Forestier fut étonné par cette arrivée tardive : il pensait tous les invités déjà réunis. Il connaissait le retardataire, qu'il avait eu l'occasion de croiser dans le cadre de ses enquêtes. Adrien Moreau était un journaliste en vogue à Paris. Il n'était salarié d'aucun journal mais vendait ses articles à sensation au plus offrant. Réputé pour son flair – en particulier dans les affaires de mœurs –, il menait grand train et fréquentait les milieux chics de la capitale. On le disait intelligent, sarcastique et séducteur.

Le jeune homme salua l'assistance avant de s'attarder auprès de Forestier.

— Très heureux de vous revoir, commissaire.

— Moi de même, monsieur Moreau.

— Oh, vous pouvez m'appeler Adrien. On ne va pas faire de chichis entre nous !

— Henri, ordonna Montalabert, faites ajouter un couvert pour M. Moreau.

Ce dernier s'installa et, sans attendre le majordome, attrapa un verre pour se servir du vin.

— Désolé d'arriver en plein dîner, mais j'ai été retenu à Paris plus longtemps que prévu. Sans compter que les routes pour venir ici sont abominables.

— Vous êtes en automobile ? demanda Mme Lafargue, l'œil frisant.

— Oui. Vous aussi ?

Elle acquiesça :

— Je déteste les transports en commun. Même les premières classes sont devenues invivables. En particulier à la belle saison, depuis qu'ils ont instauré ces satanés congés payés…

— Les pauvres aussi ont le droit de prendre un peu de bon temps, rétorqua Moreau.

Le médecin ne put s'empêcher de pouffer. Catherine Lafargue, elle, préféra ignorer sa remarque.

— Vous roulez en… ? demanda-t-elle.

— En Bugatti, type 57. Rien ne vaut les italiennes. Un vrai petit bijou : cent cinquante kilomètres par heure en vitesse de pointe.

— Diable ! Je ne suis pas sûre de pouvoir vous battre avec ma Delahaye.

Ce tête-à-tête agaça Montalabert :

— Allons ! Vous n'êtes pas venu ici pour parler mécanique. Racontez-nous plutôt quelques potins parisiens. Sur quel secret d'alcôve enquêtez-vous en ce moment ?

Moreau passa une main derrière l'accoudoir de son fauteuil.

— Si je vous le disais, ce ne serait plus un secret.

— Vous avez bien quelque histoire croustillante à partager avec nous.

— Rien de bien intéressant. En ce moment, tout le monde est obnubilé par Hitler.

— Il y a sans doute de quoi, intervint le général.

— Je ne me suis jamais intéressé à la politique.

— Qui vous parle de politique ? L'avenir du monde se joue en Allemagne à l'heure où nous parlons. Vous pourriez bien finir par être appelé sous les drapeaux, jeune homme.

— Je suis certain que tout finira par rentrer dans l'ordre, se contenta de remarquer le journaliste.

Mme Lafargue s'empressa d'abonder dans son sens :

— Mais oui, on exagère toujours… Vous n'imaginez pas que ce petit bonhomme à moustache va nous faire la guerre ? Si vous pouviez éviter de nous saper le moral !

Le reste du repas se déroula dans une atmosphère bon enfant. En apparence, tout le monde paraissait s'amuser. Mme Lafargue continuait de faire les yeux doux au journaliste, lequel en tirait une satisfaction évidente. Le général s'arc-boutait sur ses positions alors que le médecin, d'humeur joviale, ménageait la chèvre et le chou.

Trônant tel un patriarche, Montalabert ne participait pleinement à aucune des conversations. Il se bornait à lâcher quelques bons mots, mais restait le plus souvent silencieux, observant ses invités d'un œil perçant, comme un entomologiste l'eût fait de simples insectes.

*

Après le dîner, on discuta près de la cheminée tout en prenant le café. Le médecin proposa une partie de crapette, Moreau suggéra plutôt un whist.

— Je ne sais pas bien y jouer, avoua Mme Lafargue.

— Eh bien, je vous aiderai.

Ils s'installèrent à la table de jeu, qui se trouvait un peu à l'écart dans la pièce. Granger et Vautrin firent équipe contre les deux plus jeunes joueurs. Henri commença à servir des digestifs – vieux rhum et whisky.

Montalabert et Forestier avaient quant à eux préféré rester près du feu, que le majordome venait de temps en temps raviver.

— S'agissant de ces lettres que vous avez reçues… dit le commissaire à voix basse, je commencerai dès demain ma petite enquête dans le voisinage. J'aurai également besoin d'interroger vos domestiques.

— Je vous donne bien sûr carte blanche, mais, je vous l'ai déjà dit, vous ne trouverez rien de ce côté-là.

— Ils pourraient avoir eu vent de rumeurs ou de ragots…

À la table de jeu, la partie commençait à s'animer.

— Vous êtes toujours aussi redoutable, remarqua Vautrin.

— En effet ! s'énerva le général. Pour quelqu'un qui prétendait ne rien connaître au whist, je trouve que vous vous en sortez un peu trop bien, madame.

— Que sous-entendez-vous par là ? demanda Catherine Lafargue avec une irritation surjouée. M'accuseriez-vous de tricher ?

— Tricher ? Grands dieux, non ! Mais vous avez joué la candide pour mieux nous endormir. On ne se méfie jamais assez de l'eau qui dort.

— Allons, Catherine, la rassura le journaliste, ne vous laissez pas impressionner. Nous les tenons.

Montalabert eut un rire moqueur.

— Vous avez entendu ? Il l'appelle déjà par son prénom ! Dieu sait ce qu'ils nous réservent, ces deux-là…

Les manches s'enchaînèrent. Peu avant 22 heures, les joueurs décidèrent de faire une pause.

— Je crois que je vais aller prendre un peu l'air pour fumer mon cigare, déclara le général. Nous aurons notre revanche, Moreau, n'en doutez pas !

— Oh, je vous fais confiance, général. Mais sachez que Catherine et moi ne lâcherons rien…

Le journaliste ouvrit son étui à cigarettes.

— Mince, je n'en ai plus... Henri, mes bagages ont été montés dans ma chambre, je suppose ?
— Oui, monsieur.
Forestier se tourna dans sa direction en brandissant son paquet de Gitanes :
— Vous en voulez une, Adrien ?
— Non merci. Je ne fume que des anglaises.
— Je croyais que vous préfériez les italiennes...
Moreau lui lança un clin d'œil complice.
— Uniquement pour ce qui concerne les voitures... et les femmes.
La pendule sur le manteau de la cheminée sonna 22 heures. Presque au même moment, la sonnerie du téléphone retentit – en provenance à la fois du bureau et du hall, puisque la demeure était équipée de deux appareils.
— Qui peut bien appeler à cette heure ? s'interrogea Montalabert en grimaçant.
— Je vais aller voir, monsieur.
— Non, laissez, Henri, je m'en charge. C'est peut-être une urgence. Et s'il s'agit d'un fâcheux, je saurai le congédier comme il faut.
Montalabert quitta la pièce pour emprunter le couloir qui conduisait à son bureau.
Après s'être levé du canapé, Forestier dut se masser la jambe. Dès qu'il restait trop longtemps immobile, elle lui faisait un mal de chien. Fichu shrapnel ! Il avait vraiment besoin de faire quelques pas pour se dégourdir les pattes.
Il sortit de la pièce peu après Moreau et Granger. De l'autre côté du hall, il tomba sur la salle à manger,

une pièce trop grande et trop froide, et comprit pourquoi Montalabert avait préféré que l'on dîne dans le salon.

Il emprunta une porte qui donnait sur une bibliothèque, dont les murs étaient tapissés de livres du parquet au plafond. Une vitrine exposait des incunables, ouverts sur une double page ornée d'enluminures. Dans une autre, Forestier avisa des revolvers et des pistolets de collection, dont un Deringer à deux coups et un Colt.

Tandis qu'il les examinait, un morceau de musique s'éleva quelque part dans la bâtisse, presque en sourdine – sans doute le gramophone du comte. C'était un concerto très célèbre, mais dont Forestier était incapable de se rappeler le compositeur. Cette bibliothèque était un tel havre de tranquillité qu'il se serait volontiers installé dans l'un des fauteuils club au cuir patiné pour fumer une cigarette et feuilleter un livre.

Mais ce calme fut de courte durée. Car, au moment précis où le concerto s'achevait, une détonation éclata dans la Maison aux Trois Ormes.

6

Le drame

Lorsqu'il débarqua dans le hall, Forestier se retrouva nez à nez avec Adrien Moreau, qui descendait les dernières marches de l'escalier.

— Nom de Dieu ! s'écria le journaliste. Vous avez entendu ce coup de feu ?
— D'où est-ce qu'il venait ?
— Du salon, je crois.

Les deux hommes s'y précipitèrent. Il n'y avait personne dans la pièce, mais ils perçurent bientôt des voix en provenance du couloir qui menait au bureau de Montalabert : « Monsieur le comte, répondez ! », « Est-ce que tout va bien ? ».

M. Vautrin, Mme Lafargue, Henri et la jeune domestique qui avait assuré le service étaient rassemblés devant la porte. Ne manquait que le général. Le médecin tambourinait contre le bois tandis que le majordome, paniqué, continuait d'appeler son employeur.

— Que se passe-t-il ? demanda le policier.

Mme Lafargue fut la première à réagir :

— Nous avons entendu une explosion et un bruit sourd. Nous nous sommes aussitôt précipités...

Le docteur Vautrin se tourna vers le commissaire.

— La porte est fermée à clé. Impossible de l'ouvrir. Et le comte ne répond pas.

— Poussez-vous ! intima Forestier. Moreau, vous me donnez un coup de main ?

— Volontiers, répondit le journaliste, qui avait parfaitement compris ses intentions.

On s'écarta. Les deux hommes prirent un peu d'élan et tentèrent d'enfoncer la porte à coups d'épaule. Ils s'y reprirent à plusieurs fois, mais elle était si solide qu'ils parvinrent à peine à la faire trembler sur ses gonds.

— Nous n'y arriverons pas ! s'exclama Moreau.

Au moment où le général rejoignit le groupe, Forestier s'accroupissait pour regarder par le trou de la serrure.

— La clé est restée à l'intérieur !

— Un outil, peut-être ? suggéra Henri, qui était dans tous ses états.

— Ça nous prendrait trop de temps, rétorqua Moreau. Il y a urgence ! Commissaire, les fenêtres... C'est le seul moyen.

Forestier se redressa avec difficulté.

— Vous avez raison. Allons-y.

Le policier et le journaliste se ruèrent hors de la maison. La lune, pleine, les éclairait suffisamment pour qu'ils puissent en faire le tour sans encombre. Ils atteignirent rapidement les deux fenêtres en arcade du bureau.

— Elles semblent fermées, remarqua Moreau.

— Poussez-vous, s'il vous plaît...

Le commissaire prit un peu d'élan. Il se jeta contre le mur et tenta d'agripper le rebord de la fenêtre de droite. Il retomba au sol, plié en deux.

— Ma jambe !

— Tout va bien, commissaire ?

— Ça va, répondit-il en grimaçant. Toujours cette satanée blessure ! Essayez, vous...

Moreau était bien plus agile, mais aussi plus jeune et en meilleure condition physique. Il n'eut aucun mal à atteindre l'avancée sous la fenêtre et hissa son corps à la seule force de ses bras. Forestier l'entendit ensuite tambouriner contre le meneau et les croisillons.

— Elle est fermée ! Et le rideau est tiré, je n'y vois rien ! Donnez-moi quelque chose, Louis, n'importe quoi...

Sans attendre, le policier récupéra une pierre en bordure d'un parterre de fleurs et la passa au journaliste. Celui-ci l'abattit violemment contre un carreau, le faisant voler en éclats. Il passa la main à travers le cadre et déverrouilla la crémone. Il se pencha ensuite vers le commissaire :

— Montez ! Je préfère qu'on soit deux... Dieu sait ce qui se passe là-dedans !

Forestier attrapa la main qu'il lui tendait et grimpa tant bien que mal, en essayant d'oublier la douleur dans sa jambe. Ils poussèrent la fenêtre puis écartèrent le lourd rideau rouge qui leur barrait la vue.

Il n'y avait aucun mouvement dans la pièce, mais on entendait les convives et les domestiques qui continuaient de s'agiter derrière la porte. Une légère odeur de poudre flottait dans l'air. Le corps du comte, affalé sur le bureau, attira aussitôt leur regard.

— Bon sang ! jura Forestier.

Passant devant Moreau, il se précipita vers Montalabert. Le visage du comte était écrasé contre le sous-main de cuir vert. Ses cheveux clairsemés étaient en désordre. Du sang coulait le long de sa tempe, depuis un petit trou situé dans la zone pariétale, à peu près de la taille d'une pièce de monnaie. Bien qu'il sût qu'il n'y avait plus aucun espoir, le commissaire plaça ses doigts sur le cou de la victime pour vérifier son pouls.

— Il est… mort ? demanda le journaliste, dont le teint avait blêmi.

Forestier se contenta de hocher la tête puis s'accroupit pour inspecter le sol. Sans ajouter un mot, Moreau alla déverrouiller la porte. Le général, le médecin, Mme Lafargue s'avancèrent dans le bureau, suivis par le majordome. Berthe, la jeune domestique, demeura en retrait. Il n'y eut pas un cri, pas de manifestation ostensible d'effroi. Tous restaient silencieux, saisis par la vision qui s'offrait à eux.

Forestier sortit un mouchoir blanc de sa poche pour ramasser le pistolet qui gisait sur le tapis à côté du cadavre. Un automatique de petite taille – un Browning 6,35, comme il l'identifia sans peine. Il le porta à ses narines, le huma, avant de le déposer sur le bureau. Ensuite, il se remit à quatre pattes à la recherche de quelque chose – mais de quoi, nul n'aurait pu le dire.

— Il s'est suicidé ? interrogea le général.

Forestier leva la tête et évalua la situation. Il n'y avait aucun recoin dans cette pièce où un individu aurait pu se cacher, et pourtant…

— Général, vérifiez l'autre fenêtre, s'il vous plaît.

Granger s'exécuta. Il tira le rideau de velours rouge, puis secoua la poignée avec énergie pour faire jouer la crémone.

— Complètement fermée… Tout comme l'était l'autre, supposa-t-il en désignant les débris de verre.

Forestier se releva et déclara d'un ton autoritaire :

— Personne ne touche à rien, vous m'entendez ? Nous nous trouvons sur une scène de crime.

— Une scène de crime ? répéta Mme Lafargue, la voix mal assurée. Mais… je ne comprends pas. Le comte était seul et vous voyez bien que tout était verrouillé de l'intérieur ! Il s'est tiré une balle dans la tête, c'est évident !

C'est avec gravité que Forestier répondit :

— Non, madame. Ce que nous avons sous les yeux a toutes les apparences d'un suicide. Mais je peux vous assurer que c'est d'un meurtre que le comte vient d'être victime.

7

Un mystère insoluble

Après avoir demandé aux invités et aux domestiques de quitter sur-le-champ le bureau, Forestier le ferma à clé : personne ne devait plus y avoir accès, pour éviter qu'on n'altère davantage les indices. Il rassembla les hôtes du comte dans le salon, avec ordre formel de ne s'absenter sous aucun prétexte. Il utilisa ensuite le téléphone du hall pour prévenir la gendarmerie locale, puis demanda au standard de le mettre en contact avec le 36 quai des Orfèvres.

Au terme d'une assez longue attente, il put avoir au bout du fil l'inspecteur René Caujolle. Cet homme, de dix ans son cadet, avait été son plus proche collaborateur à l'époque où il dirigeait la brigade mobile de Nice. Quand Forestier avait obtenu un poste de commandement à la police judiciaire parisienne, il l'avait rejoint, nostalgique de l'époque où ils faisaient équipe.

— Je n'arrive pas à y croire ! s'exclama Caujolle. Tu es sûr de toi ?

— Certain. C'est un meurtre qui a été maquillé en suicide.

— Tu pars te reposer quelques jours à la campagne et il faut que ça tombe sur toi...

— Oh, il n'y a pas de hasard. Montalabert faisait l'objet de menaces.

— Des menaces ?

— Par lettres anonymes – mais je t'expliquerai ça dans le détail plus tard. Il faut que tu rappliques demain à la première heure.

— Tu ne crois pas que la 3e de Rouen va vouloir s'en charger ?

— Si personne ne les prévient... Écoute, dans la mesure où je suis impliqué, je préférerais que ce soit vous qui soyez sur le coup. Préviens la direction et explique-leur que c'est une urgence. Vu l'entregent de la victime, ils voudront certainement qu'on se charge de l'affaire – enfin, « on », façon de parler...

— Tu sais bien que tu feras toujours partie de la Maison, Louis.

Même s'il s'était juré avoir définitivement tourné la page, Forestier regretta à cet instant de ne jouir d'aucune autorité dans cette demeure.

— Est-ce que tu sais qui a pu faire ça ? reprit Caujolle.

— Aucune idée pour le moment. Je n'ai jamais été confronté à un tel mystère. Dans l'immédiat, j'aurais besoin que tu vérifies quelque chose pour moi.

— Dis-moi.

— Le comte a reçu un appel juste avant de se faire assassiner. Il faut absolument qu'on sache d'où il provenait...

*

Réunis devant le feu, les invités s'étaient servi un verre pour se remettre de leurs émotions. Le majordome se tenait un peu à l'écart, un masque livide posé sur le visage. Forestier aurait bien avalé une goutte d'alcool lui aussi, mais il avait envie de garder les idées claires. Il avait brièvement interrogé Mme Vallin, la cuisinière, ainsi que la jeune Berthe. Peine perdue, car elles n'avaient rien à lui apprendre. Des sanglots, en veux-tu en voilà, mais pour ce qui était de leurs témoignages… Elles étaient occupées à laver et à ranger la vaisselle quand le drame avait eu lieu. La cuisine étant excentrée, c'est à peine si elles avaient entendu le coup de feu. Berthe ne s'était retrouvée près du bureau que parce qu'elle devait finir de débarrasser la table.

— La gendarmerie sera bientôt là. Nous ne sommes pas encore couchés, croyez-moi, car elle aura besoin de prendre nos dépositions et de reconstituer précisément les événements de la soirée.

Catherine Lafargue leva les épaules.

— Si vous imaginez que nous pourrions dormir après ce qui s'est passé ! Brrr… j'en ai encore des frissons.

— C'est horrible, renchérit le docteur Vautrin. Qui aurait cru ?… Mais qui aurait cru ?…

— Personne n'a quitté cette pièce depuis tout à l'heure ? demanda Forestier.

Les hôtes du comte secouèrent la tête.

— Bien. Je suis navré, mais il va falloir que je vous fouille.

— Vous plaisantez ! s'indigna le général.

— Pas du tout, et je préférerais que chacun d'entre vous coopère pour me simplifier les choses. En tant qu'ex-commissaire, il est de mon devoir d'aider la police.

Il n'y eut pas de franche contestation, simplement quelques murmures d'agacement. Forestier procéda à une fouille sommaire, l'objet qu'il cherchait ne pouvant guère passer inaperçu. Il ne trouva rien. Il inspecta alors le salon à la recherche d'une cachette où l'on aurait pu dissimuler une arme, puis le couloir qui menait au bureau. En vain.

— Commissaire, je crois que vous nous devez quelques explications, fit Moreau tout en tisonnant les bûches dans l'âtre. À quoi cette fouille rime-t-elle ? Tout le monde a pu constater que la porte du bureau était verrouillée de l'intérieur, tout comme les deux fenêtres qui donnent sur le parc. Je ne vois pas comment il pourrait s'agir d'un meurtre.

— Notre hôte a bien reçu une balle dans la tête, confirma Forestier, mais ce n'est pas lui qui l'a tirée.

— Parce que l'arme aurait dû se trouver dans sa main ?

— Non, Adrien. Si j'en crois les statistiques, l'arme tombe le plus souvent au sol en cas de suicide. C'est autre chose... J'ai eu largement le temps d'observer le comte cet après-midi et au cours de la soirée. C'était un gaucher. Or sa blessure se situe sur le côté droit de son crâne, et le pistolet se trouvait du même côté sur le tapis.

— Vous plaisantez, commissaire ? En quoi est-ce une preuve ? Il était peut-être ambidextre...

Forestier se tourna vers le majordome.

— Henri, pouvez-vous répéter ce que vous m'avez dit tout à l'heure ?

Complètement bouleversé, le domestique eut quelque difficulté à répondre :

— Monsieur le comte... était effectivement gaucher. On l'avait contrarié au temps de sa jeunesse, mais je confirme qu'il est impensable qu'il se soit... servi de cette arme... de la main droite.

Un ange passa, chacun évaluant le poids de l'argument.

— De plus, continua Forestier, j'ai humé l'arme qui gisait à ses côtés et n'y ai décelé aucune odeur de poudre.

— Elle s'est peut-être dissipée pendant que nous cherchions à entrer, rétorqua Mme Lafargue.

— Impossible. Après un coup de feu, l'odeur reste longuement prisonnière du canon.

— C'est exact, confirma le général. Et j'en connais un rayon dans ce domaine...

— Pour couronner le tout, je n'ai trouvé aucune douille. Personne n'a tiré le moindre coup de feu avec ce pistolet. Je suis certain que la balle qui sera extraite lors de l'autopsie ne correspondra pas à ce Browning.

— C'est incroyable ! s'exclama le docteur Vautrin.

— J'ai passé une bonne partie de la soirée à discuter avec le comte, il était tout ce qu'il y a de plus normal. Il s'isole dans son bureau pour réceptionner un coup de téléphone et déciderait en quelques secondes de mettre fin à ses jours ?... Ça ne tient pas la route.

— Cet appel l'a peut-être bouleversé.

— Nous le saurons bientôt... J'ai tout de suite tiqué quand j'ai aperçu l'arme au sol. Non seulement elle ne se trouvait pas du bon côté, mais il s'agit en plus d'un pistolet de poche... La puissance de la munition est si faible que vous prenez le risque de vous rater et de finir paralysé. Il y a beaucoup d'armes dans cette demeure, le comte n'avait donc que l'embarras du choix. Je vois mal un homme tel que lui se suicider avec ce qu'on appelle communément un « pistolet de dame ».

Mme Lafargue lui jeta un regard dédaigneux.

— De dame... Pfff... Une arme est une arme. Si c'est cet appel qui l'a mis dans tous ses états, il aura pris ce qui lui tombait sous la main...

— Mais alors, comment est-il mort ? demanda Granger.

— Quelqu'un l'a surpris dans son bureau et l'a abattu à bout portant, si l'on en croit les caractéristiques de sa blessure.

— Et cette personne se serait volatilisée ? Aurions-nous affaire à un passe-muraille ou à un être doué de quelque pouvoir surnaturel ?

— Il n'y a rien de surnaturel dans ce meurtre, général, je peux vous l'assurer. Je ne sais pas encore comment l'assassin s'y est pris, mais j'ai bien l'intention de le découvrir.

— Peut-être y a-t-il un passage secret dans le bureau, suggéra Mme Lafargue.

Dans d'autres circonstances, Forestier aurait trouvé l'hypothèse grotesque, mais il préféra ne pas l'exclure :

— Henri, serait-il possible qu'il existe dans cette demeure des portes dérobées ?

— C'est absolument impossible, monsieur. J'en connais chaque recoin !

— La police va de toute façon fouiller la pièce de fond en comble, ce point sera vite éclairci...

Forestier se mit à arpenter la pièce.

— Madame, messieurs, nous nous trouvons face à une énigm déroutante, une énigme qu'on qualifie en littérature policière de « mystère en chambre close ».

Moreau, qui était amateur du genre, ne put s'empêcher d'intervenir :

— Un meurtre est commis dans une pièce complètement fermée, de laquelle l'assassin n'a pu s'échapper. Edgar Allan Poe a utilisé le procédé dans *Double assassinat dans la rue Morgue*.

Forestier poursuivit, évitant de se laisser déconcentrer :

— Le comte s'est rendu dans son bureau juste après 22 heures, pour répondre au téléphone. Il a été tué dix minutes plus tard…

— Un peu moins, si je puis me permettre, rectifia le médecin. La pendule sur la cheminée indiquait 22 h 08 quand le coup a été tiré.

— Soit… Nous ignorons s'il se trouvait encore au téléphone à ce moment-là. L'assassin l'exécute d'une balle dans le crâne, laisse une arme appartenant à la victime à proximité du corps, puis réussit par je ne sais quel ingénieux procédé à sortir de la pièce dont il a verrouillé toutes les issues. Peu après, nous accourons devant la porte. Il reste à établir où chaque personne se trouvait au moment où a retenti le coup de feu.

— Pour ma part, nota le général, j'étais dehors en train de fumer tranquillement mon cigare quand…

— Il me semble, le coupa Moreau, que vous êtes arrivé bien tardivement devant le bureau. Vous n'étiez pas présent quand nous tentions de forcer la porte.

— Nous en sommes donc à l'heure des alibis ? demanda Mme Lafargue. Dites-nous franchement le fond de votre pensée, commissaire : vous nous soupçonnez ? Vous ne croyez tout de même pas que l'un d'entre nous a pu... ?

— Bien sûr que non ! l'interrompit le docteur Vautrin. Il ne peut s'agir que d'un vagabond qui rôdait dans les parages. Peut-être était-il en train de cambrioler le bureau quand notre hôte y a pénétré. L'homme n'aura eu d'autre choix que de l'assassiner.

— Voyez-vous, cher docteur, j'exclus totalement l'intervention d'un étranger dans ce meurtre.

— Et pourquoi donc, commissaire ?

Irrité par tant de balourdise, Moreau crut bon de répondre à la place du policier :

— Vous croyez vraiment qu'un cambrioleur aurait eu la présence d'esprit d'improviser une telle mise en scène ? Il se serait enfui par la fenêtre sans demander son reste.

Mouché, le médecin se renfrogna.

— Et les domestiques, alors ? Avez-vous pensé à eux ?... Ils connaissent cette maison comme leur poche, ils ont tout à fait pu faire le coup.

Forestier répondit du tac au tac :

— La cuisinière, Mme Vallin, et la jeune Berthe qui nous a servis à table étaient ensemble dans la cuisine au moment du drame. Je leur ai d'ailleurs demandé d'y rester, car elles sont bouleversées. À part elles et Henri, il n'y a aucun autre employé présent dans la demeure en ce moment. N'est-ce pas ?

Le majordome acquiesça et précisa :

— La gouvernante, la femme de chambre et Patrice, l'homme à tout faire, ne logent pas aux Trois Ormes. Ils habitent au village et ont quitté les lieux il y a des heures. Quant au jardinier, il ne vient ici que deux fois par semaine.

— Donc, vous nous soupçonnez bel et bien ! s'insurgea à son tour le général.

Forestier regarda fixement son interlocuteur durant quelques secondes, qui parurent à tous une éternité.

— Je suis navré, général, mais j'ai tout lieu de croire que l'assassin du comte se trouve en ce moment même dans cette pièce...

8

Suspicions

— C'est absolument scandaleux, commissaire ! Je n'accepterai pas une seconde de plus de telles accusations !

L'exaspération du général provoqua le ricanement de Moreau :

— Pourquoi montez-vous sur vos grands chevaux ? Si l'un de nous est coupable, cela signifie que tous les autres sont innocents. Puisque vous n'avez rien à vous reprocher, que craignez-vous ?

— Jeune homme, vous étiez encore dans vos langes que je combattais à Verdun sous les ordres du général Pétain, qui deviendrait bientôt maréchal ! Je vous saurais gré de vous montrer un peu plus respectueux à mon égard !

Forestier tenta de calmer les esprits d'un geste de la main.

— Les prochaines heures vont sans doute être fort longues : il vaudrait mieux garder des forces et éviter que les choses ne dégénèrent. Je n'accuse personne en particulier. Je dis simplement qu'il est improbable qu'une personne extérieure à la maison ait commis ce meurtre. C'est pourquoi nous devrions d'ores et déjà établir l'endroit précis où nous nous trouvions au moment du drame.

Pour montrer l'exemple, le commissaire indiqua qu'il avait fait un tour dans la salle à manger et dans la bibliothèque, avant de se ruer dans le hall juste après le coup de feu. Dès qu'il eut fini de parler, un silence s'installa ; chacun détourna le regard, à l'exception du général.

— Eh bien, je préfère en finir tout de suite avec cette corvée, puisqu'on ne nous donne pas le choix. Comme je l'ai dit, j'étais sorti dans le parc pour fumer mon cigare. La porte d'entrée était restée ouverte. Alors que je remontais les marches du perron, j'ai aperçu le commissaire qui courait. J'ai immédiatement compris qu'il se passait quelque chose...

— C'est tout ? s'étonna Moreau. Votre alibi semble bien fragile. Vous pourriez tout aussi bien prétendre être allé cueillir des pâquerettes dans les champs !

Pour éviter une nouvelle altercation entre les deux hommes, Forestier enchaîna :

— Avez-vous entendu la détonation, général ?

— Vaguement... Je me suis retourné, mais je n'ai pas compris qu'il s'agissait d'un coup de feu. Sinon, je serais accouru aussitôt.

— Moi, je l'ai parfaitement entendue, indiqua le journaliste. Elle ne pouvait guère passer inaperçue – difficile de croire qu'on faisait sauter un bouchon de champagne...

Granger ricana en retour.

— Je serais curieux de connaître le parfait alibi que M. Moreau va sortir de son chapeau.

— Oh, je suis très à l'aise sur la question. Juste après notre partie de whist, je suis monté dans ma chambre pour aller récupérer mes cigarettes.

Il sortit son étui, l'ouvrit et l'exhiba aux yeux de tous, comme s'il s'agissait d'une preuve irréfutable.

— Nous avons vu votre étui, mais qui nous dit que vous ne cachiez pas des cigarettes dans votre poche au moment où nous jouions ? l'accusa le général. Qui nous dit que vous avez seulement mis les pieds dans votre chambre ?

— Le commissaire m'a vu descendre les marches quelques secondes après le coup de feu. N'est-ce pas, Louis ?

Forestier fut gêné de cette connivence affichée.

— Disons que vous étiez bien au bas des marches quand je suis arrivé dans le hall. Mais je ne vous ai pas vraiment vu les descendre.

Mme Lafargue soupira bruyamment avant de se lever.

— En ce qui me concerne, l'affaire va être vite réglée. Je suis restée dans le salon après la partie de whist. Je me suis resservi un verre et j'ai attendu que tout le monde revienne. Le comte avait lancé un disque... un concerto de Bach, à ce qu'il me semble.

« Bach. C'était donc lui », pensa le commissaire.

— En somme, vous vous trouviez à seulement quelques mètres du bureau ! remarqua le général. Vous auriez pu vous y rendre en un claquement de doigts.

— Oh, mais c'est que je n'étais pas seule dans le salon ! Mon alibi est inattaquable : le docteur était avec moi.

Tous les regards convergèrent vers Vautrin.

— Est-ce vrai ? demanda le policier.

— Eh bien... oui... c'est tout à fait exact.

— Nous aimerions bien quelques détails ! suggéra Moreau.

Le médecin recula légèrement.

— J'étais en train de digérer notre défaite aux cartes... Je me suis installé près du feu. C'est lorsque l'explosion a retenti que je me suis levé et que nous nous sommes précipités en direction du bureau avec Mme Lafargue.

— Vous n'avez vu personne passer par le salon ?

— Personne... Enfin, à ce qu'il me semble.

— C'est-à-dire ?

— J'étais assis à cette même place, devant la cheminée. Je me laissais bercer par la musique. N'ayant pas d'yeux derrière la tête, je ne saurais dire ce qui pouvait se passer dans mon dos.

— Et vous, madame Lafargue ?

Elle secoua la tête avec assurance.

— Je peux vous certifier que personne n'est entré dans le salon quand je m'y trouvais. La jeune domestique n'est arrivée qu'après, attirée par nos cris.

— De toute façon, le couloir qui dessert le bureau mène à la fois à ce salon et au hall... L'assassin a tout aussi bien pu passer de l'autre côté.

Moreau fit jouer la pierre de son briquet en argent et alluma une cigarette.

— Il ne nous reste donc plus que notre bon vieil Henri, fit-il après avoir craché une volute de fumée. Où étiez-vous donc au moment du meurtre ?

Le majordome releva la tête avec fierté.

— Inutile de dire que je n'aurais jamais pu faire le moindre mal à monsieur le comte. Rien que cette idée me révulse ! Mais puisque je n'ai rien à cacher... Je me suis rendu à la cave durant l'interruption du jeu. Je m'étais aperçu que les liqueurs commençaient à manquer et j'ai préféré prendre les devants. Monsieur le comte tient... tenait à ce que ses invités ne manquent jamais de rien.

— Il est vrai que Moreau et Mme Lafargue ont bu plus que de raison ce soir, remarqua le général. Votre alibi me semble tout à fait solide, mon brave.

Forestier s'appuya contre le manteau de la cheminée. La douleur dans sa jambe s'était apaisée, mais elle n'avait pas totalement disparu.

— Très bien. Nous avons un premier aperçu des faits et gestes de chacun.

Moreau se pencha vers la table basse pour tapoter sa cigarette sur le bord du cendrier.

— Sauf que l'un d'entre nous ment forcément, dit-il. Sinon, Montalabert serait toujours en vie. Vous avez désormais votre liste de suspects, commissaire, mais il est un point que vous n'avez pas abordé.

— Lequel ?

— Eh bien, le mobile. Pourquoi l'un des invités présents ce soir aurait-il voulu assassiner le comte ?

9

L'impossible

Le lieutenant de gendarmerie arriva aux Trois Ormes vers 23 h 30, accompagné de deux agents et d'un médecin. Forestier, qui avait demandé aux invités de demeurer dans le salon tant que les autorités ne seraient pas sur place, l'attendait avec impatience dans le hall. Eugène Guillaumin, puisque tel était son nom, semblait moins impressionné par la mort du comte que par le fait de se retrouver face à une légende de la police judiciaire.

— C'est un honneur de vous rencontrer. Votre réputation a largement dépassé les murs du Quai des Orfèvres, vous êtes un exemple pour nous tous.

— C'est très aimable de votre part…

Le commissaire avait toujours eu un don pour jauger les gens au premier regard. Guillaumin paraissait être un jeune homme sérieux mais manquer quelque peu d'assurance et de poigne. D'une certaine façon, cela pouvait l'arranger s'il voulait prendre l'ascendant dans l'enquête.

Il lui résuma les événements de la façon la plus objective et la plus professionnelle possible.

— Personne n'est entré dans le bureau depuis la tragédie : j'ai veillé à préserver les lieux. Il faut que nous mettions tous des gants. Avez-vous de quoi relever des empreintes ?

Guillaumin ne put dissimuler sa gêne :

— C'est-à-dire que nous ne possédons qu'un matériel rudimentaire… Je peux utiliser des tampons encreurs pour obtenir celles du comte et des personnes qui se trouvent dans cette maison, mais pour ce qui est des prélèvements sur les surfaces, c'est une autre histoire.

— Ça n'est pas grave, la Judiciaire s'en chargera plus tard. Suivez-moi.

Le lieutenant fut surpris par le désordre qui régnait dans la pièce. Forestier lui expliqua qu'il n'était pas dû à une quelconque lutte mais qu'il l'avait déjà constaté durant l'après-midi lorsqu'il avait conversé avec le comte.

Le médecin fit déplacer le corps afin de l'examiner à son aise. Il ne put que confirmer l'origine de la mort et assura que le coup de feu n'avait pu être tiré qu'à bout portant.

— Si la victime est l'auteur du tir, on trouvera forcément des résidus de poudre sur sa main et sa manche. Dans le cas contraire, l'hypothèse du commissaire se révélera exacte.

Pendant que les deux agents inspectaient le reste de la demeure, Forestier et le lieutenant fouillèrent le bureau avec minutie. Si les objets et les livres répandus dans la pièce ralentirent quelque peu leurs recherches, une évidence s'imposait : non seulement il n'existait aucun endroit où un individu aurait pu se cacher, mais il n'y avait pas non plus le moindre passage secret. En revanche, ils découvrirent derrière le grand portrait du père de Montalabert un coffre-fort de grandes dimensions encastré dans le mur.

— Mince alors ! s'exclama Guillaumin. Vous croyez que l'assassin a cherché à l'ouvrir ?

— Non. Il n'en aurait pas eu le temps, et je suppose qu'il ignorait l'existence de ce coffre.

— Que contient-il à votre avis ? De l'argent ? Des bijoux ?

— Le comte s'était fait voler des diamants de grande valeur il y a quelques années… Je parierais plutôt pour des documents.

Guillaumin contemplait le coffre avec perplexité.

— Malheureusement, sans commission rogatoire, interdiction d'y toucher pour l'instant. De toute façon, ça n'est pas à l'intérieur que nous découvrirons la clé de l'énigme.

Les deux hommes remirent le cadre en place, puis Guillaumin s'approcha des fenêtres.

— Vous avez donc dû fracturer une vitre pour entrer ?

— Nous n'avons pas pu faire autrement.

— Et ces lourds rideaux rouges… étaient-ils tirés ?

— Ils l'étaient.

— On peut donc imaginer que quelqu'un se soit dissimulé derrière pour mieux surprendre le comte ?

— L'hypothèse m'a traversé l'esprit. Le problème, c'est que nous étions tous réunis dans le salon quand il s'est rendu dans son bureau, et comme j'exclus toute intrusion extérieure…

— Dans ces conditions, vous vous rendez bien compte que ce crime est tout bonnement impossible ! Comment pourrons-nous le résoudre si personne n'a pu le commettre ?

— C'est un défi que nous allons pourtant devoir relever, lieutenant.

Après avoir fait pour la énième fois le tour de la pièce, Guillaumin s'arrêta près du meuble phonographe et s'intéressa au 78 tours.

— « Jean-Sébastien Bach. *Concerto n° 1 en ré mineur* », lut-il sur l'étiquette. Vous m'avez dit que le comte avait lancé ce disque juste avant son assassinat…

— Oui, et je dois dire que je trouve cela plutôt étrange.

— Pour quelle raison ?

— Eh bien, lorsque vous vous isolez dans une pièce pour prendre un appel, vous voulez rester concentré. Montalabert était un mélomane, mais je suppose qu'il aimait être au calme pour écouter de la musique.

— Peut-être que…

— Quoi ?

— Peut-être a-t-il mis de la musique pour couvrir le bruit de sa conversation ?

Le lieutenant affichait une mine mal assurée, comme s'il craignait d'avoir proféré une ineptie.

— Hypothèse très intéressante, le rassura Forestier. Montalabert m'a dit que les murs de cette maison avaient des oreilles… Oui, c'est l'expression précise qu'il a utilisée.

— Vous pensez qu'un domestique a pu chercher à l'écouter ?

— Si c'est le cas, nous n'avons guère l'embarras du choix. Je vois mal la cuisinière ou la jeune fille qui sert de bonne épier derrière une porte. Il ne reste donc qu'Henri, le majordome...

— Nous devrons l'interroger, de toute façon. J'aimerais que vous me racontiez dans le détail la conversation que vous avez eue avec la victime cet après-midi.

— Bien entendu.

Forestier rapporta mot pour mot son échange avec le comte et expliqua les raisons de sa présence aux Trois Ormes. Les lettres de menaces, l'inquiétude de son hôte, l'enquête que lui-même était censé commencer dès le lendemain pour démasquer le corbeau...

— Montalabert m'a assuré que les invités n'avaient rien à voir avec ces courriers, mais je dois dire que j'ai eu du mal à le croire.

— Vous pensez que l'expéditeur se trouve en ce moment même dans le salon ? N'est-ce pas un peu étrange ? Le propre d'un corbeau est de vouloir rester anonyme.

— Il ou elle n'a sans doute pas pu refuser cette invitation. Je pense que le comte soupçonnait l'un d'entre eux et qu'il avait l'intention de le confondre ce week-end.

— Et cette personne aurait supprimé Montalabert avant qu'il ne puisse révéler son identité... Le scénario se tient.

Quelques instants plus tard, les agents étaient de retour dans le bureau.

— Alors ? demanda le lieutenant avec un signe du menton.

— Nous avons effectué une première fouille de la maison. Elle est si grande que certains recoins ont pu nous échapper, mais nous n'avons rien noté d'anormal.

— Et les chambres des invités ?

— Rien de particulier de ce côté-là non plus.

Resté près du corps, le médecin commençait à s'impatienter.

— Messieurs, dit-il, je ne peux rien faire d'autre pour le moment. Puisqu'une enquête est ouverte, je ne peux ni conclure au suicide ni signer le permis d'inhumer. Je suppose que le corps doit être levé pour autopsie...

— Naturellement, répondit Guillaumin en regardant le drap blanc qui recouvrait la victime. Commissaire, je préfère être honnête avec vous. Les homicides sont rares dans le coin et je n'ai pas l'habitude de mener ce genre d'enquête. Au vu de vos états de service, j'aimerais beaucoup que vous m'assistiez en attendant l'arrivée de vos collègues de la Judiciaire. Ça n'est peut-être pas très orthodoxe mais...

— Rassurez-vous, lieutenant, je ferai tout pour vous être utile.

— Merci. Que suggérez-vous que nous fassions à présent ?

Un sourire éclaira le visage du commissaire.

— Les invités prétendent tous posséder un alibi inattaquable. Nous devons les mettre sur le gril sans tarder... individuellement, cela va sans dire. Je suis certain qu'ils se montreront beaucoup plus bavards que tout à l'heure.

10

Mensonges

Le docteur Vautrin ne s'était toujours pas remis du drame. Installé dans un fauteuil de la bibliothèque – celle-là même où se trouvait Forestier au moment des faits et qui allait servir de salle d'interrogatoire improvisée –, il montrait une anxiété évidente. Malheureusement, le commissaire savait qu'aucun signe extérieur ne permet de juger de la culpabilité d'une personne : certains criminels font preuve d'un sang-froid impressionnant quand des innocents perdent tous leurs moyens comme s'ils étaient coupables de tous les crimes.

— Pourquoi suis-je interrogé en premier ?

— C'est moi qui ai suggéré cette idée au lieutenant, répondit Forestier d'un ton amène. Je vous sens affecté par la mort du comte et je préfère vous épargner une trop longue attente.

— Bien, bien...

Guillaumin s'éclaircit la voix avant de prendre la parole :

— Vous comprendrez que nous devons établir avec la plus grande précision l'emploi du temps de chacun ce soir. J'aimerais que vous me répétiez ce que vous avez dit au commissaire.

D'une voix atone, Vautrin rappela ce qu'il avait fait, ce qui se résumait en somme à bien peu de chose. Guillaumin prit son témoignage en note dans son calepin, de manière consciencieuse.

Le médecin n'avait pas quitté le salon entre le moment où le comte était sorti de la pièce et celui où le coup de feu avait retenti. Il regardait l'âtre qui sifflait et crépitait. Il n'avait rien remarqué d'étrange mais avait été étonné d'entendre le concerto de Bach : le comte avait eu l'air agacé par ce coup de fil inopiné et ne semblait pas d'humeur à écouter de la musique.

Forestier échangea un bref regard avec le lieutenant : il n'était donc pas le seul à avoir été frappé par cette bizarrerie.

— Vous m'avez dit que Mme Lafargue était restée avec vous ; vous le confirmez ?

Vautrin se contenta de hocher la tête.

— Docteur, il s'agit là d'un point crucial : nous essayons d'établir la solidité des alibis. Mme Lafargue a-t-elle quitté le salon ne fût-ce qu'une minute quand vous vous y trouviez ?

— Eh bien, elle était là au début, mais après avoir bu encore un verre elle a dit : « Je vais me repoudrer le nez. »

— Pardon ?

— J'imagine que c'était pour elle une manière élégante d'indiquer qu'elle avait un besoin pressant.

Forestier et Guillaumin se regardèrent avec consternation.

— Combien de temps s'est-elle absentée ?

— Oh, je serais incapable de le dire précisément. Trois minutes, peut-être davantage… Quand il y a eu cette détonation, je me suis levé précipitamment. Mme Lafargue et moi sommes arrivés au même moment devant le bureau.

Forestier garda un instant le silence, tout en faisant peser sur le docteur Vautrin un regard froid et accablant.

— Pourquoi m'avoir menti lorsque je vous ai interrogé la première fois ?

— Je n'ai pas menti ! Mme Lafargue n'aurait pas eu le temps de commettre ce meurtre en si peu de temps ! Quand elle a prétendu qu'elle n'avait pas quitté la pièce et qu'elle m'a pris à témoin, je ne sais pas… je me suis senti acculé.

Forestier ne s'était pas trompé sur son compte : Vautrin était d'une nature si conciliante et soumise qu'il n'osait jamais s'opposer à personne, même dans une situation qui pouvait le compromettre. À moins qu'il n'eût simplement trouvé avantageux que la jeune femme lui serve d'alibi en retour.

Il l'interrogea sur ses relations avec le comte. Vautrin le connaissait depuis cinq ou six ans. Il l'avait rencontré lors d'une soirée mondaine à Paris, à l'époque où celui-ci fréquentait encore le monde. Ils s'étaient recroisés quelques fois, mais ils n'avaient jamais été vraiment intimes, et il n'avait jamais été son médecin.

— Connaissiez-vous l'un des invités avant d'arriver cet après-midi ?

— Non. Je connaissais le général et le journaliste, mais uniquement de nom... Tout comme vous, évidemment, commissaire.

Le lieutenant prit le relais. Il voulait minuter le déroulement des événements. Le téléphone avait sonné à 22 heures précises, cela était acquis. Selon Vautrin, le disque avait été lancé deux minutes après et le coup de feu avait retenti à la fin du morceau – soit quelque trois minutes trente plus tard, puisque Guillaumin avait vérifié la durée de la face A du disque.

Avant de libérer Vautrin, Forestier souhaitait aborder avec lui un dernier point :

— Êtes-vous un bon joueur de whist, docteur ?

— Quel rapport avec le meurtre ?

— Probablement aucun... Répondez simplement à cette question, je vous prie.

— Non. Je me débrouille, mais je ne me qualifierais certainement pas de « bon joueur ». Moreau est très doué, tout comme Mme Lafargue qui prétendait pourtant ne rien y connaître...

— Et le général ?

— C'est un joueur prudent, bon tacticien, mais qui à mon avis ne prend pas assez de risques. Nous n'étions pas à la hauteur, tout simplement. Avec le recul, j'aurais mieux fait de faire équipe avec ce journaliste.

Dès qu'ils furent seuls, le lieutenant regarda le commissaire avec perplexité.

— Qu'en pensez-vous ?

— J'en pense que les cartes sont rebattues et que les choses se compliquent. Le docteur Vautrin et

Mme Lafargue étaient censés avoir des alibis incontestables, or chacun d'eux a tout à fait eu la possibilité de commettre le meurtre.

*

Installée nonchalamment dans son fauteuil, Catherine Lafargue apparut aux yeux des deux enquêteurs comme un double inversé du médecin. Son visage n'exprimait aucune inquiétude ni aucune émotion notable. À l'évidence, cet interrogatoire s'apparentait davantage pour elle à un pensum qu'à un possible guêpier.

— Madame, débuta le lieutenant, j'aimerais que vous preniez conscience de la gravité de la situation : un homme est mort ce soir, assassiné.

— Comme si je n'étais pas au courant !

— Je ne doute pas que vous le soyez, mais vous n'avez pas dit toute la vérité. Le docteur Vautrin nous a appris que vous aviez quitté le salon lorsqu'il s'y trouvait. Dans la mesure où le commissaire Forestier n'appartient plus aux forces de l'ordre, on ne peut pas encore parler de faux témoignage, mais je suis pour ma part gendarme, madame, et je vous demande de bien réfléchir à ce que vous vous apprêtez à dire devant moi.

Mme Lafargue rejeta la tête en arrière avec désinvolture.

— Oh, inutile d'en faire toute une histoire... C'est vrai que je me suis absentée un moment : j'avais besoin d'aller au petit coin. Qu'auriez-vous voulu que je fasse ? Que je me retienne toute la soirée ?

Le lieutenant sembla ébranlé par le franc-parler de la jeune femme.

— Pourquoi ne pas l'avoir indiqué au commissaire ?

— Si vous croyez que j'avais envie de parler de ça devant les autres ! Et puis, au fond, qu'est-ce que ça change ? Je n'ai pas quitté la pièce assez longtemps pour pouvoir être soupçonnée de quoi que ce soit.

— Nous préférerions en rester seuls juges, répondit Guillaumin avec une certaine brusquerie. Vous avez donc dû monter à l'étage ?

— Pas du tout. Il y a une magnifique salle de bains équipée de water-closets au rez-de-chaussée. Flambant neuve... Henri m'a dit que le comte l'avait fait installer récemment, car il avait de plus en plus de mal à monter les escaliers.

Catherine Lafargue était sortie de la salle de bains au moment où avait retenti l'« horrible explosion ». Elle s'était précipitée dans le couloir et était tombée sur le docteur Vautrin.

Forestier prit ensuite la parole et l'interrogea sur ses liens avec le comte de Montalabert. Elle indiqua qu'elle l'avait connu lors d'événements mondains mais qu'il était surtout proche de son mari, Félix Lafargue, un riche industriel qui avait fait fortune dans l'aéronautique. Le comte était tout à la fois son ami et son concurrent, puisqu'il avait lui-même investi de fortes sommes dans une entreprise d'aviation rivale. Forestier s'étonna qu'une femme de son rang se rende seule à la campagne chez un hôte qui n'était pas vraiment l'un de ses intimes.

Elle haussa les épaules avec mépris.

— À quelle époque vivez-vous, commissaire ? Nous ne sommes plus au XIXe siècle ! Les femmes ont des droits et mon époux me laisse libre de faire ce que je veux.

Forestier fixa intensément la jeune femme et perçut à nouveau quelque chose de singulier dans son regard, à la fois absent et vaporeux.

— Pourquoi avoir prétendu que vous ne saviez pas jouer au whist ?

— Oh, je vois clair dans votre jeu : j'aurais menti sur ce point, donc je pourrais mentir sur d'autres bien plus importants...

— Je ne sous-entendais rien de tel.

— J'ai simplement dit que je ne savais pas bien y jouer, nuance. M. Moreau et moi-même ne sommes pas des joueurs exceptionnels ; ce sont surtout les deux autres qui ne sont pas doués.

— Je vois... Quelle impression vous ont faite les autres invités ? Comment analyseriez-vous leur caractère respectif ?

Mme Lafargue hésita un peu, mais Forestier eut l'impression qu'elle avait déjà des idées bien arrêtées sur la question. Elle trouvait Moreau charismatique et amusant. Le général était un peu trop sinistre à son goût. Et le docteur Vautrin, qu'elle n'avait pas l'air de beaucoup apprécier ? Elle le jugeait d'un naturel sournois et n'aimait pas ses manières doucereuses.

— Elle est très forte, remarqua Forestier dès qu'elle eut quitté la pièce.

— Très forte ?

— Rien ne l'impressionne. Vous avez vu l'aplomb dont elle a fait preuve ?

— C'est vrai... On peut dire qu'elle a un caractère bien trempé. Vous croyez réellement qu'une femme aurait pu faire le coup ?

Forestier ne put s'empêcher de rire.

— Si elle vous entendait, Mme Lafargue vous traiterait à coup sûr de misogyne. Les adversaires les plus coriaces sont ceux que l'on sous-estime le plus. Ne l'oubliez jamais, lieutenant !

11

Le monde est un théâtre

Eugène Guillaumin avala une gorgée de café. Mme Vallin, la cuisinière, en avait préparé en abondance pour qu'ils puissent affronter cette rude nuit.

— Je pensais à quelque chose, commissaire... fit-il en reposant sa tasse. Il est établi pour vous que le Browning n'a pas été utilisé ?

— Oui, et les analyses le prouveront, croyez-moi.

— Pour quelle raison le meurtrier se serait-il compliqué la vie en utilisant deux armes : celle qui a servi au meurtre et celle qui ne serait qu'un leurre ?

— La raison en est simple. L'assassin ne pouvait pas entrer dans le bureau et récupérer le pistolet dans un tiroir pour tuer Montalabert : celui-ci se serait défendu et aurait appelé à l'aide.

— Il aurait pu le récupérer avant...

— Impossible : d'après Henri, le bureau était toujours fermé à clé. Ce qui est sûr, c'est que notre homme savait que cette arme était rangée dans son meuble de travail.

— Soit, mais aucun des suspects n'ignorait que le comte était gaucher. Pourquoi avoir commis une erreur aussi grossière ?

— Parce que l'assassin n'a pas pu faire autrement. Vous avez pu constater en entrant le désordre qui régnait d'un côté du bureau : des livres en pagaille et tout un tas d'objets qui l'ont empêché de passer par là. Il s'est donc approché du comte par le côté gauche, et a tiré une balle dans la partie droite de son crâne.

Le lieutenant n'eut pas le temps de réagir, car on frappait à la porte.

Adrien Moreau entra. Quoique fatigué, il traversa la pièce d'un pas plutôt alerte pour prendre place dans le fauteuil des suspects.

— Eh bien, messieurs, je crois que mon tour est venu. À quelle sauce allez-vous me manger ?

Les deux hommes trouvèrent le trait d'humour déplacé.

— Vous tenez le coup, Adrien ? demanda néanmoins Forestier pour le mettre en confiance.

— Oh, ça va. Toute cette histoire m'a fait un choc, bien sûr, mais je ne vais pas vous faire croire que je suis bouleversé. Je connaissais assez peu le comte, en définitive.

— Montalabert m'a expliqué qu'il vous avait rencontré dans les locaux d'un journal dont il était propriétaire.

— Oui, j'étais encore suffisamment bête à l'époque pour me laisser exploiter. Le rédacteur en chef, qui me trouvait prometteur, avait dû lui parler de moi. Je l'ai revu ensuite à diverses occasions lorsque je me suis mis à mon compte.

— Et vous étiez déjà venu aux Trois Ormes avant ce soir…

— Deux fois. La maison est agréable, idéale pour se changer un peu les idées, et elle n'est pas trop éloignée de Paris. Heureusement, car la province et moi… !

— Avez-vous quelque chose à changer à votre premier témoignage ?

— Absolument pas.

Moreau commença à expliquer ce qu'il avait fait juste avant le meurtre. Il avait mis un peu de temps à récupérer ses cigarettes parce qu'il avait admiré les toiles dans le couloir de l'étage. Le lieutenant prenait toujours des notes, relançant le témoin pour préciser quelques détails, mais Forestier ne trouva pas un seul point sur lequel il pût le prendre en défaut.

— Vous êtes journaliste, Adrien, vous devez avoir l'habitude d'émettre des hypothèses. J'aimerais donc que vous nous donniez votre avis sur la manière dont l'assassin s'y est pris.

Une vague méfiance s'alluma dans l'œil du jeune homme, mais l'envie de se prêter au jeu fut la plus forte :

— Très bien, si cela peut vous être utile… Pour moi, l'assassin a commis une seule erreur : il a oublié que le comte était gaucher. Peu importe au fond qu'il n'y ait pas de traces de poudre dans le canon : je doute qu'en cas de suicide manifeste la police procède à des analyses de l'arme.

— C'est exact. Bien des meurtres passent pour des accidents ou des suicides. Poursuivez. C'est après que les choses se compliquent…

— Pas tant que ça. L'assassin laisse la clé sur la porte, ressort et utilise une pince pour la manœuvrer de l'extérieur – je suppose que c'est possible avec un minimum de matériel. Ensuite, il n'a plus qu'à attendre et prétendre qu'il est arrivé juste après avoir entendu le coup de feu.

— Votre hypothèse fait donc au moins un innocent.

— Qui donc ?

— Le général. Il est arrivé après tout le monde parce que, d'après ses dires, il était dans le parc. Il n'aurait pu rebrousser chemin sans qu'on l'aperçoive.

— Vous oubliez qu'il y a une deuxième entrée à l'arrière de la maison, beaucoup plus discrète.

— Certes. Mais de toute façon votre scénario rencontre un obstacle.

— Je ne vois pas lequel.

— Votre histoire de pince me paraît des plus fragiles. J'ai côtoyé durant ma carrière beaucoup d'as du fric-frac et je peux vous assurer qu'aucun d'entre eux n'aurait été capable de refermer une porte de l'extérieur en seulement quelques secondes.

— Vous avez probablement raison. Je n'y connais pas grand-chose en serrurerie…

Pour ce qui était de la partie de cartes, Moreau n'avait rien trouvé d'anormal chez son partenaire ou chez ses adversaires. Le whist avait l'air de beaucoup amuser Mme Lafargue, qui s'en sortait bien pour une novice. Le général lui avait semblé un peu effacé ; sans doute appréciait-il peu la compagnie des autres joueurs, en particulier la sienne.

— J'ai effectivement noté des frictions entre vous ce soir.

— Oh, je crois que j'énerve beaucoup de gens. Je ne le fais pas exprès, c'est dans ma nature.

— Et le docteur ?

— Il enrageait de perdre, ça se voyait comme le nez au milieu de la figure. Il a l'air d'un homme calme au premier abord, mais je me méfie de l'eau qui dort.

— C'est drôle, le général a employé la même expression au sujet de Mme Lafargue durant la partie.

— C'est vrai ? Je n'y avais pas prêté attention.

— Croyez-vous que le docteur ait pu tuer le comte ?

Moreau s'agita dans son fauteuil.

— Je n'ai jamais dit une chose pareille. Simplement, vu le mystère inextricable auquel nous sommes confrontés, j'évite de me fier aux apparences. Rien d'autre...

« Moi aussi », pensa le commissaire.

*

— Ce qui s'est passé est une véritable tragédie. La mort de mon ami Montalabert me bouleverse, mais je pense aussi à ma réputation, messieurs. Devenir le suspect d'un meurtre... c'est inconcevable pour moi ! Après tous les services que j'ai rendus à mon pays !

Forestier savait que le général serait un suspect coriace et qu'il ne laisserait personne salir son honneur. Aussi choisit-il soigneusement ses mots pour ne pas le braquer :

— Général, personne ici ne saurait remettre en cause votre réputation. Mais vous comprendrez que le lieutenant se doit d'interroger toutes les personnes présentes ce soir.

— Je suis un militaire moi aussi, renchérit Guillaumin. Je suis sûr que vous me comprenez.

À ces paroles, Granger s'adoucit un peu. Forestier ne s'attarda guère sur son alibi, qui était autant improuvable qu'irréfutable. Il lui demanda comment il avait trouvé le comte depuis son arrivée, d'un point de vue physique aussi bien que psychologique. Selon le général, Montalabert avait encore l'esprit agile, mais il lui avait paru très fatigué et soucieux. Son attitude absente durant le repas... son empressement à répondre au téléphone... Il était sûr que le comte attendait cet appel, raison pour laquelle il n'avait pas laissé le majordome décrocher.

Connaissant déjà la nature de ses relations avec la victime, Forestier le questionna sur les autres convives. M. Moreau, par exemple...

— C'est un jeune blanc-bec qui n'éprouve de respect pour rien ni pour personne. Il est d'une arrogance insigne et je suis certain qu'il mène une vie de débauche.

— Et Mme Lafargue ?

— Je pense que c'est une manipulatrice de premier rang. Elle a dû faire tourner la tête de beaucoup d'hommes dans sa vie. Malgré sa fortune et ses grands airs, je lui trouve mauvais genre. Quant au docteur Vautrin, c'est naturellement celui avec qui j'ai le plus d'affinités, même si c'est un joueur de whist exécrable. Un esprit rassis, qui ne vous chicane pas sans cesse comme ce foutriquet de journaliste. Je ne dirais pas pour autant que j'aimerais passer des soirées entières en sa compagnie.

Quand le général fut parti, le jeune lieutenant de gendarmerie feuilleta son calepin, qu'il avait noirci de notes.

— Je ne suis pas bien sûr que ces interrogatoires m'aident à y voir plus clair...

— Oh, nous n'avons peut-être rien appris d'essentiel, mais ils nous ont permis de cerner plus précisément les invités et d'apprendre ce qu'ils pensent les uns des autres.

— J'aurais préféré me mettre sous la dent des éléments plus concrets.

— Si vous attendez qu'une preuve nous tombe comme par magie dans l'escarcelle, vous risquez d'être déçu. Tout crime recèle une part évidente de psychologie : le choix de l'arme, la méthode utilisée, le *modus operandi* reflètent forcément une personnalité. C'est cela qu'il nous faut creuser si nous voulons trouver le coupable.

— Si vous le dites...

Le regard de Forestier se fit vague.

— J'ai discuté longuement avec le comte ce soir, près du feu. Alors que je lui disais que Mme Lafargue faisait beaucoup de manières et semblait jouer un rôle, il m'a cité une phrase de Shakespeare : « Le monde entier est un théâtre. Et tous, hommes et femmes, en sont les acteurs. »

— Et... ?

— Je crois qu'il ne pensait pas qu'à cette invitée en disant cela et qu'il s'agissait de bien plus qu'une métaphore. Examinons les faits qui se sont produits comme s'il s'agissait d'une pièce et intéressons-nous à la distribution.

— Je ne vous suis plus, commissaire.

— Essayez de ne pas considérer chaque suspect individuellement, mais mettez-les en relation les uns avec les autres, comme dans toute bonne histoire dramatique. Quels liens pourriez-vous établir entre eux ?

Le lieutenant fit une moue dubitative.

— Eh bien, il me semble évident que nous sommes face à deux groupes distincts, qui se sont d'ailleurs formés naturellement lors de la partie de cartes. D'un côté, M. Moreau et Mme Lafargue : deux jeunes gens libres, charmeurs, qui ne gardent pas leur langue dans leur poche.

— Bien, lieutenant. Continuez.

— De l'autre, le général et le docteur : deux hommes d'âge mûr, assez posés, qui prennent la mort du comte beaucoup plus au sérieux et sont affectés d'être mêlés à une affaire criminelle. Pourtant, on ne peut pas dire qu'ils se ressemblent...

— Quatre invités, que l'on pourrait répartir en paires comme dans un jeu de cartes, et qui sont néanmoins tous dissemblables. J'ai la certitude que le comte ne les avait pas réunis par hasard. Ils étaient tous les acteurs d'une pièce dont il était le metteur en scène. Malheureusement pour lui, la comédie s'est transformée en tragédie, et le dénouement n'a pas été celui qu'il imaginait.

— Vous pensez qu'il existe un lien entre ces quatre personnes ?

— J'en suis certain.

— Les lettres de menaces ?

— Je l'ai cru au début, mais cette hypothèse me semble de plus en plus hasardeuse. Non, il existe autre chose, c'est forcé. Et lorsque nous aurons découvert quoi, nous aurons fait un pas de géant dans cette enquête.

12

La mémoire de la maison

Le lieutenant, le commissaire et le majordome arpentaient les couloirs de la Maison aux Trois Ormes. Forestier avait demandé à Henri de leur faire faire une visite des lieux – sans trop savoir, il devait bien se l'avouer, ce qu'il recherchait vraiment.

— Nous sommes désolés de vous faire veiller aussi tard, Henri.

Le majordome secoua la tête d'un air navré, comme si c'était lui qui avait réclamé un service.

— Oh, après ce qui est arrivé à ce pauvre monsieur le comte, je ne pourrais pas fermer l'œil de la nuit.

Une fois qu'ils eurent fait le tour de la maison, Henri indiqua qu'il existait un vaste grenier, dont la porte était toujours fermée à clé.

— Désirez-vous le visiter ?

— J'y jetterai un coup d'œil demain, répondit le commissaire. Je crois que nous en avons assez vu pour ce soir... Dites-moi, Henri, si vous deviez dissimuler une arme ici, quelle cachette choisiriez-vous ?

L'homme parut décontenancé.

— Je l'ignore, monsieur. Cette demeure est si vaste qu'il faudrait des jours pour la fouiller de fond en comble. Mais, puisque nous en parlons, je crois que je choisirais le grenier : il y a tant de vieux objets là-haut…

Pour poursuivre leur entretien, Forestier invita les deux hommes dans sa chambre, car la bibliothèque, qui lui avait semblé charmante et douillette au début, commençait à lui donner le bourdon. La pièce était si fraîche et humide qu'Henri voulut allumer un feu.

— Ne vous embêtez pas avec ça, fit le commissaire. Vous avez déjà eu bien assez de travail et d'émotions pour ce soir.

Le lieutenant et le commissaire s'installèrent sur une ottomane de soie bleue, Henri prit place dans la bergère face à eux.

— Vous m'avez dit que vous étiez au service de M. de Montalabert depuis près de trente ans ?

— C'est exact, monsieur. Pour être précis, j'ai été engagé en 1910.

— Alors vous êtes un peu la mémoire de cette maison.

— Au risque de paraître vaniteux, oui, je crois qu'on peut le dire.

Forestier se montra direct dans ses questions, pour en apprendre le maximum sur le comte. Henri déclara que son maître était fort apprécié par ses amis et par le voisinage. C'était un homme exigeant avec ses employés, qui ne supportait pas le travail bâclé, mais, cela mis à part, il les traitait tous avec équité et considération.

— Se montrait-il généreux ? Estimez-vous par exemple qu'il vous payait convenablement ?

Le majordome hésita.

— Je suppose que monsieur le comte savait ce qu'il faisait. Mais il est vrai qu'il m'est parfois arrivé de solliciter de légères augmentations sans qu'il daigne me les accorder. Je travaille beaucoup, vous savez : tenir cette maison n'est pas une sinécure.

— Je n'en doute pas, Henri. Est-ce que le comte pouvait se montrer excessivement méfiant, voire paranoïaque ?

— Pardon ?

— Il fermait toujours son bureau à clé et il n'avait vraisemblablement pas confiance en sa femme de chambre... ni peut-être en d'autres employés.

— Monsieur le comte avait de lourdes responsabilités et il n'a jamais aimé que l'on se mêle de ses affaires.

— Ses affaires, justement... que savez-vous à ce propos ?

Henri se montra d'abord très prudent, mais, pressé par les questions, il finit par avouer que le comte traversait une passe difficile, liée à des problèmes d'argent. Depuis environ deux ans, il avait beaucoup réduit son train de vie. Il y avait autrefois plus d'une dizaine de domestiques, qui logeaient tous aux Trois Ormes. Mais les choses s'étaient peu à peu dégradées, au point que plus personne n'était dupe.

Montalabert avait donc en partie menti en disant détester les maisons qui grouillaient de domestiques. Il ne pouvait tout simplement plus se payer leurs services.

— Plusieurs messieurs sont venus ici ces derniers temps, et ce n'étaient vraisemblablement ni des connaissances ni des amis. Le comte a parlé longuement avec eux dans son bureau ; après leur départ, il avait l'air contrarié et déprimé.

— Des créanciers ?

— C'est fort possible.

L'argent, l'un des plus vieux moteurs du crime... Malheureusement, dans le cas présent, ce n'était pas un suspect mais la victime qui en manquait. Autant dire que tout cela ne les avançait pas à grand-chose.

— À part sa fille, Louise, le comte avait-il de la famille ?

— Quelques cousins éloignés, mais il ne les voyait presque jamais.

— Pourquoi Louise ne vit-elle pas aux Trois Ormes ? Ce n'est pourtant pas la place qui manque, ici.

— Oh, c'est une longue histoire... Après la mort de son épouse, il y a dix ans, monsieur le comte n'a pas trouvé le courage de continuer à élever sa fille. Il y avait bien sûr une gouvernante pour s'occuper d'elle, mais dans la mesure où il passait la moitié de son temps en voyage, il a estimé qu'elle serait plus heureuse ailleurs...

— Est-ce vraiment la seule raison ? Lorsque nous avons parlé d'elle, il n'a pas eu de mots tendres à son endroit. Je n'ai pas eu l'impression qu'il l'aimait comme un père est censé aimer sa fille.

— Pour être honnête, je n'ai jamais compris son attitude à l'égard de Mlle Louise. Peut-être lui rappelait-elle trop sa mère, ou peut-être était-il déçu de ne pas avoir eu de fils. C'était une enfant merveilleuse, vous savez, et pleine de talents. C'est elle qui a peint les aquarelles que vous voyez là.

Même si les toiles accrochées aux murs n'étaient pas à son goût, Forestier devait reconnaître que la petite avait un sacré coup de pinceau.

— M. de Montalabert père adorait sa petite-fille, reprit Henri. Il a été très affecté lorsqu'elle a quitté la maison. Il a d'ailleurs eu de terribles disputes avec son fils à ce sujet, mais mon maître s'est montré inflexible.

— Où est-elle allée habiter ?

— Chez une de ses tantes maternelles, à Paris. Elle y réside toujours, d'ailleurs. Monsieur le comte lui versait depuis lors une rente – oh, fort modeste comparée au rang qui aurait dû être le sien. Dieu sait ce qu'elle va devenir…

— Quel âge a-t-elle aujourd'hui ?

— Elle va sur ses 20 ans.

Forestier percevait une si grande tristesse dans la voix du majordome qu'il trouva plus sage de changer de sujet. Il lui demanda de leur parler en toute franchise des invités.

Le général était un familier des Trois Ormes. C'était un homme droit, qu'Henri admirait. M. Moreau et Mme Lafargue étaient venus seulement deux fois, mais madame était toujours accompagnée de son époux. Il n'appréciait guère leur désinvolture ni les aises qu'ils prenaient dans la demeure. Quant au docteur Vautrin, il le voyait pour la première fois et n'avait pas d'opinion particulière à son sujet.

— Le comte traversait des difficultés financières mais il nous a reçus de façon fort luxueuse. Vous a-t-il semblé qu'il avait fait un effort particulier ce soir ?

— Oui, monsieur. Il m'a expressément demandé de ne pas regarder à la dépense, ce qui m'a beaucoup étonné.

— Le comte aurait voulu nous impressionner ?

— C'est possible, monsieur. À moins qu'il n'ait eu une autre idée derrière la tête. Lorsqu'il donnait des ordres aussi précis, c'était qu'il les avait longuement mûris.

Carnet de notes en main, le lieutenant évoqua les missives anonymes déposées dans la boîte aux lettres. Le domestique tombait des nues. Il ignorait tout de ces courriers et ne connaissait aucun ennemi au comte. Quand Guillaumin lui demanda d'établir son alibi, le majordome ressortit au mot près le récit qu'il avait fait dans le salon. Après quelques autres questions de pure routine, on le laissa quitter la chambre.

— Les langues commencent à se délier, constata le gendarme. D'homme du monde parfait, Montalabert s'est transformé en père indigne et en maître pingre criblé de dettes. Vous vous doutiez qu'il avait des problèmes d'argent ?

— Plus ou moins… En arrivant, j'ai été surpris par la vétusté de cette chambre. Et je trouvais étrange qu'il y ait si peu d'employés dans une demeure de cette taille.

— Vous croyez que cela peut avoir un lien quelconque avec le crime ?

— C'est possible, même s'il est difficile d'imaginer lequel.

Le lieutenant se leva et alluma une cigarette.

— J'ai été étonné que vous ne commenciez pas par lui demander de répéter son alibi.

— Je n'ai pas jugé que c'était nécessaire. Je ne le crois pas coupable.

— Mais… son maître le payait à l'évidence au lance-pierres !

— Et après ? Qu'aurait-il gagné à le tuer ? Avec les dettes que le comte a contractées, la propriété va être vendue et il perdra probablement sa place.

— Montalabert lui a peut-être laissé un joli pécule dans son testament.

— Franchement, ça m'étonnerait. Et même si c'était le cas, Henri n'a pas le profil d'un homme à prendre des risques démesurés. Il aurait préféré finir ici des jours tranquilles, quoique maigres, plutôt que de s'en remettre au hasard.

— C'est drôle, mais j'ai pensé que vous vouliez le piéger en lui demandant où il aurait caché l'arme.

— Non, je voulais vraiment obtenir son avis sur la question.

— Et… ?

— Sa réponse n'est guère encourageante. Nous aurons certainement beaucoup de mal à la retrouver. Je n'arrive pas à comprendre comment l'assassin a pu la faire disparaître ! Notre seul espoir, c'est que dans la précipitation il n'ait pas eu le temps d'effacer ses empreintes.

— Il portait sans doute des gants.

— Vu la rapidité d'exécution du meurtre, je ne le crois pas. Les enlever lui aurait fait perdre du temps et il aurait dû les dissimuler ensuite. Avec l'arme, ça aurait fait beaucoup…

On tapa à la porte. Il s'agissait d'un des deux agents, qui les informa que le corps avait été levé. Le lieutenant lui demanda d'attendre dans le hall.

— Je serai de retour demain matin à la première heure pour poursuivre l'enquête, indiqua-t-il ensuite à Forestier en se levant. Que comptez-vous faire de votre côté ?

— Certainement pas aller au lit... Mes méninges sont en ébullition. Je vais passer la nuit dans le bureau : je préfère éviter que quelqu'un s'y introduise et je crois que j'aurai fort à faire avec les papiers du comte. Vous ne voyez pas d'inconvénient à ce que j'y jette un coup d'œil ?

— Bien au contraire. Si vous pouvez défricher le terrain...

Forestier se leva à son tour du canapé.

— Et puis, voyez-vous, je crois qu'on ne réfléchit jamais aussi bien à un meurtre qu'en s'imprégnant du lieu où il a été commis.

13

Une nuit agitée

Assis derrière le bureau en chêne, Louis Forestier essayait de se mettre dans la tête de la victime. Il avait enfilé une paire de gants pour ne laisser aucune empreinte, dans l'attente des examens auxquels procéderaient ses collègues de la Judiciaire.

L'appel téléphonique relevait-il du hasard, ou un complice de l'assassin l'avait-il passé à 22 heures précises pour attirer Montalabert dans le bureau comme dans une souricière ? La seconde hypothèse était convaincante, car le commissaire ne voyait pas comment le tueur aurait pu passer à l'acte sans savoir précisément à quel moment il devrait agir.

S'imaginant qu'il pouvait être épié, le comte avait pris soin d'allumer le gramophone pour que la musique couvre ses paroles. L'un des invités – ou Henri – profitait de la pause après la partie de whist pour emprunter le couloir, *via* le salon ou le hall, et surprendre Montalabert. Ce dernier avait sans doute été étonné de cette irruption, mais il ne pouvait raisonnablement imaginer que l'un de ses hôtes ou son domestique débarquait pour le tuer, aussi n'avait-il pas crié ni ne s'était levé. L'assassin s'approchait du bureau, sortait son pistolet et abattait le comte à bout portant. Il rempochait ensuite son arme, prenait le Browning dans le tiroir et le jetait au sol. Tout cela avait pu être accompli en moins d'une minute. Le scénario se tenait, sauf que Forestier achoppait toujours sur le moyen qu'avait utilisé l'assassin pour s'extraire de la pièce. Comment diable avait-il fait ?

Il se leva pour examiner une nouvelle fois la serrure. Bien qu'il s'agît d'un modèle courant, même le plus génial des rats d'hôtel n'aurait pu la refermer de l'extérieur sans batailler un bon moment. Après avoir récupéré une loupe qui traînait sur le bureau, il examina attentivement la clé : elle ne portait aucune de ces éraflures que laisse une pince de cambrioleur.

Forestier se dirigea ensuite vers les fenêtres et en écarta complètement les rideaux. Les morceaux de verre gisaient toujours au sol. Les crémones étaient solides et il paraissait absolument impossible de refermer les espagnolettes en fonte depuis l'extérieur. Même si l'on disposait d'une ficelle ou d'un fil de fer, il n'y avait pas assez d'espace pour les faire glisser entre les battants et les traverses : aucun souffle d'air ne passait entre les joints.

En outre, supposer que l'assassin s'était échappé par l'une des fenêtres présentait un problème de taille. Selon les dires des invités, il ne s'était pas écoulé plus d'une quinzaine de secondes entre le coup de feu et le moment où les premières personnes étaient arrivées devant la porte – le docteur Vautrin, Mme Lafargue et

Henri d'abord, puis Moreau et lui-même dans la foulée. Seul le général avait un peu tardé à les rejoindre, mais il n'était plus de prime jeunesse : descendre par la fenêtre, faire le tour de la maison, la traverser pour rejoindre le bureau lui aurait pris incontestablement plus de temps. Sans compter qu'il aurait fallu que la fenêtre se verrouille toute seule !

Délaissant pour l'heure cette énigme de chambre close, le commissaire s'attarda près du meuble phonographe. Cet appareil l'intriguait. L'hypothèse qu'avait émise le lieutenant Guillaumin était de loin la meilleure, mais elle ne le satisfaisait pas totalement. Il n'imaginait pas le comte prendre la peine de se lever pour le mettre en marche : il savait tout le monde réuni dans le salon et avoir donc peu de risques d'être surveillé. Forestier changea l'aiguille – en choisit une douce, la plus fine qu'il trouva, pour éviter de réveiller la maisonnée –, puis mit en mouvement l'appareil. Les premières notes de piano s'élevèrent. Tout en écoutant le concerto, il imagina l'assassin pénétrer dans la pièce : celui-ci prenait tour à tour le visage de chacun des invités, sans qu'aucun s'impose plus qu'un autre.

Tandis que le morceau s'achevait, Forestier s'intéressa à la bibliothèque du comte. Il s'aperçut qu'une bible avait été sortie de sa rangée et posée sur une tablette. L'un des marque-pages cousus à l'exemplaire attira son attention sur l'Épître aux Romains. Une phrase avait été soulignée au crayon à papier : « À moi la vengeance, à moi la rétribution, dit le Seigneur. » Aussitôt, il se rappela l'expression employée dans l'une des trois lettres de menaces qu'avait reçues Montalabert : « La vengeance et la rétribution ne sont pas l'affaire que de Dieu. » L'allusion était explicite. Le comte avait dû reconnaître la formule et la rechercher dans le Nouveau Testament.

Il s'approcha ensuite du coffre en acier encastré dans le mur – un modèle très récent, quasi inviolable, que les forces de l'ordre auraient le plus grand mal à ouvrir. Il aurait donné cher pour en posséder le code et pouvoir en examiner le contenu, certain que des documents de la plus haute importance se trouvaient à l'intérieur.

Ravalant ses regrets, Forestier entreprit de passer en revue les affaires du comte, en inspectant chaque tiroir du bureau. Il consacra plus d'une heure à cette tâche. Il devait bien l'avouer, nombre de papiers qui défilaient entre ses mains étaient obscurs. Il ne fallait néanmoins pas être grand clerc pour comprendre que le comte avait subi les dernières années des pertes importantes dans ses investissements et qu'il était dans une situation critique. Les pertes les plus lourdes se concentraient dans ses titres de l'entreprise d'aéronautique Pégase, dont il était l'actionnaire principal – cette même entreprise qui était concurrente de celle de l'époux de Mme Lafargue, comme il l'avait appris au cours de son interrogatoire. Un lien avec le meurtre ? Mais lequel ?

Alors qu'il se faisait cette réflexion, Forestier entendit la poignée de la porte bouger. Personne n'avait frappé. Il recula contre le dossier du fauteuil, regrettant de ne plus être en possession de son automatique. La porte s'ouvrit lentement. Il sentit les battements de son cœur s'accélérer. Et si l'assassin avait récupéré son arme et venait le réduire au silence pour l'empêcher de découvrir la vérité ?

Tandis qu'il attrapait sur le bureau un coupe-papier pour se défendre, un visage encore noyé dans la pénombre émergea de la porte entrebâillée.

— Commissaire ?

— Madame Lafargue ! s'exclama-t-il en reconnaissant sa voix. Que faites-vous là ?

Elle ouvrit la porte en grand. Forestier regarda aussitôt ses mains : pour le peu qu'il en voyait, elle ne portait pas d'arme. La jeune femme était vêtue d'un ample kimono oriental en soie qui lui donnait une allure encore plus raffinée que sa robe de soirée.

— Oh, je n'arrive pas à dormir. Je suis descendue dans le salon pour... pour me servir un verre. Je sais, je bois trop. Mais vous comprenez, après ce qui s'est passé... J'ai vu un rai de lumière sous la porte : je me suis demandé qui pouvait bien être ici à cette heure.

— Vous n'êtes pas très prudente ! J'avais recommandé à tout le monde de se barricader dans sa chambre. Il y a un tueur dans la nature, madame.

— Pourquoi ne l'arrêtez-vous pas, alors ?

Cette question, posée de manière tout à la fois abrupte et ironique, le déstabilisa. Il reposa le coupe-papier sur le bureau, même s'il n'était pas totalement rassuré sur les intentions de la jeune femme.

— Voyez-vous, dans notre pays, on ne peut pas arrêter les gens sans preuve. Ou alors il faudrait vous mettre tous en prison en attendant de découvrir la vérité.

Mme Lafargue s'avança vers lui. La lumière de la lampe en laiton éclaira un peu plus nettement son visage.

— Je me suis toujours demandé à quoi pouvait ressembler la taule, fit-elle d'un air enfantin. Est-ce aussi infernal qu'on le prétend ?

— Bien plus encore que vous ne l'imaginez. Je vous souhaite de ne jamais devoir y faire un séjour, même pour quelques heures.

— Croyez-vous qu'un autre invité va se faire... trucider ? Y aura-t-il un nouveau meurtre, comme c'est toujours le cas dans les romans à suspense ? Cette nuit même, peut-être...

Forestier trouvait la jeune femme encore plus déroutante que durant la soirée. Il y avait son comportement, bien sûr, mais surtout ce vocabulaire familier des plus incongrus dans sa bouche. Il fixa attentivement son regard : celui-ci paraissait flotter, comme si elle était plongée dans un état second. Puis il remarqua ses mains, qui tremblaient légèrement. Et soudain Forestier comprit. Comment avait-il pu être aveugle à ce point ?

— Madame, j'aurais une question très délicate à vous poser.

— Je vous écoute, répondit-elle en minaudant.

— Seriez-vous cocaïnomane ?

— Pardon ?

— Lorsque je vous ai rencontrée en fin d'après-midi, j'étais certain de vous avoir déjà vue. En réalité, ce n'était pas vous que j'avais reconnue, mais ces pupilles dilatées que j'ai croisées durant ma carrière chez des toxicomanes.

— Je... je...

— Il est inutile de me mentir, madame. Je ne suis plus policier et je doute que votre dépendance ait un quelconque rapport avec le meurtre.

Elle baissa la tête et demeura immobile durant de longues secondes avant d'oser à nouveau affronter son regard.

— C'est vrai, commissaire. Je ne peux le nier. Mais personne ne doit être au courant, vous entendez ? Ce serait catastrophique pour ma réputation et pour celle de mon mari. Si l'un des invités l'apprenait, vous pouvez être sûr que le Tout-Paris en ferait des gorges chaudes dès demain...

— Je ne dirai rien. Mais si j'ai deviné votre dépendance simplement en observant vos yeux, je peux vous assurer qu'il doit en être de même pour d'autres personnes.

Mme Lafargue en fut réduite à quia.

— Vous devriez aller dormir, à présent. Le seul conseil que je puisse vous donner, madame, c'est d'essayer de vous faire soigner au plus vite. Il existe des cliniques renommées qui aident les gens dans votre cas. Ce n'est pas d'une distraction que nous parlons, mais d'une maladie.

Morte de honte, elle ne s'attarda pas dans la pièce.

Forestier évalua la situation. Avait-elle vraiment pénétré dans ce bureau parce qu'elle avait aperçu de la lumière ? Mais alors pourquoi aurait-elle emprunté le couloir si elle voulait simplement rejoindre le salon ? Ou avait-elle une tout autre idée en tête ? Fouiller les affaires de Montalabert, par exemple. Effacer des empreintes. Récupérer un objet qu'elle aurait laissé dans ce lieu. Étant donné le désordre de la pièce, Guillaumin et lui avaient tout à fait pu passer à côté d'un élément important. Une chose était sûre en tout cas : cette visite nocturne ne plaidait pas en sa faveur.

Malgré la fatigue, Forestier reprit son inspection. Il ne devait pas se faire d'illusions : il ne trouverait rien de capital dans ces papiers. Si Montalabert avait des secrets, il les avait certainement enfermés dans son coffre-fort.

Pourtant, alors que le découragement commençait à le gagner, le commissaire fit au fond du dernier tiroir une découverte qui l'estomaqua. Dissimulés sous une pile de pochettes, il découvrit des quotidiens et des magazines qui eussent été banals si des dizaines de lettres n'avaient été découpées à l'intérieur. Sous le choc, il s'empressa de récupérer les trois courriers anonymes que le comte avait reçus.

Aucun doute n'était permis : les lettres de menaces avaient été composées à partir de ces journaux.

14

Un lendemain difficile

Les premières lueurs du jour pointaient derrière la forêt, encore plongée dans le brouillard matinal. La campagne était silencieuse, humide de rosée. Juché sur une échelle, le commissaire Forestier examinait avec attention les fenêtres depuis l'extérieur de la maison.

Il avait veillé une bonne partie de la nuit et ne s'était assoupi que quelques heures sur le sofa du bureau, qu'il n'avait pas voulu laisser sans surveillance. Après avoir fait un brin de toilette et changé d'habits, il s'était rendu dans la cuisine, où s'affairait Mme Vallin, pour avaler un café noir. Sans surprise, Henri était déjà debout. Il avait le visage défait et paraissait toujours aussi affecté par la mort de son employeur.

Le majordome lui avait fourni l'échelle ainsi qu'une bobine de fil de fer. Forestier s'escrimait depuis dix bonnes minutes sur la fenêtre du bureau qui était restée intacte. Il avait tordu le fil pour fabriquer une sorte de crochet et essayait de refermer la tige en fer de la crémone en jouant sur la poignée. Certes, il n'était pas particulièrement doué, mais il était évident que l'entreprise était impossible.

— Commissaire ! Vous jouez les acrobates ?

Forestier se retourna. Il n'avait pas entendu Guillaumin arriver.

— Bonjour, lieutenant. Je procède à une petite expérience.

Abandonnant sa tâche, il descendit de l'échelle prudemment, pour éviter de réveiller la douleur dans sa jambe.

— Et qu'est-ce que ça donne ?

— Rien. Je voulais juste confirmer notre hypothèse. L'assassin n'est pas passé par là, c'est certain. Je ne vous attendais pas si tôt...

— Oh, je suis levé depuis des heures. Impossible de dormir, avec toute cette histoire.

— J'ai fait une découverte stupéfiante, cette nuit.

— Vraiment ?

— Les papiers du comte m'ont confirmé qu'il traversait une très mauvaise passe et qu'il avait des dettes. Mais ce n'est pas là le plus intéressant. Tenez-vous bien : le comte n'a jamais reçu aucune lettre de menaces.

— Mais... nous les avons vues, ces lettres !

— Je n'ai pas dit qu'elles n'existaient pas. C'est le comte lui-même qui les a écrites et qui sans doute les a déposées dans sa propre boîte aux lettres.

Forestier évoqua la citation que le comte avait tirée de la Bible ainsi que les journaux dont les caractères avaient servi à composer les missives.

— Pour quelle raison aurait-il fait une chose aussi absurde ?

— Montalabert m'a manipulé. Ça me coûte de le dire, mais c'est la vérité. Ces courriers menaçants étaient pour lui une manière de s'assurer que je viendrais séance tenante aux Trois Ormes. Comment aurais-je pu lui refuser ce service puisqu'il prétendait que sa vie était en jeu ?

— Qu'avait-il donc derrière la tête ?

— Je crois qu'il se sentait vraiment en danger et qu'il pensait que je pourrais le protéger. Je m'en veux terriblement. Montalabert comptait sur moi et je n'ai pas réussi à empêcher son assassinat.

Guillaumin prit quelques secondes pour réfléchir.

— Vous pensez qu'il savait qu'un des invités chercherait à s'en prendre à lui ?

— Ce n'est pas à exclure.

— Ce serait tout de même une chose étrange que d'inviter son propre assassin potentiel sous son toit !

— Il devait penser que ma présence empêcherait l'individu de passer à l'acte… Lieutenant, mon ego en prend un coup !

— Ne dites pas cela. Personne n'aurait pu empêcher ce qui s'est passé.

Forestier déposa l'échelle au sol. Il ne servait à rien d'insister.

— Commissaire, vous savez que ma femme a une théorie sur le meurtre ?

— Votre femme ?

— Elle va souvent au cinéma et apprécie tout particulièrement les films policiers. Elle a réfléchi à notre problème ce matin et a émis une hypothèse : et s'il s'agissait réellement d'un suicide ?

— Allons ! Je croyais vous avoir convaincu sur ce point !

— Vous m'avez convaincu, mais Évelyne m'a rappelé une vieille affaire... Nous avions découvert un fermier mort dans sa grange, un revolver traînant à côté de lui. La scène avait toutes les apparences d'un suicide. Le souci, c'est que l'homme avait reçu trois balles dans la tête.

— Trois ?

— Oui. Vous comprendrez que nous nous soyons orientés vers la piste criminelle... En réalité, le légiste a montré que les deux premiers projectiles n'avaient pas traversé la boîte crânienne ; bien que sérieusement blessé, l'homme avait trouvé la force de tirer plusieurs fois. Des spécialistes de la balistique ont prouvé que l'arme était défectueuse et que les cartouches avaient pris l'humidité.

— Voilà une bien étrange histoire, je vous l'accorde, mais quel rapport avec notre affaire ?

— Eh bien, nous étions dans ce cas face à un suicide qui avait les apparences d'un meurtre. Et si nous nous trouvions à présent devant un suicide *déguisé* en meurtre ? D'après ce que l'on sait, le comte n'était pas en bonne santé. Imaginons que ses jours aient été comptés... La perspective d'un lent déclin et d'une dépendance inévitable l'angoisse tellement qu'il choisit d'en finir. Mais il ne peut se résoudre à un banal suicide. Montalabert est un esthète, un homme qui aime le raffinement. Il décide donc de mettre en scène sa mort et la transforme en défi.

— À qui ce défi aurait-il été destiné ?

— Mais à vous, commissaire, puisqu'il a tout fait pour vous faire venir aux Trois Ormes. Votre découverte montre qu'il n'a jamais reçu de menaces. Mais il avait besoin de vous attirer chez lui pour que vous résolviez l'énigme de sa mort. Dans l'hypothèse de mon épouse, le comte ignore à quel moment il passera à l'acte, il sait simplement que ce sera durant le week-end. Il a invité quatre connaissances, des personnages plutôt en vue, pour vous fournir une liste de suspects prestigieux – sans suspects, le mystère n'offrirait en effet aucun intérêt. Vers 22 heures, il profite de la pause que font les joueurs et d'un coup de fil inopiné pour passer à l'action. Il s'enferme à double tour dans son bureau et se suicide avec une arme en prenant soin de tirer de la main droite, alors qu'il est gaucher, certain qu'ainsi vous conclurez qu'il ne peut pas s'agir d'un suicide. Et vous voilà avec une énigme de pièce hermétiquement close sur les bras...

Forestier émit un petit « hum » dubitatif.

— C'est ingénieux. Mais le Browning n'a pas servi au meurtre : avec quoi se serait-il donc suicidé ?

— Henri était peut-être dans le coup. Quand il est entré dans le bureau, il a pu subtiliser le pistolet dont Montalabert s'était servi.

— Impossible. J'ai été le premier à me ruer vers le corps et personne d'autre ne l'a approché. S'il y avait eu une autre arme, je l'aurais vue. Henri n'est pas Houdini, tout de même !

— Évelyne a élaboré une seconde hypothèse : le comte s'est brûlé la cervelle avec une arme attachée à un élastique puissant et tendu. Il tire, lâche l'arme qui remonte tout droit dans le conduit de cheminée, hors de la vue des témoins. Ma femme ne connaît pas les lieux *de visu*, mais elle ne voit pas d'autre endroit où le pistolet pourrait se trouver.

Forestier éclata de rire.

— Votre femme a une imagination débordante !

— Je le crois aussi.

— Mais il n'y avait aucune arme dans la cheminée : nous l'aurions forcément vue.

— Nous ne l'avons examinée que sommairement, convenez-en. Si l'élastique était attaché à la sortie de toit, l'arme a pu remonter très haut, de sorte qu'elle est invisible depuis le foyer.

— Vous imaginez Montalabert risquer de se rompre le cou en crapahutant sur le toit pour attacher un élastique ?

— Non, pas vraiment.

Forestier ne put néanmoins s'empêcher de lever le regard vers le faîte de la bâtisse.

— Vu l'impasse dans laquelle nous sommes, concéda-t-il, ça ne coûte rien d'aller vérifier là-haut.

— J'enverrai un homme jeter un coup d'œil tout à l'heure.

— Vous féliciterez en tout cas votre femme de ma part. Un suicide maquillé en meurtre… Je n'y aurais jamais pensé.

*

Moreau et le général furent les premiers levés, Mme Lafargue et le docteur Vautrin n'arrivèrent dans le salon qu'une demi-heure plus tard. Henri, toujours aussi professionnel, avait dressé un copieux petit déjeuner sur la grande table où on avait dîné. Si personne n'avait vraiment d'appétit, le café et le thé furent les bienvenus.

— Combien de temps devrons-nous encore rester ici ? demanda le docteur Vautrin.

— Le temps qu'il faudra, répondit Forestier, qui était revenu se servir une tasse de café. De toute manière, vous étiez tous censés passer le week-end là.

Mme Lafargue s'insurgea :

— Pas dans de telles conditions ! Pas avec un cadavre dans la maison !

— Le corps du comte ne s'y trouve plus. Il va subir aujourd'hui même une autopsie.

— Peu importe ! répliqua-t-elle. Vous m'avez dit vous-même au beau milieu de la nuit que nous étions peut-être en danger…

— Au beau milieu de la nuit ? s'étonna le journaliste. Qu'est-ce que c'est que cette histoire ? Je croyais que nous devions tous rester cloîtrés dans nos chambres.

Forestier préféra prendre les devants :

— Mme Lafargue a souffert d'une petite insomnie, nous en avons profité pour discuter un moment.

Le général ricana :

— Une insomnie ! Si vous croyez que j'ai pu dormir, moi ! J'ai passé une nuit abominable.

— Et moi donc ! renchérit Vautrin.

Moreau, qui en était déjà à sa troisième tasse, alluma une cigarette.

— Donc, nous sommes tous coincés ici… Mais faisons contre mauvaise fortune bon cœur. Je crois que je vais en profiter pour rédiger un article sur la mort du comte. Il est peu courant qu'un journaliste soit témoin d'un meurtre... et qu'il en soit aussi l'un des suspects, vous ne trouvez pas ?

— Comment pouvez-vous ironiser sur la mort de notre ami ? s'indigna le général. Commissaire, vous ne pouvez pas tolérer une telle attitude !

— Je ne peux pas empêcher M. Moreau d'écrire un article. En revanche, Adrien, je vous conseillerais de faire preuve de discrétion pour l'instant. Vous pourriez vous mettre dans de sales draps en dévoilant des aspects confidentiels de l'enquête.

Le journaliste eut l'air déçu.

— Je ne l'écrirai pas tout de suite alors... Avons-nous tout de même le droit de sortir de la maison pour faire un tour dans le parc ? Le temps s'est levé.

— Tant que vous ne quittez pas la propriété...

Moreau cracha une longue volute de fumée.

— Au fait, le docteur s'étonnait d'une chose hier soir, tandis que nous rongions notre frein dans le salon.

Vautrin manqua de s'étouffer avec son café. Le rouge lui monta aussitôt aux joues.

— De quoi au juste ? fit le commissaire, intrigué.

— Il se demandait pourquoi vous ne figuriez pas sur la liste des suspects. Après tout, vous n'appartenez plus aux forces de l'ordre et vous aviez tout autant que nous la possibilité d'assassiner le comte.

— Qui a dit qu'on m'avait exclu de cette liste ? Le lieutenant Guillaumin mène son enquête, et s'il juge bon de me soupçonner, il en a le droit, et je dirais même le devoir.

Encore rouge de honte, le médecin essaya de garder la face en évitant de se dédire totalement :

— C'est vrai que j'ai plus ou moins exprimé cette idée... Mais avouez tout de même que le lieutenant vous traite avec de tout autres égards que nous !

Forestier répliqua d'un ton sec :

— C'est un homme intelligent et fort consciencieux. Peut-être joue-t-il la comédie pour mieux me confondre à la fin. Comme dans tout bon roman policier, il faut bien un ultime coup de théâtre pour surprendre tout le monde.

Moreau s'amusa de cette défense.

— Vous avez le sens de la repartie, commissaire. Mais si je puis me permettre, ce serait un dénouement bien décevant. J'ai lu il y a peu un livre assommant dans lequel le coupable était le policier. La ficelle était énorme. Les romanciers n'ont plus aucune idée originale de nos jours...

— Un policier coupable ? s'exclama Mme Lafargue. Je suis sûre que j'en aurais été très surprise. Mais il faut dire que je n'ai pas beaucoup d'imagination...

— Nul besoin d'imagination, Catherine. Prenez la personne la moins soupçonnable et vous aurez le coupable.

La jeune femme fit une moue.

— Je doute que ce qui marche dans vos romans fonctionne dans la vraie vie... Ce serait beaucoup trop facile !

15

Le mystérieux appel

René Caujolle, du Quai des Orfèvres, débarqua aux Trois Ormes peu après 10 heures, à bord d'une Panhard & Levassor qui commençait à montrer de sérieux signes de fatigue. Forestier se rappela ses débuts à la première brigade parisienne, quand les policiers avaient enfin été dotés de véhicules motorisés : des limousines de Dion-Bouton flambant neuves qui leur avaient permis de couvrir les quatre départements dont ils avaient la charge. Caujolle était accompagné d'un policier au visage juvénile, qui transportait une valise contenant du matériel photographique et tout l'équipement nécessaire aux prélèvements.

— J'aurais préféré qu'on se retrouve dans des circonstances plus gaies, dit Forestier en l'accueillant.

— Oh, peu importent les circonstances ! Je suis tellement heureux de te revoir, mon vieux.

Caujolle n'avait presque pas changé depuis l'époque où ils traquaient les criminels sur la Riviera. Le cheveu court, la moustache fleurie, aussi sec qu'un échalas. Et la poignée de main toujours aussi ferme.

— Au fait, je te présente Lucien : il est arrivé chez nous juste après ton départ. Un vrai fada de criminalistique ! Il en sait déjà plus que moi...

Forestier salua le jeune homme à la mine plus sérieuse que celle d'un pape.

— Tu te sens comme un poisson dans l'eau, n'est-ce pas ? reprit le policier. Un meurtre, un lieu du crime fermé de l'intérieur, aucun suspect évident... tu dois drôlement t'amuser.

— J'aimerais bien, René, mais cette affaire me met dans tous mes états.

— Tu as pu cuisiner l'ensemble des suspects ?

— Oui, avec le lieutenant. C'est un type bien : pas le genre à vouloir nous mettre des bâtons dans les roues ou à raviver la guerre des polices.

— C'est déjà ça. De toute façon, j'ai avec moi un ordre spécial de mission. Je suis officiellement chargé de l'enquête, la mobile de Rouen reste à l'écart. Tout passe par moi à partir de maintenant. Où est-il, au fait, ton lieutenant ?

— En train d'inspecter le grenier. C'est le seul endroit de la maison qu'on n'ait pas encore fouillé.

— Bon, je le verrai plus tard. J'aimerais d'abord que tu me montres la scène de crime et que tu me racontes tout ce que tu sais.

Ils discutèrent un moment dehors, avant que Forestier n'escorte son ex-collègue jusqu'au bureau, dont il avait gardé la clé.

— Quel bordel ! s'exclama Caujolle en y pénétrant.

— Je sais. Le comte ne permettait à personne d'entrer ici en son absence. Malheureusement, tu ne risques pas de trouver grand-chose d'exploitable. Tout le monde s'est rué à l'intérieur après la mort de Montalabert, le journaliste et moi avons touché l'une des fenêtres pour entrer, et j'ai dû laisser des empreintes un peu partout quand j'ai discuté avec le comte hier après-midi.

— Et l'arme du crime, qui s'est révélée ne pas l'être en définitive ?

— Je l'ai mise en lieu sûr, personne n'y a touché. Le lieutenant n'avait malheureusement pas le matériel pour relever les empreintes dessus.

— Très bien. Lucien va l'analyser.

— Au fait, tu as des nouvelles de l'appel que je t'ai demandé de vérifier ?

Caujolle se tapa le front.

— Je suis bête, j'aurais dû commencer par là ! L'appel a été passé à 22 heures précises d'une cabine téléphonique de la place de l'Odéon à Paris. Il a duré environ deux minutes.

— Deux minutes ? Pas plus ?

— Non, le standard téléphonique est formel.

— Une cabine téléphonique... fit Forestier, songeur. L'auteur de l'appel ne voulait donc pas qu'on puisse l'identifier.

— C'est si important que ça, tu crois ?

— C'est même capital. Je trouvais déjà suspect que ce coup de fil ait été passé à 22 heures pile, mais là... Il est évident que c'était tout à la fois un signal et un stratagème pour attirer le comte dans son bureau.

— L'assassin avait donc un complice, pour couronner le tout.

— Ou disons qu'il a pu persuader quelqu'un de passer l'appel...

Caujolle fronça les sourcils.

— Il y a tout de même un sacré souci dans ta théorie. L'assassin devait être certain qu'au moment où le téléphone sonnerait il serait libre de ses mouvements et que personne ne pourrait le soupçonner ; or tu m'as parlé d'une partie de cartes qui occupait les invités à ce moment-là...

— Les grands esprits se rencontrent, René : je me suis fait la même réflexion. Le jeu a été interrompu juste avant la sonnerie : il faut qu'on sache pourquoi et comment.

Tandis que son assistant sortait le matériel de la valise d'analyses, Caujolle embrassa la pièce du regard.

— Écoute, on va être occupés pour un bon moment. Est-ce que tu pourrais t'en charger avec le lieutenant ? Je suis persuadé que tu as su mettre les témoins en confiance...

— Tu es sûr de toi ? Ça n'est pas vraiment conforme à la procédure.

Le policier lui donna une tape fraternelle sur l'épaule.

— Je t'ai dit que c'était moi qui étais aux commandes à présent. J'en prends toute la responsabilité.

*

Quand il pénétra dans le grenier éclairé par la lumière terne de deux œils-de-bœuf, Forestier se retrouva face à un bric-à-brac invraisemblable : vieux meubles abîmés, coffres en osier, chaises dépaillées, toiles qui s'entassaient un peu partout, et tout un tas d'autres objets qui auraient fait le régal d'un brocanteur.

— Lieutenant, vous êtes là ? demanda-t-il en se frayant un passage.

Le faisceau d'une lampe torche balaya l'espace avant de s'arrêter sur lui.

— J'arrive ! cria une voix.

La lumière vacilla puis, quelques secondes plus tard, la tête de Guillaumin émergea de derrière un bahut à moitié dissimulé sous un drap blanc.

— Vous avez trouvé quelque chose d'intéressant ?

Le lieutenant épousseta son costume.

— Rien du tout, malheureusement. Le sol est entièrement recouvert de poussière et il n'y avait aucune trace de pas quand je suis arrivé. De toute façon, je ne vois pas comment le meurtrier aurait eu le temps de dissimuler son arme ici.

Il avisa une magnifique pendule de chambre sur un meuble à côté de lui.

— Quel gâchis de remiser ces petites merveilles... J'aimerais bien en avoir une comme celle-là chez moi.

— Un héritage familial, sans doute. Le comte ne savait plus quoi faire de ces objets.

Guillaumin trafiqua la pendule un moment pour en dévoiler le mécanisme.

— Dommage, les ressorts sont cassés. Je n'en ferais rien, après tout... À quoi bon avoir une pendule si elle ne vous donne pas l'heure ?

Forestier remarqua un grand coffre en osier ouvert, qui contenait des livres et de vieux cahiers.

— Qu'est-ce que c'est ? demanda-t-il en se penchant au-dessus.

— Oh, rien de bien passionnant. Des affaires d'écolier… Celles de la fille de Montalabert – il y a son nom un peu partout.

— Ah, Louise.

Il s'empara d'un cahier et le feuilleta. « Cours d'histoire et de géographie, classe de 5e du collège de jeunes filles Le Mont-Saint-Jean. » Louise avait une jolie écriture, étonnamment mature pour son âge, ce qui n'était guère surprenant au vu des aquarelles qu'elle avait peintes.

Soudain, le battement d'ailes d'un pigeon leur fit tourner la tête vers l'un des œils-de-bœuf. Une petite tête ronde remuait derrière la vitre crasseuse.

— Vous croyez qu'il a tout vu hier soir ? plaisanta le lieutenant.

— Allez savoir ! Si seulement il pouvait parler…

— Votre ex-collègue est arrivé ? J'ai vu son véhicule à travers la fenêtre tout à l'heure.

— Oui, il est en train de passer le bureau au peigne fin. Et j'ai du nouveau concernant le mystérieux appel téléphonique : ce n'était pas juste une coïncidence. On ne va pas pouvoir faire l'économie d'interroger à nouveau les suspects.

16

À chacun sa vérité

Forestier croisa Adrien Moreau dans le hall, alors que celui-ci raccrochait le téléphone.

— Rassurez-vous, commissaire, je n'étais pas en train de faire fuiter des informations. Mon appel était purement privé.

— L'une de vos conquêtes, j'imagine, le charria le commissaire.

— Vous ne croyez pas si bien dire.

Forestier posa son regard sur la photographie de Louise de Montalabert, près de l'appareil, ce qui lui fit aussitôt repenser à la malle entreposée dans le grenier. Ça n'avait pas dû être facile tous les jours d'avoir un père aussi distant, insensible et pingre par-dessus le marché.

— Joli brin de fille, n'est-ce pas ? demanda-t-il avec un signe du menton.

Moreau tourna brièvement les yeux vers le portrait.

— Pas vraiment mon genre...

— Vous l'avez à peine regardée !

— Je l'ai rencontrée l'an dernier ici même. Elle est très photogénique, je vous l'accorde, mais assez quelconque quand elle est devant vous.

— Désolé de vous importuner une nouvelle fois, mais le lieutenant et moi aurions encore quelques questions à vous poser... tout comme aux autres invités, d'ailleurs.

— Je suis à votre disposition : je n'ai justement rien de prévu aujourd'hui, fit le journaliste d'un ton sarcastique.

— Si nous allions faire quelques pas dehors ?

Le brouillard s'était levé, une brise légère agitait la cime des arbres. Le lieutenant les avait rejoints et les trois hommes progressaient à pas lents. Alors qu'ils atteignaient le banc où Forestier avait discuté avec le général, des coups de fusil retentirent en provenance du bois – encore des chasseurs. Moreau sursauta légèrement en les entendant.

— Quand je repense à ce coup de feu d'hier soir... Je n'aurais jamais pu imaginer qu'un meurtre venait d'être commis.

— Qu'avez-vous pensé alors ?

— Rien de précis... J'ai probablement cru que quelqu'un avait manipulé une arme pour s'amuser et que le coup était parti tout seul... Alors, que vouliez-vous savoir, commissaire ?

— J'aimerais revenir avec vous sur cette partie de cartes.

— La partie de cartes ? Elle semblait déjà beaucoup vous intéresser cette nuit.

— Tout intéresse le commissaire, remarqua le lieutenant. Il est le genre d'homme à s'attacher aux détails.

— Ne dit-on pas que le diable s'y cache ? remarqua Forestier.

Moreau haussa les épaules.

— Nietzsche le prétendait, en tout cas. Eh bien, il me semble que je vous ai déjà tout dit à ce sujet.

— Je m'intéresse plus particulièrement à la fin de la partie. J'aimerais savoir qui a proposé de faire une pause peu avant 22 heures.

— À vrai dire, je ne m'en souviens pas. Je n'y ai pas prêté attention.

— Allons, Adrien… Vous n'êtes pas d'une nature distraite. Et vous êtes jeune, la mémoire ne vous fait pas encore défaut.

— Il me semble que le général était agacé d'avoir perdu et qu'il voulait sortir pour fumer son cigare. Il a tenté de l'allumer durant la partie, mais Mme Lafargue a dit que l'odeur l'indisposait.

— Vous en êtes sûr ? A-t-il explicitement dit qu'il voulait faire une pause ?

— Non, je n'irais pas jusque-là. Mais c'est ce que nous avons tous compris. Pour être honnête, nous étions soulagés : il commençait vraiment à y avoir de l'électricité dans l'air. En quoi ce point est-il important ?

— Le coup de téléphone…

Forestier n'ajouta rien d'autre. Le journaliste se creusa les méninges un moment.

— Bien sûr ! Vous pensez qu'il faisait partie du plan du meurtrier.

— C'est possible. Et si c'est le cas, vous comprendrez que nous devons savoir pourquoi les joueurs ont décidé d'interrompre le jeu à cet instant précis.

Moreau dodelina de la tête.

— Nous étions quatre à table. J'imagine qu'il vous sera facile de le découvrir en croisant nos témoignages.

Le commissaire et le lieutenant procédèrent à l'interrogatoire des trois autres suspects. Tous furent étonnés par la question qu'on leur posait, mais tous acceptèrent d'y répondre, à leur manière.

— Le général et le docteur étaient tous les deux vexés d'avoir perdu aux cartes, déclara Mme Lafargue. Ce sont eux qui ont voulu faire une pause.

— L'un plus particulièrement ?

— Le docteur. C'est lui qui était le plus irrité.

— Vous en êtes sûre ?

— Je suis formelle. M. Vautrin ne cessait de s'agiter... À vous donner le tournis.

— Est-il vrai que le général voulait sortir fumer son cigare ?

— Peut-être bien.

— Parce que vous lui aviez dit que sa fumée vous indisposait ?

— Ce cigare... Il dégageait vraiment une odeur infecte.

— Pourriez-vous être plus précise et vous rappeler les paroles exactes qui ont été prononcées ?

— Non. J'étais concentrée sur le jeu. Je vous ai dit que le whist m'était peu familier...

Le général, lui, devait se montrer beaucoup plus disert et direct.

— C'est Moreau qui a demandé que nous fassions une pause. Il n'avait plus de cigarettes – vous savez, ses fameuses anglaises –, et il voulait aller en chercher dans sa chambre.

— Je me souviens que M. Moreau a fait allusion à ses cigarettes, mais la partie avait déjà été interrompue à ce moment-là. Il a même refusé les miennes.

— Non, non, je peux vous assurer qu'il avait remarqué bien avant que son étui était vide et qu'il en montrait des signes d'agacement. Vous avez pu constater qu'il fume beaucoup. Il était sur les nerfs...

— Donc, pour vous, il ne fait aucun doute que c'est M. Moreau qui a interrompu le jeu.

— Absolument ! Mais Mme Lafargue l'a bien aidé.

— Comment cela ?

— Elle se tortillait sur sa chaise. Je crois qu'elle voulait aller aux lieux d'aisances. Elle avait tellement bu durant la partie !

Le docteur Vautrin de son côté fut malheureusement beaucoup moins catégorique. Il estimait que tout le monde avait envie de souffler. Mme Lafargue voulait aller se repoudrer le nez. Le général était agacé du tour que prenait le jeu, car il était convaincu au départ qu'il ne ferait qu'une bouchée de ses adversaires. Quant au journaliste, il fanfaronnait beaucoup mais commençait à s'ennuyer.

— Je croyais que Mme Lafargue avait employé cette expression, « se repoudrer le nez », lorsque vous étiez seuls dans le salon.

— Vous en êtes sûr ? Je me serai peut-être trompé...

— M. Moreau s'est-il plaint au cours de la partie de ne plus avoir de cigarettes ?

Vautrin fit une mine embarrassée. Il lui avait semblé que son étui était presque vide dès le début de la partie, mais le journaliste ne s'en était pas plaint, car il était très pris par le jeu.

Quand il fut à nouveau seul avec Forestier, le lieutenant s'agaça :

— C'est incroyable ! Quatre témoins et pas deux qui nous servent la même version ! Ils ont pourtant bien vécu la même soirée…

— Je suis moins étonné que vous. Les témoins ne voient en général que ce qu'ils ont envie de voir ; et il en va de même quand ils doivent rapporter une discussion. Nous sommes tous conditionnés d'une manière ou d'une autre.

— Nous voilà bien avancés ! Toutes leurs versions sont plausibles… mais « plausible » ne signifie pas « vrai ». Et si personne n'avait cherché à l'interrompre, ce fichu jeu de cartes ? Et si ce coup de téléphone n'avait rien à voir avec le meurtre ?

— Vous avez raison, lieutenant. Je devrais sans doute me montrer moins péremptoire à ce sujet. Mais si mon hypothèse est fausse, alors je ne sais plus à quel saint me vouer !

*

Il fallut deux bonnes heures à Caujolle et à son assistant pour procéder à tous les examens. Le policier était réputé pour sa méticulosité : quand des indices pouvaient être trouvés sur une scène de crime, il les trouvait.

— Tu avais vu juste, déclara-t-il une fois son travail accompli, le Browning ne peut en aucun cas être l'arme du crime. Pas le moindre grain de poudre : il n'a pas servi depuis un bail ! En revanche, il y avait de belles traces papillaires dessus et elles appartiennent toutes au comte : je les ai comparées avec celles que Guillaumin a prélevées.

— Logique puisqu'il était le seul à le manipuler. Quoi d'autre ?

— Il y avait beaucoup d'empreintes sur le bureau mais, là encore, ce sont celles de Montalabert.

— Bon. Je ne me faisais pas d'illusions, de toute façon.

— Pour le reste, nous n'avons pas grand-chose. J'ai examiné la porte et la serrure et je suis d'accord avec toi : je doute qu'on ait pu manipuler la clé de l'extérieur. C'est possible techniquement mais il y aurait eu des rayures sur le métal. Quant aux fenêtres, on ne peut pas rabattre l'espagnolette du dehors, quelle que soit la manière dont on s'y prend.

Il désigna la fenêtre qu'on avait forcée pour pénétrer dans la pièce.

— On a toute une série d'empreintes sur celle-là. Les tiennes, celles de Moreau et également celles du comte. Sur l'autre, on a relevé les empreintes du général, mais tu m'as dit qu'il l'avait vérifiée à ta demande... Autrement dit, toutes ces traces digitales sont là où l'on s'attendait qu'elles soient. Si tu veux mon avis, on ne résoudra pas cette affaire à coups d'analyses. Il y a forcément un truc.

— Un truc ?

— Oui, tu sais, comme dans ces numéros de music-hall... J'ai vu un jour un magicien disparaître sur scène et réapparaître quelques secondes plus tard au fond de la salle ; évidemment, celui que l'on prenait pour le magicien n'était qu'une doublure qui s'était cachée dans une trappe. La plupart des tours de ce genre nécessitent un complice.

— Tu crois que l'assassin n'a pas agi seul ?

— J'en suis certain. À deux, c'était jouable : l'un faisait le guet et s'occupait de la serrure tandis que l'autre commettait le meurtre. Cette association a pu leur faire gagner quelques précieuses secondes. Qui est arrivé en premier devant la porte ?

— Le docteur et Mme Lafargue.

— Mince ! Tu m'as dit qu'ils ne s'aimaient pas beaucoup, ces deux-là…

— Et s'ils avaient simplement fait semblant de ne pas s'aimer ? Quel meilleur moyen d'éloigner tout soupçon de complicité que d'afficher publiquement son hostilité envers son complice ?

17

Quand chaque minute compte

Cigarette éteinte au coin du bec, Caujolle déboula dans la bibliothèque. Forestier s'y était isolé pour relire les notes prises par le lieutenant et réfléchir à tête reposée.

— Lucien rentre à Paris, je n'ai plus besoin de lui. Quant à moi, j'avais l'intention de trouver une auberge dans le village, mais je crois qu'il vaut mieux que je reste sur place. J'ai demandé à Henri de me préparer une chambre.

— Bonne idée. J'aurai en plus le plaisir de ta compagnie.

— Tu aurais du feu ?

Forestier sortit un magnifique briquet en or.

— Je me souviens de ce briquet, nota Caujolle d'un air triste. Un cadeau de Clara pour tes 50 ans…

— Oui. Je le garde toujours sur moi.

— Elle nous manque à tous.

— Je sais.

Un silence s'ensuivit, que Caujolle ne tarda pas à briser pour ne pas laisser la nostalgie les envahir :

— Tu m'as dit que tu voulais que Lucien vérifie quelque chose pour toi...

— J'aimerais qu'il prenne les empreintes des suspects et qu'il les compare aux fichiers du Service central des archives.

— Pour quoi faire ? Leur identité est parfaitement établie. Et je doute qu'ils aient déjà été arrêtés par la police. Tu penses peut-être au majordome ?

— Pas seulement. Simple vérification... Ça ne donnera sans doute rien mais ça ne coûte pas grand-chose d'essayer.

— Parle pour toi ! Lucien va s'amuser au milieu de cette montagne de fiches ! Tu as déjà oublié le boxon que c'est ?

— Il y a peu de chances... Je suis à la retraite depuis moins de cinq mois, je te rappelle.

— Au fait, je viens d'avoir notre copain Boissonnard au téléphone. Il est en train de se rencarder sur les suspects, de fouiller à droite à gauche avec l'aide de deux collègues pour voir s'il n'y a rien de louche dans leur vie.

— Parfait.

— Et toi ? Tu en es où ?

Forestier leva les bras en l'air en signe de découragement.

— C'est un véritable casse-tête. La logique que j'ai élaborée n'est pas la bonne. Quand une maison ne tient pas debout, c'est à cause des fondations, non de quelques tuiles mal fixées.

Caujolle désigna du doigt la feuille que son ami noircissait au moment où il était entré.

— Qu'est-ce que c'est ?

— Le déroulement chronologique des faits. Malheureusement, dans cette affaire, chaque minute compte. La moindre erreur et on passera à côté de l'essentiel…
— Je peux ?
— Tiens.

Le policier récupéra les notes et les lut à voix haute :

— 22 h 00 : le téléphone sonne. Montalabert quitte le salon pour son bureau.
— 22 h 01 : Granger, Moreau, Henri puis moi en sortons à notre tour. Vautrin et Lafargue y restent. Au même moment, le comte se trouve seul dans son bureau et commence à parler au téléphone.
— 22 h 03 : fin du coup de fil.
— À peu près au même moment : le comte allume le gramophone. Pourquoi, s'il n'est plus au téléphone ? Ou bien l'a-t-il enclenché juste avant de raccrocher ? Quel rôle cet appareil joue-t-il dans l'histoire ?
— 22 h 03 - 22 h 06 : que fait le comte ? Songe-t-il à l'appel qu'il vient de recevoir ? Pourquoi ne quitte-t-il pas le bureau immédiatement ?
— 22 h 06 : l'assassin entre dans le bureau et s'approche du comte. Peut-être échange-t-il quelques paroles avec lui pour le mettre en confiance.
— 22 h 07 : fin du concerto. L'assassin tire. Coup de feu et bruit sourd (le pistolet jeté au sol ? le corps de la victime qui heurte le bureau ?).
— À ce moment-là, je me trouve dans la bibliothèque.
Moreau redescend de sa chambre.
Vautrin est assis devant le feu dans le salon.
Lafargue sort de la salle de bains.

Granger est dehors, en train de fumer.
Henri revient de la cave où il est allé chercher des bouteilles.
Question : qui ment ?
— 22 h 08, peut-être même avant : Vautrin, Lafargue puis Henri parviennent devant la porte.
— Quelques secondes plus tard : Moreau et moi arrivons.
— 22 h 09 : le général débarque à son tour.

— Ta chronologie me semble tenir la route. Sauf peut-être concernant l'heure où l'assassin a pénétré dans le bureau : pourquoi 22 h 06 et pas avant ?

— C'est un choix tout personnel, je te l'accorde. J'imagine mal le coupable engager une vraie conversation avec le comte. Il savait que le temps lui était compté. Au mieux, il aura trouvé un prétexte quelconque pour endormir ses soupçons et s'approcher de lui.

— Et la cuisinière ? Et la jeune Berthe ? Tu ne les soupçonnes pas du tout ?

— Avec tout le respect que j'ai pour elles, je ne les vois pas élaborer un plan aussi sophistiqué. Elles auraient choisi un autre moyen : un peu de poison dans un plat, par exemple. Et puis, elles n'ont aucun mobile…

— Parce que les autres en ont un, de mobile ?

— Oh, nous ne savons pas encore lequel, mais il existe forcément. Même si ces lettres de menaces n'étaient qu'un attrape-nigaud, je reste persuadé que l'un des invités en voulait au comte. Montalabert avait l'intention de le confondre, mais celui-ci a pris les devants et s'est transformé en assassin...

*

Après s'être absenté en fin de matinée, le lieutenant Guillaumin revint aux Trois Ormes en brandissant un mince dossier :

— Messieurs, le médecin légiste vient de rendre son rapport !

Le lieutenant se lança dans un résumé bref et factuel. Le médecin n'avait repéré qu'une seule blessure, occasionnée par un projectile d'arme à feu. La plaie d'entrée mesurait approximativement trente millimètres de diamètre et présentait toutes les caractéristiques d'un tir « à bout portant ». L'examen du cerveau avait révélé l'existence d'une plaie pénétrante d'une profondeur de quatre centimètres. Le projectile de l'arme s'était logé dans une structure cérébrale, entraînant une « incapacité instantanément mortelle ». En d'autres termes, le comte était mort sur le coup.

— Et la balle ?

— Un calibre 7,62 × 38 mm, uniquement utilisé par les revolvers de type Nagant M1895. Nous avons vérifié.

— Un Nagant ? s'étonna Forestier. C'est plutôt inhabituel, non ?

— Pourquoi dites-vous cela ?

— Le Nagant équipait l'armée russe pendant la Grande Guerre, et il est encore utilisé aujourd'hui par les membres du NKVD. Un revolver assez peu précis mais qui possède une très bonne cadence de tir à la minute… C'est plutôt le genre d'arme qu'on utiliserait pour exécuter plusieurs victimes à la fois. Sans compter qu'il doit être sacrément difficile de se la procurer et qu'il existe des revolvers plus petits et plus discrets.

— En tout cas, vous aviez raison depuis le début : il est impossible que cette balle ait été tirée avec un Browning de calibre 6,35.

Caujolle secoua la tête avec dépit.

— Il y a quelque chose que je ne comprends pas… L'assassin savait qu'on finirait par comprendre que le Browning ne pouvait pas être l'arme du crime.

— Pas si on avait conclu dès le départ à un suicide, répondit le lieutenant. Il n'y aurait alors pas eu d'autopsie.

— C'est vrai, concéda Caujolle. Je peux voir le rapport, lieutenant ?

— Tenez. Mais vous n'y trouverez rien d'autre d'intéressant.

Tandis que son ami parcourait les conclusions du légiste, Forestier continuait de se triturer l'esprit. Quelque chose lui échappait… Pourquoi l'assassin avait-il utilisé une arme aussi rare et aussi atypique pour commettre le meurtre ? Ce point n'avait peut-être aucune espèce d'importance. Mais il pouvait tout aussi bien être la clé du mystère.

18

Déductions

Le reste de la journée s'écoula au ralenti. Tous les hôtes s'étaient réfugiés dans le salon, moins par désir de compagnie que par peur de se retrouver face à face avec le meurtrier dans les couloirs de la maison. Car il courait toujours, le bougre, et rien n'assurait qu'il ne tenterait pas un nouveau coup d'éclat avant la fin du week-end.

Malgré les mises en garde du commissaire, Moreau avait commencé à rédiger son article sur son calepin, regrettant amèrement de ne pas avoir son Underwood portative à disposition. Tous les quarts d'heure environ, il en lisait un extrait aux autres invités. Catherine Lafargue trouvait le texte vivant et réussi. Le général s'indignait de l'indécence du journaliste et le menaçait d'un procès s'il persistait à vouloir mentionner son nom. Le docteur Vautrin, plus attentif à la forme qu'au fond, le reprenait sur quelques phrases dont il jugeait la syntaxe douteuse.

Mme Lafargue buvait, feuilletait quelques magazines et rêvassait sur le canapé. Vautrin, qui avait eu quelques ambitions artistiques dans sa prime jeunesse, s'était mis en tête de dessiner un plan du rez-de-chaussée aussi fidèle que possible : il prétendait que la solution émergerait de l'observation attentive des lieux. Le général avait déniché dans la bibliothèque l'édition originale des nouvelles d'Edgar Allan Poe, traduites par Baudelaire. Sceptique, il s'était lancé dans la lecture de *Double assassinat dans la rue Morgue*, auquel Moreau avait fait allusion la veille.

Déçu de ne pas être frappé d'une intuition géniale, le docteur Vautrin finit par abandonner son croquis et vint s'installer auprès de Granger, lequel tournait les pages de son livre comme si le texte qu'il avait sous les yeux l'ennuyait, ou, pire, le consternait.

— Que cherchez-vous au juste dans cet ouvrage, général ?

Le militaire ne leva pas les yeux mais daigna tout de même lui répondre :

— Je l'ignore moi-même. Cette nouvelle m'intrigue. Je veux savoir pourquoi Moreau en a parlé hier.

— Je vous entends, général, lança le journaliste à l'autre bout de la pièce.

— Cela m'est bien égal ! Il n'y a vraiment rien là-dedans qui puisse nous aider. Cette histoire d'orang-outan est d'un ridicule ! Je comprends à présent pourquoi je n'aime pas les œuvres de fiction.

Granger referma le livre et regarda enfin le médecin.

— Voyez-vous, Vautrin, je suis ce qu'on appelle un « esprit cartésien ». Il n'y a aucune sorcellerie dans ce crime. Nous devons simplement l'envisager comme s'il s'agissait d'un problème mathématique. Je suis sûr que je finirai par éclaircir ce mystère avant tout le monde.

— Si vous voulez mon avis, seul un être d'une catégorie sociale inférieure a pu commettre le meurtre.
— Vous croyez ?
— Le commissaire pourrait vous le dire : la plupart des criminels n'ont reçu aucune éducation. La criminalité est un signe d'atavisme. Landru n'était que le fils d'un ouvrier et d'une couturière.
— Il se contentait de brûler ses victimes dans une chaudière ! Il n'a jamais élaboré une énigme de chambre close aussi déroutante.
— C'est vrai, concéda le docteur Vautrin. Mais je parierais tout de même sur un domestique : Henri, ou bien la cuisinière.

Le général afficha un air réprobateur.

— Mme Vallin ! Soyons sérieux ! Je doute qu'elle ait tué autre chose dans sa vie que des oies ou des poules. Je pense au contraire que l'assassin est un être à l'intelligence supérieure à la moyenne. Peut-être même la dissimule-t-il sous une apparence quelconque…
— Vous voyez ! Qui vous dit qu'Henri ne cache pas bien son jeu ?

Moreau leva les yeux de son calepin et s'invita dans la conversation :

— Soyez cohérent, docteur. Vous prétendez que l'assassin est un homme rustre, mais vous imaginez qu'Henri aurait pu dissimuler pendant des années qu'il est un véritable génie du crime ! Drôle de paradoxe…

Mme Lafargue émergea de sa rêverie :

— Laissez donc ce pauvre Henri tranquille. Personne ne choisit le milieu dans lequel il naît. Les domestiques ont droit à toute notre estime. Que deviendrions-nous sans eux ?

Le médecin haussa les épaules avec agacement.

— Il y a tout de même une question qui me travaille : si l'un d'entre nous est l'assassin, où est donc passée l'arme ? Nous ne nous sommes pas quittés d'une semelle après le meurtre. Le commissaire nous a tous fouillés et il a ratissé le bureau, le couloir et le salon. Un revolver ne peut pas disparaître comme par magie !

Le général tapota le cuir de son ouvrage d'un air pensif.

— Cette simple réflexion invalide votre théorie, cher docteur. L'assassin est donc loin d'être une brute. C'est même sans doute, et de loin, le plus brillant d'entre nous…

*

Peu après 18 heures, René Caujolle raccrocha le téléphone du bureau avec fracas. Il venait de s'entretenir longuement avec son collègue Boissonnard, puis avec le jeune Lucien, qui avait passé l'après-midi enfermé dans les dédales du Service central des archives. Regonflé, il se rua dans la bibliothèque pour rejoindre Forestier. Épuisé par sa nuit sans sommeil, le commissaire somnolait dans l'un des fauteuils club.

— Ton intuition était la bonne ! Les empreintes ont parlé.

— Catherine Lafargue ? hasarda Forestier en se redressant.

— Comment le sais-tu ?

— Je t'expliquerai plus tard. Dis-moi d'abord ce que vous avez trouvé.

Caujolle exhiba un papier sur lequel il avait noté toutes les informations utiles. Catherine Lafargue s'appelait en réalité Yvonne Mercier. C'était la fille d'un couple de cafetiers parisiens. Elle avait travaillé durant quelques années dans une maison de passe de la rue Saint-Sulpice après avoir été alpaguée par une procureuse. Elle avait été arrêtée en 1932 parce qu'elle rançonnait des clients en les menaçant de révéler les petits secrets qu'ils lui avaient confiés sur l'oreiller.

— C'est pour cela que ses empreintes figurent dans nos fichiers. En revanche, les poursuites contre elle ont été abandonnées et il n'y a pas eu de procès.

— En vertu de quoi ?

— L'un de ses clients s'appelait Félix Lafargue. Il la fréquentait au bordel et n'a rien trouvé de mieux que de tomber fou amoureux d'elle. Un vrai conte de fées ! Il a fait jouer ses relations pour lui éviter des poursuites et lui a demandé sa main dans la foulée. Elle a changé d'identité pour éviter un scandale, s'est inventé une nouvelle vie… De simple raccrocheuse, elle est devenue l'une des femmes les plus en vue de Paris. Sacré parcours, tout de même ! Comment est-ce que tu savais ?

— Je ne savais rien du tout… Disons simplement que je nourrissais des soupçons. Rien ne me paraît naturel chez cette femme depuis que je l'ai rencontrée. Hier soir, elle portait sur elle toute sa boîte à bijoux, comme si elle voulait nous jeter son argent au visage. Quand je lui ai parlé cette nuit, elle était ivre et venait de prendre une dose de cocaïne ; elle s'est mise à employer des mots d'argot totalement déplacés pour une femme de sa condition. J'étais sûr qu'il y avait un loup.

— D'après Boissonnard, elle a eu beau faire du ménage dans sa vie, elle n'a toujours rien d'une oie blanche : elle collectionne les amants...

Forestier sourit ostensiblement.

— J'imagine que, sans ce drame, Moreau aurait fini sur la liste de ses conquêtes. Si tu avais vu le gringue qu'elle lui a fait !

— Tu crois qu'elle faisait chanter le comte ?

— C'est possible.

— Mais quel intérêt, avec tout le fric qu'elle possède aujourd'hui ?

— C'est l'argent de son mari. Et quand bien même il serait au courant de ses aventures, je doute qu'il lui donne les sommes nécessaires pour mener la vie dont elle rêve. Un chantage lui aurait permis de se faire un peu d'argent de poche.

— Mais le faire chanter sur quoi exactement ? Les problèmes auxquels Montalabert devait faire face ?

— Je ne pense pas qu'elle ait été au courant de ses déboires... Qu'est-ce que tu as sur les autres ?

Caujolle jeta un coup d'œil à son papier, juste pour la forme.

— Absolument rien sur le général. Un homme exemplaire, sa réputation est intacte. Des médailles et des honneurs, en veux-tu en voilà...

— Mauvais point pour lui : les gens trop vertueux m'ont toujours paru éminemment suspects...

— Vautrin, pour sa part, tient plus du gourou que du médecin.

— C'est ce qu'avait suggéré le comte.

— Ses honoraires donnent le vertige. Il a su s'attirer une clientèle de tout premier choix en faisant le tour des salons de la capitale. Il se murmure qu'il délivrerait facilement des opiacés et d'autres substances de ce genre, et pas que pour des raisons médicales.

À cette dernière phrase, Forestier sourcilla.

— Est-ce que tu sais si Félix Lafargue a déjà eu recours à ses services ?

— Je n'ai pas d'informations à ce sujet.

Le commissaire eut l'air déçu.

— Et Moreau ?

— Comme Mme Lafargue, il mène la belle vie. Des conquêtes, des fréquentations pas toujours recommandables, et surtout des dépenses faramineuses.

— Tu as vu sa Bugatti ? Il me faudrait cinq ans de pension au bas mot pour me la payer... Autre chose sur lui ?

— Il y a deux ans, les flics l'ont arrêté dans un tripot après une bagarre. Il a passé la nuit dans une cellule de dégrisement mais, là non plus, il n'y a pas eu de poursuites.

— Ses relations, j'imagine.

— Il en connaît, du monde. Ses articles ont déjà fait tomber deux ministres... C'est un chien fou, les puissants prennent des pincettes avec lui.

— Des quatre, c'est celui qui pouvait en savoir le plus sur le comte. Pourtant, je l'aime bien, ce type. Il fait tout pour te faire sortir de tes gonds, mais je l'aime bien quand même. Et Henri ?

Caujolle secoua vigoureusement la tête.

— Aucune arrestation, pas de casier. Il a donné satisfaction à tous ses employeurs avant d'atterrir ici. Si c'est lui qui a fait le coup, c'est qu'il devait avoir un différend bien particulier avec Montalabert. Mais il avait un avantage sur tous les autres...

— Il connaît la maison et les habitudes du propriétaire par cœur ?

— Exact. D'un point de vue matériel, il pouvait préparer son crime mieux que quiconque.

— Ce serait un comédien de tout premier ordre. Tu as vu comme il a l'air affecté par ce qui s'est passé ?

— Peut-être un peu trop. Même s'il a passé près de trente ans entre ces murs, Montalabert n'était que son employeur.

L'inspecteur agita son papier à la manière d'un éventail.

— Bon, reprit-il, vu les circonstances, je crois qu'il serait judicieux d'avoir une petite discussion avec Mme Lafargue.

— Non. Avec le docteur.

— Le docteur ?

L'œil de Forestier se mit à briller.

— J'ai de plus en plus la conviction que ces deux-là se connaissaient avant d'arriver aux Trois Ormes. Et nous aurons beaucoup moins de mal à faire parler Vautrin, ça, tu peux me croire.

*

Comme l'avait espéré le commissaire, le médecin concéda sans trop de difficulté qu'il avait rencontré Mme Lafargue bien avant ce week-end.

— Après le crime, dit-il en épongeant son front humide avec un mouchoir, j'ai pensé que cela pouvait se retourner contre nous. Vous auriez pu vous imaginer que nous étions complices. Nous avons été les premiers à nous retrouver devant la porte du bureau : si notre relation avait été connue, personne n'aurait pu croire à un simple hasard.

Forestier afficha une mine dubitative.

— Vous aviez peut-être surtout peur que l'on découvre la véritable nature de vos relations.

— Je ne comprends pas.

— Je crois au contraire que vous ne me comprenez que trop bien. Mme Lafargue est une cocaïnomane. Certes, beaucoup de gens dans son milieu ont recours à ce genre de substance pour s'amuser, mais ce n'est plus pour elle un petit plaisir passager : elle est dépendante et malade. C'est vous qui lui fournissez cette drogue, comme vous devez en fournir à nombre de vos patients si influents.

Vautrin baissa la tête, tel un gosse pris en faute. Il avoua tout. Mme Lafargue était venue le voir un jour à son cabinet, alors qu'il ne la connaissait que de vue. Il avait compris qu'elle n'était là que pour obtenir de lui des substances illicites. Il n'avait pas trouvé le courage de refuser, par peur de perdre des patients qui étaient aussi des amis de son mari.

— Foutaises ! s'écria Forestier. Vous imaginez qu'en cas de refus elle serait allée se plaindre à son cher époux ? Depuis quand les médecins ont-ils des doses de cocaïne à disposition ? Car nous ne parlons pas ici d'opiacés ou de sirops thébaïques… La vérité, c'est que vous êtes un margoulin, un revendeur de drogue pour riches oisifs. Le serment d'Hippocrate, vous vous en battez l'œil !

Même Caujolle parut surpris par sa véhémence. Perclus de honte, Vautrin se tassa dans son fauteuil.

— Je n'ai pas tué le comte !

Caujolle leva une main en l'air pour le faire taire.

— Monsieur Vautrin, il vaudrait mieux que vous n'ajoutiez plus un mot. Je n'ai ni le droit ni l'envie de fermer les yeux sur vos trafics. Je vais exiger l'ouverture d'une enquête qui déterminera l'ampleur des doses que vous avez procurées à vos patients – même si, en l'occurrence, je ferais mieux de parler de « clients ».

Vautrin ne demanda pas son reste. Après son départ, les deux policiers se regardèrent avec satisfaction.

— Comment tu as su, pour notre couple improbable ? demanda Caujolle.

— Mais c'est toi qui m'as mis sur la voie, rappelle-toi... Tu as suggéré qu'ils pouvaient être complices. De fait, quand Mme Lafargue est arrivée hier, elle s'est montrée polie avec tous les invités, sauf avec le docteur, qu'elle a toisé avec une froideur suspecte. Pour quelle raison se montrer aussi glaciale avec quelqu'un qu'on ne connaît pas ? Par la suite, j'ai eu l'impression qu'elle s'efforçait de garder ses distances avec lui, pour éviter qu'on puisse établir une connexion entre eux. Et Vautrin s'est trahi durant la partie de cartes.

— Trahi ?

— Dès le début du jeu, il lui a sorti quelque chose comme « Vous êtes toujours aussi redoutable », preuve qu'il la connaissait bien. Comme je discutais avec Montalabert à ce moment-là, je n'y ai pas fait attention sur le coup.

— En tout cas, ça change sacrément la donne. Vautrin et Lafargue se tenaient par la barbichette. Au point où ils en étaient, ils auraient tout à fait pu faire le coup ensemble.

Forestier grimaça.

— J'ai vraiment des doutes. Avec l'alcool qu'elle avait bu, sans oublier la cocaïne, je l'imagine mal prendre part à un crime aussi sophistiqué. À moins que…

— Oui ?

— À moins qu'elle ne se soit jouée de moi. Et si elle avait juste fait semblant d'être à moitié ivre ? Et si elle s'était versé dans les yeux quelques gouttes d'un produit ophtalmologique pour dilater ses pupilles ?

— Tu la crois retorse à ce point ?

— Ç'aurait été pour elle le meilleur moyen de se forger un alibi parfait. Et cet alibi, ce n'est pas elle qui l'a brandi, elle a simplement attendu que nous le trouvions…

19

Derrière les apparences

On dîna tôt et le repas fut des plus mornes. Non seulement tout le monde semblait épuisé par la nuit précédente, mais la tension était de plus en plus palpable entre les invités.

Tandis que les convives prenaient le café, Forestier et Caujolle s'isolèrent dans le bureau.

— Ce coffre... Je suis certain de passer à côté de quelque chose ! s'exclama le commissaire.

— Tu espères toujours en trouver le code ?

— J'ai interrogé Henri à ce sujet, il m'a dit que le comte le changeait toutes les semaines. Vu ses problèmes de mémoire qui s'aggravaient, il est certain qu'il aurait été incapable de le retenir, donc il l'a forcément noté. Mais je n'ai rien déniché dans les tiroirs.

— Ce qui est sûr, c'est que si je n'arrivais pas à me rappeler un code, je ne l'écrirais pas sur un bout de papier : trop de risques que quelqu'un tombe dessus.

— Mais le bureau était presque toujours fermé !

— Tu t'imagines vraiment que le majordome ne possède pas un double des clés ?

Forestier observa attentivement la table de travail.

— Il devait l'avoir sous les yeux en permanence. Ce code est là, quelque part.

— Mais où ? J'ai beau regarder, je ne vois rien.

Les yeux du commissaire s'arrêtèrent sur la pendule dorée décorée d'angelots. Il repensa à la pendule de chambre que Guillaumin avait dénichée dans le grenier. Aussitôt, les paroles du lieutenant lui revinrent en tête : « À quoi bon avoir une pendule si elle ne vous donne pas l'heure ? »

— Nom de Dieu !

— Quoi ?

— La pendule... Elle est arrêtée, elle ne fonctionne pas.

Caujolle s'approcha.

— Quelle importance ?

— Elle indique 11 h 42 ou 23 h 42... Quatre chiffres, exactement ce dont nous avons besoin pour le code du coffre. Lorsque je suis entré la première fois dans son bureau, le comte était en train d'en déplacer les aiguilles. Pourquoi la mettre à l'heure puisqu'elle est hors d'état de marche ?

— Tu crois qu'il venait de changer le code et qu'il a utilisé cette pendule comme mémo ?

— Nous n'allons pas tarder à le savoir.

Forestier se leva et décrocha le grand cadre. Il essaya la première combinaison, qui ne fonctionna pas. Quand il tourna à nouveau la molette en utilisant la suite 2342, le coffre-fort s'ouvrit comme par magie.

— Incroyable, Louis ! Il faut absolument que tu reprennes du service.

— Non merci. Cette affaire sera ma dernière, j'en fais le serment.

Comme il l'avait supposé, il n'y avait pas à l'intérieur le moindre objet de valeur. Le coffre ne contenait que quatre pochettes, toutes de couleur différente, sur chacune desquelles était écrit un nom : « Catherine Lafargue », « Paul Granger », « Gilles Vautrin », « Adrien Moreau ».

— Qu'est-ce que c'est que ça ? demanda Caujolle.

— Les secrets, répondit Forestier, un grand sourire aux lèvres.

Sans attendre, les deux enquêteurs s'attelèrent à l'examen des dossiers, qui recelaient en effet des informations compromettantes sur les invités réunis aux Trois Ormes.

Celui de Catherine Lafargue renfermait une série de documents – copie d'acte de naissance, rapport d'arrestation, témoignages de deux filles du Palais des Roses – qui prouvaient qu'elle avait menti sur ses origines et fait commerce de ses charmes dans une maison close parisienne.

Le dossier de Vautrin se résumait à un rapport rédigé par un détective privé, qui avait enquêté sur sa vie et mis au jour ce qui s'apparentait à un trafic de stupéfiants, son cabinet médical n'étant qu'une simple couverture.

Mais ils n'étaient pas au bout de leurs surprises. Le même détective avait fouillé la vie de Moreau dans les moindres recoins. Rien d'étonnant de prime abord, sauf qu'il ne collectionnait pas du tout les maîtresses. Non, le journaliste fréquentait assidûment un salon clandestin qui permettait des rencontres entre invertis ; un lieu dont l'adresse n'était connue que d'une élite qui devait se cacher pour ne pas subir l'opprobre public et les foudres de la justice. Certes, comparé à d'autres villes d'Europe, Paris avait acquis la réputation d'être plutôt tolérant à l'égard de l'homosexualité, mais elle n'en demeurait pas moins illégale et passible de prison.

Les yeux de Caujolle étaient devenus ronds comme des billes.

— Je n'arrive pas à y croire ! Qui aurait pu imaginer qu'un type comme Moreau… ?

— Je comprends à présent pourquoi une fille aussi mignonne que Louise de Montalabert ne lui faisait ni chaud ni froid. Il a sacrément bien joué la comédie avec Mme Lafargue hier soir.

Forestier continuait de tourner les pages du dossier.

— Et attends, ça n'est pas fini. Ce détective a aussi épluché ses comptes.

Ils découvrirent que Moreau avait contracté des emprunts mirobolants auprès de plusieurs établissements bancaires pour pouvoir maintenir son train de vie fastueux. Il se trouvait dans une situation alarmante, ses revenus lui permettant tout juste d'en rembourser les intérêts.

— Il est encore plus dans la panade qu'on ne le pensait, constata le commissaire.

— En tout cas, le comte avait vraiment du lourd le concernant.

Caujolle attrapa la pochette du général, qu'ils avaient gardée pour la fin.

— Voyons donc ce que cache notre parangon de vertu…

Le dossier de Granger était de loin le plus explosif, mais les deux hommes n'en prirent pas immédiatement conscience. Il contenait tout un tas d'articles de presse consacrés à la Cagoule, la célèbre organisation clandestine terroriste qui avait commandité plusieurs assassinats et cherché à prendre le pouvoir à la fin de l'année précédente. Anticommuniste, antisémite, proche du fascisme italien, la Cagoule avait été en partie démantelée, mais pas totalement éradiquée.

Ils trouvèrent, à la suite des articles, une liste de militaires qui avaient offert leur complicité dans la tentative de coup d'État. Forestier reconnut quelques noms, car il avait enquêté sur les attentats à la bombe de l'Étoile qui avaient causé la mort de deux gardiens de la paix. Cependant, l'identité des plus haut gradés n'avait pas encore été découverte. Un en particulier, connu sous le nom de code « Corday », avait fourni des renseignements ultrasensibles pour permettre l'organisation du putsch. Ce pseudonyme figurait dans la liste. À côté de celui-ci, le comte avait inscrit au crayon le nom de Paul Granger.

— Qu'est-ce que c'est que cette histoire ! Tu crois vraiment que le général était un des séditieux ?

— La Cagoule... il y a fait allusion lors de notre conversation dans le parc. Et il ne fait pas mystère de sa complaisance envers Mussolini ou le Führer.

— L'ennui, c'est que Montalabert ne possédait aucune preuve de son implication.

— Et ça ?

Forestier brandit devant son collègue une missive qu'il venait de trouver dans une enveloppe en kraft.

Mes amis,

Nous ne permettrons pas que les communistes s'emparent du pouvoir. Nous contrecarrerons le mouvement insurrectionnel. Nous nous débarrasserons définitivement des traîtres à la patrie. Tout sera prêt pour le 15. Le 16 au plus tard.

Vive la France !

Corday

— Le 15 et le 16 novembre 1937, précisa Forestier. Les dates du coup d'État contre le gouvernement, qui visait à empêcher cette prétendue insurrection communiste.

— Tu crois vraiment que c'est l'écriture du général ?

— Une expertise graphologique devrait facilement le montrer. Mais s'il conservait ce bout de papier aussi précieusement, c'est que Montalabert avait dû s'en assurer.

Les deux hommes contemplèrent les dossiers étalés sur le bureau, tentant d'ordonner toutes les informations qui se bousculaient dans leur esprit.

— Tu penses à la même chose que moi ? demanda Forestier.

— Je suppose… On fait fausse route depuis le début : aucun des invités ne voulait faire chanter le comte.

— C'était plutôt l'inverse. Avec ce que contiennent ces pochettes, il avait la possibilité de les mener à la baguette.

— Surtout le général et le docteur, si tu veux mon avis. Ils auraient tout perdu, c'est évident. Mme Lafargue aurait sans doute pu tirer son épingle du jeu, elle a de la ressource. Quant à Moreau, tout le monde sait qu'il mène une vie de patachon.

Le visage de Forestier se fit perplexe.

— Pourquoi un tel chantage ?

— Pour l'argent, pardi ! Montalabert était au bord de la faillite. Pour quelle autre raison, sinon ?

— Ça ne tient pas la route. Moreau est criblé de dettes. Mme Lafargue n'a aucune fortune personnelle, tout appartient à son mari. Le général doit avoir du bien, certes, mais le comte aurait pu trouver une cible plus juteuse.

— Vautrin en revanche doit planquer un sacré magot !

— Un sur quatre. Non, ça ne va pas… Si Montalabert les a réunis ici, c'est qu'il espérait pouvoir tirer quelque chose d'eux. Qu'y a-t-il de plus précieux que l'argent ?

Caujolle soupira.

— Je ne vois pas…

— L'information, déclara Forestier d'un air grave.

— L'information ?

— Réfléchis un peu, René. Moreau passe son temps à dénicher les secrets les mieux gardés pour ses articles ; et les secrets, ça se monnaye. Il aurait pu servir de rabatteur au comte pour gagner de l'argent. Félix Lafargue possède une entreprise d'aéronautique florissante, alors que Montalabert a fait de mauvais investissements dans cette boîte concurrente – comment s'appelle-t-elle déjà ? … Ah oui ! Pégase. Il aurait pu obtenir de Catherine qu'elle lui livre des brevets ou des informations confidentielles sur la société de son mari.

— Une forme d'espionnage industriel ?

— En quelque sorte…

— Vautrin ?

— En plus de lui extorquer une coquette somme, il aurait pu apprendre lesquels de ses prestigieux clients avaient un penchant pour la drogue. Et les faire chanter les uns après les autres jusqu'à pouvoir combler ses dettes.

— Et le général, alors ?

— C'est contre lui que Montalabert détenait les éléments les plus accablants. Savais-tu que Granger avait ses entrées dans le nouveau gouvernement Daladier ?

— Lui, le cagoulard ?

— Il pourrait très bien jouer double jeu. C'est Henri qui m'a confié qu'il avait l'oreille de Matignon sur des questions stratégiques. Imagine le nombre d'informations confidentielles auxquelles il peut avoir accès... Des informations qui auraient permis au comte de faire des investissements lucratifs en ayant connaissance avant tout le monde des arbitrages gouvernementaux.

— La définition même du délit d'initié...

— Exactement.

Forestier tapa son poing contre sa paume.

— Nous cherchions le mobile, nous l'avons. Chacun des invités avait une raison de faire taire le comte. Il y allait de leur réputation et de leur avenir.

20

Le poids du soupçon

Un lourd silence s'était abattu dans le salon. La révélation faite par René Caujolle à propos des pochettes entreposées dans le coffre avait créé un émoi palpable parmi les invités. Le policier avait décidé de jouer cartes sur table pour augmenter la pression qui pesait déjà sur leurs épaules. Tous étaient désormais suspendus à ses lèvres.

— Pour des raisons de confidentialité, nous ne divulguerons pas devant vous les informations que M. de Montalabert avait recueillies à votre sujet. Néanmoins, je dois vous informer que certains agissements qu'il avait mis au jour tombent sous le coup de la loi. Sachez donc que, au-delà de l'enquête sur la mort du comte, il me faudra vous interroger dans les meilleurs délais pour éclaircir un certain nombre de points problématiques.

Mme Lafargue fut la seule à oser réagir :

— Personnellement, je m'en moque. M. le commissaire sait déjà tout de mes petits secrets, il ne m'a pas donné l'impression qu'on allait me passer les menottes pour autant.

— Il se trouve que le coffre-fort du comte contenait d'autres informations vous concernant, madame. Mais, comme je l'ai dit, il n'est pas question que nous abordions cette question pour l'instant.

Soudain inquiète, la jeune femme détourna la tête, sans prendre le risque d'insister. Caujolle poursuivit d'un ton cassant :

— Pour l'heure, je m'en tiendrai donc au rôle qu'ont pu jouer ces documents dans l'assassinat du comte. Rien de plus.

Moreau, qui fumait toujours comme un sapeur, émit un petit rire nerveux.

— Évidemment... Le comte détient des secrets sur quatre personnes et celles-ci sont présentes dans sa maison le jour de son assassinat. Difficile de n'y voir qu'une coïncidence...

— Vous avez parfaitement résumé le fond de ma pensée, monsieur Moreau. C'est pourquoi il me faut poser la question suivante : qui, parmi vous, savait que le comte avait enquêté sur sa vie ?

Quelques regards furent échangés dans le groupe mais personne ne répondit. On n'entendait plus que le journaliste expirer la fumée de sa cigarette.

— Ce qui est gênant ou pratique avec le silence, continua Caujolle, c'est qu'on peut l'interpréter comme on veut. Qui alors se doutait que cette réunion entre gens du beau monde cachait quelque chose ?

Le général monta au front :

— Je ne suis venu ici que parce que j'ignorais que le comte fût animé de mauvaises intentions ! Je peux vous assurer que si j'avais su qu'il avait eu l'audace de...

— Je n'en savais rien non plus, l'interrompit le docteur Vautrin d'un ton tout aussi véhément. Jamais il n'a fait le moindre sous-entendu. Je n'arrive pas à croire qu'il ait osé nous attirer dans ce guet-apens. Il est mort – paix à son âme –, mais son comportement était indigne.

— Et vous ? demanda Caujolle en se tournant vers les deux plus jeunes convives.

— *Idem*, lâcha laconiquement Moreau.

Mme Lafargue, elle, se renfrogna :

— Je l'ignorais, évidemment, mais vu le tour qu'est en train de prendre la situation, je crois que je ne dirai plus un mot sans les conseils de mon avocat. Une chose est sûre, je plie bagage dès demain matin.

Quoiqu'il bouillonnât, Caujolle essayait de ne pas perdre son calme.

— De toute façon, je ne peux pas vous retenir plus longtemps dans cette demeure. Mon enquête ne m'a pas encore permis de comprendre quel artifice l'assassin a utilisé, mais que vous rentriez à Paris n'aura pas d'incidence sur mes investigations. Comme il est déjà tard, je n'ai pas l'intention de vous interroger ce soir. Je vous demanderai simplement de vous tenir à ma disposition demain dans la matinée ; après, vous pourrez tous quitter les lieux.

*

Caujolle retrouva Forestier dans sa chambre pour boire un dernier verre et faire le point sur la réaction des invités. Le froid et l'humidité les poussèrent à allumer une flambée dans l'imposante cheminée qu'appréciait tant le père du comte.

— Ils mentent tous, c'est évident, estima Caujolle.

Le commissaire agaça les bûches à l'aide du tisonnier en souriant.

— Je n'en suis pas aussi sûr que toi.

— Tiens donc ?

— Montalabert avait une personnalité peu commune. Même s'il avait décliné, il n'en demeurait pas moins un homme redoutable. Le chantage qu'il comptait exercer sur les autres n'avait pas qu'un but utilitaire.

— C'est-à-dire ?

— La perspective de tenir ses hôtes à sa merci a dû lui procurer un plaisir sadique et il avait probablement peaufiné une mise en scène pour leur révéler ce qu'il savait. S'il les avait mis au courant plus tôt, l'effet aurait été gâché. Il aurait également pris le risque que certains refusent de venir.

— Et comment comptait-il s'y prendre ? Est-ce qu'il allait les faire défiler un à un dans son bureau en leur disant : « Je vous tiens ! » ? Ou les réunir dans le salon pour les humilier collectivement en déballant tout au coin du feu ?

— N'oublie pas que j'étais là. Il n'aurait jamais rien dit en ma présence... En tout cas, l'un des invités a eu vent de ses recherches avant de se rendre aux Trois Ormes.

— Comment le sais-tu ?

— Le meurtre a été soigneusement orchestré. L'assassin avait le Nagant sur lui : tu connais beaucoup de personnes qui partent en villégiature avec ce genre de joujou ? Sans compter le fait qu'il a dû sacrément se creuser les méninges pour élaborer cette énigme de chambre close.

— Si le meurtre est lié au chantage, Henri est totalement disculpé.

— Oh, je n'irais pas aussi vite en besogne… Mon intuition m'a déjà joué des tours depuis que je suis ici. Je préfère désormais rester prudent.

Caujolle acquiesça en se grattant le menton.

— En tout cas, personne ne semble prêt à craquer. Ils savent que nous n'avons rien de solide contre eux. Notre seul espoir, c'est d'attendre que l'assassin fasse un faux pas. Tu crois qu'il va essayer de récupérer son arme ?

— Pourquoi ferait-il une chose aussi stupide ? Il s'attend sans doute à ce que tu fouilles tous les bagages au moment du départ. Vouloir modifier une scène de crime, récupérer ou cacher de manière plus efficace une arme… ce sont des erreurs de débutant. Non, il est trop malin pour ça.

— Ce qui m'inquiète, c'est qu'il nous reste très peu de temps. Quand tout le monde sera rentré au bercail, nous perdrons notre avantage. C'est maintenant qu'il faut se creuser la tête.

Et Caujolle de tapoter son crâne pour illustrer son propos.

— Je suis d'accord avec toi, René. Il ne nous reste sans doute que quelques heures pour espérer résoudre cette mystérieuse affaire.

*

Le lendemain, toute la maisonnée était debout aux aurores. Les hôtes avaient hâte de quitter les lieux et n'attendaient plus que l'ultime interrogatoire auquel voulait les soumettre l'inspecteur.

Celui-ci trouva Forestier dans le parc, dans la fraîcheur piquante du petit matin, en train de fumer une cigarette. Le commissaire arborait un sourire énigmatique.

— Tu as pu dormir un peu ? demanda Caujolle en lui serrant la main.

— Oh, juste ce qu'il fallait. Et toi ?

— Ma chambre est remplie de têtes d'animaux empaillées. J'en ai fait des cauchemars.

— La nuit m'a été propice, René : j'ai mis la main sur l'arme du crime.

— Quoi ! Tu plaisantes ?

— Pas du tout.

— Où était-elle ?

— Sous nos yeux, ou presque. Je m'étais trompé : l'assassin a bien réussi à la déplacer.

Forestier entreprit de lui raconter où et comment il avait découvert le Nagant. Le visage de Caujolle se décomposait au fur et à mesure de son récit.

— Je n'en reviens pas... Pourquoi tu ne m'as pas réveillé ?

— Qu'est-ce que ça aurait changé ? Ta poudre de graphite ne fera aucun miracle : l'arme a été méticuleusement essuyée. Et puis, j'avais besoin de réfléchir... Et je crois que j'ai bien fait. René, je sais qui a tué le comte.

— Quoi !

— Tu m'as bien entendu.

Caujolle secoua la tête d'un air incrédule.

— Et tu me dis ça avec un calme olympien ! Qui ?

— Patience... Je dois d'abord te demander une chose : j'ai encore besoin de quelques heures pour agencer les dernières pièces du puzzle, alors, débrouille-toi comme tu veux, mais retiens les invités jusqu'à cet après-midi.

*

Forestier se désintéressa complètement des interrogatoires menés par son ex-collègue : ils ne constituaient plus désormais qu'un prétexte pour garder tout ce beau monde au chaud. « Comment ai-je pu être aussi aveugle ? se disait-il par-devers lui. Comment ai-je pu ne pas voir l'évidence ? »

Il se promena longuement dans le parc et poussa jusqu'à l'orée du bois, au milieu des bruyères et des nappes de violettes, auxquelles la nature offrait une seconde floraison. Bien qu'insensible au paysage qui l'entourait, il savait que marcher lui ferait du bien. Il avait tous les éléments en main, mais il ne parvenait pas encore à les emboîter les uns dans les autres pour obtenir une construction mentale satisfaisante. Il savait comment l'assassin avait pu s'extraire de la pièce, mais quelque chose bloquait dans l'enchaînement des faits. Ce dernier n'avait disposé que de quelques secondes pour agir et se mêler au groupe agglutiné devant la porte. Quelques secondes... c'était bien trop peu si le scénario qu'il avait élaboré était le bon.

Dans la forêt résonna un coup de feu, dont il était difficile de déterminer la provenance à cause de l'écho. Encore ces chasseurs qui traquaient sans relâche le gibier... Forestier s'arrêta net, d'abord incapable d'analyser précisément ce qui avait interrompu sa marche

– une pensée qui n'avait fait qu'effleurer son esprit. « L'écho... » songea-t-il. Et si le déclic qu'il attendait depuis si longtemps venait de se produire ?

Il s'empressa de rebrousser chemin, se rua dans la demeure, puis se mit à la recherche du majordome.

— Ah, Henri ! J'aurais grand besoin de votre aide.
— Mon aide, monsieur ?
— Oui. Rassurez-vous, ça ne prendra que quelques minutes.

Après l'avoir entraîné dans le salon, Forestier lui demanda de prendre place sur le canapé.

— Je vais vous demander de rester assis là. J'aimerais que vous prêtiez l'oreille et que vous m'indiquiez si vous avez entendu un bruit particulier. Vous m'avez compris ?

L'homme à la toison blanche était éberlué.

— Eh bien, je crois, monsieur.

Le commissaire disparut du salon. Henri attendit sagement comme on le lui avait demandé.

— Alors ? s'enquit Forestier en revenant dans la pièce un peu plus tard.

— Je n'ai rien entendu de particulier, monsieur.

— Vous en êtes absolument certain, Henri ? C'est de la plus haute importance.

— Absolument certain.

— Je le savais. Je le savais ! Henri, je viens de comprendre comment le meurtrier s'y est pris. Et je crois que je vais encore avoir besoin de votre aide...

21

Un coin du voile

La pendule du salon égrenait les notes de son carillon. 15 heures sonnaient. René Caujolle promena lentement son regard sur le cercle des suspects – Mme Lafargue, MM. Granger, Vautrin et Moreau –, tous rassemblés devant la cheminée. Debout à ses côtés, bras croisés et mine tendue, se tenait le lieutenant Eugène Guillaumin.

— Je voudrais d'abord vous remercier d'avoir différé votre départ. Je sais combien cela a pu vous irriter, mais la situation était suffisamment grave pour que vous consentiez cet effort.

— J'espère que cette attente en valait la peine ! s'écria le docteur Vautrin.

— Je crois que vous ne serez pas déçus.

— Mais où sont donc le commissaire et Henri ? demanda Mme Lafargue. Si l'heure est grave, ils pourraient tout de même être présents.

— Oh, ils ne vont pas tarder. Mon ancien collègue est en train de peaufiner les préparatifs.

— De quels préparatifs parlez-vous ?

— Vous le saurez très vite, madame.

On patienta. On échangea quelques banalités, mais une certaine nervosité flottait dans l'air.

Quand dix minutes se furent écoulées, le commissaire arriva enfin, flanqué du majordome. Sur sa bouche se dessinait un sourire à la fois discret et satisfait.

— Merci pour votre patience. L'entreprise dans laquelle je m'étais lancé m'a pris plus de temps que prévu...

On se regarda avec circonspection, nul ne comprenant à quoi il faisait allusion.

C'est avec assurance que le commissaire s'avança au milieu de la pièce.

— Madame, messieurs, dit-il en inclinant légèrement la tête, un crime a été commis avant-hier soir dans cette demeure. Un crime tout aussi fascinant que déroutant. Yves de Montalabert a été assassiné d'une balle dans la tête et cette mort a été maquillée en suicide. Par ailleurs, la pièce dans laquelle il se trouvait était hermétiquement close et il paraît absolument impossible que l'assassin s'en soit échappé.

Quelques soupirs se firent entendre dans l'assistance.

— Mais nous savons déjà tout cela, intervint Moreau. Avez-vous fait une découverte digne d'intérêt ? Vous n'allez tout de même pas, comme le fait le détective belge de cette célèbre romancière, confondre le criminel devant tous les suspects en exposant par le menu les astuces auxquelles il a eu recours ?

Le visage de Forestier se fit grave.

— Il ne s'agit plus d'un jeu, Adrien. Nous ne sommes pas dans un roman... L'acte qui a été commis peut conduire une personne présente dans cette pièce directement à la veuve.

Ce mot, dont personne n'ignorait qu'il désignait la guillotine, provoqua un frisson dans le groupe. Après un silence, Forestier poursuivit :

— L'assassin a commis trois erreurs grossières en perpétrant son crime : il a tiré du côté droit du crâne alors que le comte était gaucher ; il n'a laissé aucune douille au sol ; enfin, il a abandonné derrière lui une arme qui n'avait pas servi depuis des lustres.

— Il n'est peut-être pas expert en armes à feu, suggéra le général.

— Voyez-vous, j'en doute fort, rétorqua le commissaire. Il est peu probable qu'une personne désireuse d'éliminer quelqu'un utilise pour ce faire un revolver pour la première fois de sa vie. Le maniement d'une arme est moins aisé qu'on ne le croit, vous êtes bien placé pour le savoir. Bref, ces erreurs étaient tellement grossières que je me suis demandé si elles n'avaient pas été commises à dessein – ou, du moins, si elles n'avaient pas semblé anecdotiques au tueur.

— Vous êtes bien énigmatique !

— Plus pour très longtemps, général. Partons d'un constat simple : aucun de vous ne savait que je devais être présent durant ce week-end.

Le menton relevé, Forestier attendit une réaction, mais personne ne le contredit.

— Lorsque l'assassin m'a vu, il a immédiatement compris que son plan était compromis, mais il a jugé qu'il devait tout de même tenter sa chance. Dans la mesure où le Browning du comte ne pourrait pas faire longtemps illusion, il ne s'est même pas donné la peine de tirer du bon côté de la tête. Nous savons à présent que l'arme utilisée est un Nagant M1895, un revolver fort peu usuel, qui n'est pas réputé pour sa maniabilité. Pourquoi l'assassin a-t-il employé cette arme ? Cette question m'a longuement trotté dans la tête. Tout comme d'autres, d'ailleurs. Pourquoi le comte a-t-il mis en marche le gramophone ? Pourquoi n'est-il pas revenu immédiatement dans le salon après le coup de téléphone ? Quelle était la teneur de cet appel ? Où l'assassin a-t-il pu dissimuler l'arme alors que vous avez tous été fouillés ? Comment est-il sorti du bureau ?

Montrant des signes d'impatience, Mme Lafargue se tortillait sur le canapé.

— Cela fait beaucoup de questions, en effet ! Pourquoi ne pas nous en donner immédiatement les réponses ?

Forestier croisa les mains derrière son dos et fit quelques pas dans la pièce.

— Chaque chose en son temps, madame... J'aimerais d'abord revenir brièvement sur la personnalité du comte. Comme vous le savez tous, M. de Montalabert était un esprit vif et entreprenant : il a pris beaucoup de risques pour bâtir la fortune considérable qui était la sienne. Tout le monde sait également que c'était un esthète : mélomane, bibliophile, passionné par les arts exotiques... C'était un homme autoritaire, qui n'aimait pas que l'on discute ses ordres, et qui ne se montrait pas particulièrement généreux envers son entourage : Henri, ici présent, n'a jamais obtenu les augmentations auxquelles il pouvait prétendre ; sa fille, Louise, a été expédiée chez une tante à Paris peu après la mort de sa mère et ne recevait qu'une pension misérable. Mais les dernières années ont été difficiles pour lui, ses dettes s'étant accumulées. Nous en arrivons donc au point crucial de cette affaire : le comte devait à tout prix renflouer ses comptes avant que ses revers de fortune ne s'ébruitent et n'alarment ses créanciers.

Forestier se tourna vers Caujolle, qui le relaya :

— Comme vous le savez, les dossiers que nous avons découverts dans le coffre-fort du bureau établissent que Montalabert avait enquêté sur vos vies. Il paraît évident qu'il avait l'intention de monnayer les informations dont il disposait en vous soumettant à un chantage.

— L'histoire est donc assez simple à reconstituer, compléta Forestier. Je ne crois pas qu'il désirait obtenir de vous de l'argent, mais plutôt des informations confidentielles auxquelles vos situations respectives vous permettaient d'avoir accès. M. Moreau est plus qu'un journaliste : c'est un enquêteur redoutable. M. Granger est familier des arcanes du pouvoir. La patientèle distinguée de M. Vautrin lui est un atout précieux. Quant à Mme Lafargue, son mari est l'un des industriels les plus puissants du pays. Mais l'un d'entre vous a eu vent des investigations du comte et a décidé de le supprimer.

Forestier se frotta les mains avec une certaine malice.

— Quant à ma présence en ces lieux... Le comte pensait-il que je le protégerais ? Que j'empêcherais l'un d'entre vous de faire un esclandre ? Voulait-il vous faire croire qu'il m'avait acheté et que je faisais partie de sa machination ? Peut-être un peu des trois...

Incapable de rester inactif, Henri avait entrepris de servir des rafraîchissements. Pas un des invités ne refusa le verre qu'on lui tendait, mais ils n'y touchèrent pas, trop occupés à suivre les explications du commissaire.

— Merci, Henri... N'oubliez pas que j'aurai besoin de vous dans un moment.

— Rassurez-vous, monsieur. Je n'ai pas oublié.

— Venons-en à présent au meurtre proprement dit. Si les mystères de chambre close sont fréquents en littérature, ils sont rares dans la vie réelle, car la réalisation de ce genre de crime est complexe. Quels pouvaient être les moyens d'évasion s'il n'y avait aucun passage dérobé ? Ils sont heureusement limités : la porte et les deux fenêtres. La porte était verrouillée de l'intérieur. Et les fenêtres l'étaient aussi, par un système à crémone dont l'espagnolette est impossible à rabattre de l'extérieur. L'inspecteur Caujolle a émis une hypothèse très intéressante : il fallait être au moins deux pour perpétrer ce crime.

— Cela signifierait donc que la moitié des suspects seraient coupables ! réagit instantanément le général.

— Si l'on se fie aux différents témoignages, il paraît acquis que Mme Lafargue et le docteur Vautrin ont été les premiers à arriver devant la porte du bureau, un peu avant Henri. C'est la seule complicité que j'ai pu envisager.

— Nous y revoilà ! s'écria Vautrin avec colère. Tout cela parce que j'ai eu le malheur de rester dans le salon après le whist !

— Calmez-vous, docteur... Je ne fais qu'exposer le fil de ma pensée. J'ai écarté cette hypothèse pour en envisager une autre bien plus intéressante : et si tous les invités étaient coupables ?

— De mieux en mieux ! Eh bien, mes amis, préparez-vous à ce que nous montions tous à l'échafaud !

Sans se laisser distraire, Forestier poursuivit son raisonnement :

— Qui sait si vous n'aviez pas décidé de rassembler vos forces pour tuer votre maître chanteur ? Vous étiez certains de vous en tirer en diluant votre responsabilité. L'avantage, c'est que vous n'étiez plus soumis aux aléas auxquels s'expose un homme seul : peu importait à quel endroit de la maison se trouveraient Henri, la cuisinière ou moi-même puisque au moins l'un d'entre vous aurait la possibilité de passer à l'acte. Peut-être la porte du bureau n'avait-elle jamais été verrouillée – après tout, je n'en ai même pas actionné la poignée. L'un de vous assassine le comte, ressort, et vous jouez tous la comédie en prétendant que la clé a été tournée de l'intérieur. Quand M. Moreau vous a ouvert plus tard, peut-être a-t-il simplement fait semblant de débloquer la porte.

Sans se départir de son calme, le journaliste répliqua :

— Je peux vous assurer, Louis, que j'ai bien dû tourner la clé pour ouvrir.

— C'est totalement absurde ! s'insurgea le général. Nous étions tous à la merci de Montalabert. En nous associant, nous aurions alors tous été à la merci les uns des autres !

Forestier hocha lentement la tête.

— Je vous crois, Adrien ; et c'est également ce que j'ai conclu, général. Personne ne pouvait savoir sur qui le comte avait enquêté, et il est impossible que vous ayez mis au point ce meurtre à la dernière minute. J'en suis donc revenu à l'hypothèse de l'assassin solitaire.

— Nous voilà ramenés au point de départ… soupira Mme Lafargue. Vous nous faites tourner en bourrique, commissaire ! Quand donc allez-vous nous livrer la clé du mystère ?

— J'y arrive, madame. René… ajouta-t-il en adressant à son ami un signe du menton.

L'inspecteur Caujolle apporta un sac en papier. Il en sortit un imposant revolver à la crosse brune qu'il exhiba à la vue de tous.

— Voici l'arme du crime !

22

Révélations

Les suspects en demeurèrent bouche bée.

— Je l'ai découverte cette nuit, annonça Forestier. Au lieu de fouiller à nouveau la maison, j'ai essayé de me mettre dans la tête du meurtrier. Et je me suis fait cette réflexion : « Quel meilleur moyen pour cacher une arme que de la laisser en évidence aux yeux de tous ? »

— Que voulez-vous dire ? demanda Mme Lafargue. Où était-elle donc ?

— Dans la vitrine de la bibliothèque où le comte exposait ses armes de collection.

— Vous plaisantez ?

— Pas le moins du monde. L'assassin a placé le Nagant au beau milieu de vieux pistolets et revolvers. On ne pouvait pas plus le repérer qu'un livre qu'on aurait ajouté sur une étagère. Malheureusement, il n'y a pas la moindre empreinte dessus.

Le général s'avança dans son fauteuil.

— Commissaire, je ne doute pas que vous disiez la vérité, mais il est impossible que le meurtrier se soit rendu dans la bibliothèque le soir du meurtre : nous sommes restés tout le temps ensemble, et nous avons été fouillés.

— Oh, je n'ai jamais dit qu'elle s'y trouvait à ce moment-là. L'assassin ne l'a déplacée que plus tard, sans doute durant la nuit, même si nul n'était censé quitter sa chambre.

— Pourquoi prendre un risque aussi absurde ?

— C'est exactement la question que je me suis posée et elle ne peut recevoir qu'une seule réponse : l'assassin savait que si l'arme était retrouvée dans la première cachette, il serait démasqué.

Forestier but un verre d'eau pour s'éclaircir la gorge, puis il poursuivit dans un silence de plomb :

— Voici comment tout s'est déroulé. L'assassin avait bien un complice, mais celui-ci n'était pas présent dans la demeure et je ne suis même pas sûr qu'il ait été dans la confidence du drame qui se préparait. Il se trouvait à Paris, dans une cabine téléphonique de la place de l'Odéon, d'où il a appelé les Trois Ormes à 22 heures sonnantes. Un signal, tout autant qu'une condition *sine qua non* pour passer à l'acte, puisqu'il fallait que le comte soit attiré dans son bureau. Juste avant le coup de fil, on fait une pause dans le jeu. Dès que les invités se sont dispersés, l'assassin pénètre dans le bureau. Il tue le comte, ramasse la douille, jette le Browning sur le tapis en ayant pris soin d'utiliser un mouchoir – il aurait été difficile pour lui de se débarrasser d'une paire de gants. Il sait depuis le début qu'il ne pourra pas sortir par la porte, car le coup de feu aura ameuté toute la maisonnée. Il choisit donc l'une des fenêtres – c'est la seule issue dont il dispose. Il rabat les panneaux autant qu'il le peut, sans être capable évidemment de refermer l'espagnolette. Il dissimule l'arme dans le parc, fait le tour de la maison, pénètre par l'entrée de derrière pour être sûr de ne croiser personne, puis se précipite dans le couloir afin de se mêler au groupe. Nos efforts pour forcer la porte sont vains. C'est alors l'assassin lui-même qui suggère de passer par une fenêtre...

Forestier se mit à crier :

— « Il y a urgence ! Commissaire, les fenêtres... C'est le seul moyen. »

Tous les regards convergèrent vers le journaliste, qui, avec un sourire, sortit calmement son étui à cigarettes de la poche intérieure de sa veste en tweed.

— Vous m'imitez fort mal, commissaire. J'ai une voix beaucoup plus grave et je ne cède jamais à la panique. Alors comme ça, ce serait moi l'assassin ?

— Oui, Adrien. Bien que cela me peine beaucoup, c'est vous qui avez tué le comte.

Moreau prit une cigarette et la tapota contre le métal de l'étui. Son sourire s'était peu à peu transformé en rictus, mais il n'avait nullement perdu contenance.

— Je serais curieux d'entendre la suite de votre histoire. Les déductions policières m'ont toujours fasciné...

Forestier hocha sèchement la tête.

— Soit, je continue. Nous faisons le tour de la maison et nous nous retrouvons devant les fenêtres. Là, Adrien, vous ne commettez pas l'erreur qui aurait immédiatement attiré les soupçons sur vous. Vous ne vous précipitez pas et vous me laissez grimper en premier. Vous me connaissez et vous savez que l'éclat de shrapnel que j'ai reçu dans la jambe durant la Grande Guerre m'a handicapé : vous vous doutiez que je serais incapable d'atteindre la fenêtre. Mais, en tant qu'ancien policier, c'était à moi de prendre les devants. Vous avez misé sur mon sens du devoir autant que sur mon orgueil ! Je fais une tentative et me tords de douleur. Alors vous prenez le relais. Avec votre physique athlétique, il vous est facile de grimper là-haut. Vous prétendez que la fenêtre est fermée. Il fait nuit et, de là où je me trouve, je suis incapable de voir qu'elle n'est pas verrouillée. Vous fracassez le carreau. Ensuite, il ne vous reste plus qu'à passer la main dans l'ouverture et à faire semblant de soulever l'espagnolette. Vous insistez pour m'aider à monter : vous avez besoin que nous découvrions ensemble la scène de crime pour qu'on ne puisse pas vous soupçonner de l'avoir modifiée. En ce qui concerne l'arme, vous ne pouviez pas la laisser indéfiniment dans le parc, car on aurait alors compris que l'assassin était passé par la fenêtre.

Moreau s'apprêtait à répliquer, mais Forestier l'arrêta d'un geste de la main.

— Si vous le permettez, j'aimerais revenir quelques minutes en arrière, au moment de la partie de whist. Que savons-nous ? Le général et le docteur sont des joueurs corrects. Mme Lafargue n'est guère une experte, mais elle apprend vite. Quant à vous, Adrien, vous êtes un excellent joueur, même si je vous soupçonne de ne pas avoir forcé votre talent, pour éviter de vous mettre dans une fâcheuse position.

— Quelle fâcheuse position ?

— C'est vous qui avez proposé un whist, car vous maîtrisez parfaitement ce jeu. L'intérêt pour vous était évident : vous pouviez contrôler la partie, la faire durer ou l'écourter, tout en jetant des coups d'œil sur la pendule du salon en attendant l'heure fatidique. Vous avez jugé à un moment donné qu'il vous fallait précipiter votre victoire pour être libre de vos mouvements ; vous aviez d'ailleurs remarqué que le général voulait fumer et que Mme Lafargue avait besoin de se rendre aux lieux d'aisances. Quand vous avez vu que 22 heures approchaient, vous avez irrité et asticoté de plus belle vos adversaires pour leur faire perdre leur sang-froid – j'ai été témoin de vos bisbilles avec le général et le docteur. Vous saviez qu'ils auraient besoin d'un répit. Mais vous ne deviez surtout pas donner l'impression que c'était vous qui aviez demandé une interruption. Vos cigarettes anglaises n'étaient bien sûr qu'un prétexte qui devait vous permettre de vous forger un alibi.

Cigarette éteinte au coin des lèvres, Moreau se mit à l'applaudir de manière ostentatoire.

— Bravo, commissaire ! Vos conclusions sont brillantes. Mais elles se heurtent à un problème de taille, que vous avez tôt fait de mettre sous le tapis.

— Lequel ?

— Entre le moment où l'assassin appuie sur la détente et celui où il se retrouve dans le parc, combien de temps se serait-il écoulé approximativement ?

Ce fut Caujolle qui répondit à la question :

— Nous avons procédé à cette expérience et nous nous sommes chronométrés. Il faut au moins entre vingt et trente secondes.

— Intéressant... Et quelle distance y a-t-il entre le bas de la fenêtre et l'escalier du hall ? Car vous avez admis que j'aurais dû contourner la maison et me précipiter dans l'escalier pour faire croire que je revenais de ma chambre...

— Nous l'avons mesurée, répondit Caujolle du tac au tac. Une quarantaine de mètres.

— Très bien, fit Moreau en hochant la tête. Je prends cet auditoire à témoin. L'homme le plus rapide du monde, Jesse Owens, est capable d'accomplir un cent mètres en un peu plus de dix secondes. Dans des conditions optimales – et s'il s'agissait d'une ligne droite –, il lui aurait donc fallu au moins quatre secondes pour parcourir cette distance. Vous m'accorderez, commissaire, que je ne suis pas Jesse Owens...

— Je vous l'accorde.

— À combien estimez-vous le temps qu'il m'aurait fallu pour la parcourir ?

— Mon ami, l'inspecteur Caujolle, n'a pas fait moins de dix secondes, malgré trois tentatives.

— D'accord. Vingt secondes au minimum pour sortir du bureau, plus une dizaine pour courir jusqu'à l'escalier : nous en sommes à trente secondes, et notez que je ne compte même pas le temps précieux qu'il m'aurait fallu pour dissimuler le revolver. Il est évident que j'aurais été fort essoufflé après une telle performance.

— C'est probable.

— Commissaire, demanda Moreau avec un sourire narquois, avais-je l'air essoufflé quand vous m'avez vu dans l'escalier ?

— Non, pas le moins du monde.

— Je sais que vous êtes un homme honnête. Alors, je vous le demande solennellement : combien de temps après le coup de feu m'avez-vous aperçu dans l'escalier ?

La tension dans la pièce était à son comble.

— Cinq, dix secondes au maximum, lâcha Forestier à contrecœur.

Des cris de surprise jaillirent, suivis de paroles confuses. Ce n'est qu'à ce moment-là que Moreau alluma sa cigarette, non sans afficher un visage triomphant.

Le général se redressa sur son siège.

— Commissaire, je crois que notre jeune ami vient de vous mettre au tapis. Il a réduit à néant votre théorie, toute séduisante qu'elle fût.

23

Le coup de feu

Des murmures désapprobateurs parcoururent l'assistance. Forestier tenta de ramener le calme :

— Madame, messieurs, je crains d'avoir, dans ma précipitation, omis de vous exposer le passage le plus intéressant du plan du meurtrier.

Il se tourna vers le majordome.

— Henri, vous pouvez y aller. Faites exactement ce que je vous ai dit.

— Bien, monsieur.

C'est avec curiosité que tous les invités regardèrent le domestique quitter la pièce. Nul ne pipait mot. Quelques secondes plus tard retentit le *Concerto en* ré *mineur*.

— Pourquoi lui avez-vous fait mettre cette musique sinistre ? se plaignit Mme Lafargue.

— Pour nous replonger dans l'ambiance du soir du meurtre et parce que ce disque a joué un rôle central dans…

Soudain hésitant, Forestier laissa sa phrase en suspens.

— Mais nous verrons cela dans un moment... Ce matin, je me suis promené dans le parc pour réfléchir tranquillement. Alors que j'arrivais à l'orée du bois, le coup de fusil d'un chasseur a éclaté, prolongé longuement par l'écho. Ce tir, insignifiant en soi, a pourtant provoqué un déclic en moi.

— Un déclic ? répéta le docteur Vautrin.

— Je me suis fait cette réflexion : un promeneur qui se serait bouché les oreilles au moment du tir et aurait retiré ses mains une seconde plus tard en aurait tout de même entendu l'écho. J'emploie cette image pour vous faire comprendre comment M. Moreau a pu tuer le comte tout en se trouvant au même moment dans l'escalier.

— Il n'a pas le don d'ubiquité ! C'est tout bonnement impossible !

— Je me suis livré à une expérience édifiante en fin de matinée. J'ai demandé à Henri de s'asseoir dans le salon, puis je me suis rendu dans le bureau et j'ai jeté le Browning sur le tapis avant de m'affaler lourdement, comme le ferait un homme qui vient de succomber. Eh bien, voyez-vous, Henri n'a rien entendu. Pas le moindre son. Et il se trouvait pourtant à la place où vous étiez le soir du meurtre, docteur.

— Vous remettez mon témoignage en doute ! Je jure sur la Bible que, en plus du coup de feu, j'ai bien entendu un corps ou un objet tomber !

— Non, le bruit que vous avez entendu n'est pas celui que vous pensez... Un mystère de chambre close ne peut offrir qu'un nombre défini de solutions. Au choix : il ne s'agit pas d'un meurtre mais d'un suicide ; la victime est tuée de l'extérieur mais trouve la force, dans un ultime sursaut, de se barricader dans la pièce ; le meurtrier était déjà présent dans la pièce mais il réussit à faire croire qu'il y a pénétré après le meurtre... J'ai vite compris que toutes ces hypothèses étaient farfelues.

— Alors ? le relança Moreau. Qu'allez-vous nous sortir de votre chapeau ?

— Le comte était déjà mort depuis plusieurs minutes quand nous avons tous entendu le coup de feu.

Le disque de Bach venait d'arriver à son terme. Une terrible détonation retentit dans le bureau, suivie par un étrange bruit sourd dont il était impossible de deviner l'origine. Tous les invités sursautèrent à l'unisson. Les policiers, eux, demeurèrent de marbre.

— Qu'est-ce que c'était ? demanda Mme Lafargue avec effroi.

— Ce que nous avons entendu le soir du meurtre.

Forestier s'approcha du lieutenant Guillaumin, qui lui tendit aussitôt le calepin sur lequel il avait pris en note les témoignages.

— Quand j'ai demandé aux suspects ce qu'ils avaient entendu, ils ont en apparence tous répondu la même chose. En apparence seulement... Il faut être attentif aux mots employés, et pas seulement à la chose désignée. Le général a indiqué n'avoir que vaguement entendu le tir. Je le cite : « Je n'ai pas compris qu'il s'agissait d'un coup de feu. » Étonnant de la part d'un militaire... M. Vautrin a parlé d'une « explosion », tout comme Mme Lafargue d'ailleurs.

Le commissaire se tourna vers Moreau et le pointa d'un doigt accusateur.

— Vous êtes le seul, Adrien, à avoir eu recours à l'expression « coup de feu ». Et ce, dès que je vous ai croisé dans le hall. Autrement dit, les témoins avaient tous entendu une explosion, mais il n'était pas évident pour eux qu'elle était la conséquence d'un tir de revolver. Ça ne l'a été que lorsque nous avons découvert le corps.

— Mais alors, quel était ce bruit que nous avons tous entendu ? interrogea le médecin.

— Le Nagant, l'arme qui a été utilisée, a une particularité : il possède un système fermé de mise à feu et une totale étanchéité. Il est l'un des rares revolvers que l'on puisse presque complètement réduire au silence, en l'équipant d'un modérateur de son de type Bramit.

— Un quoi ? demanda Mme Lafargue.

Le général crut bon de préciser :

— Un silencieux, si vous préférez... Un tube d'acier qui, fixé au bout du canon, étouffe les sons. Le genre d'accessoire que l'on utilise beaucoup dans les crimes politiques...

— Exactement, confirma Forestier. Ce qui explique que les Russes continuent à utiliser le Nagant pour se débarrasser de leurs opposants. M. Moreau a sorti le revolver qu'il cachait sur lui pour exécuter le comte. Avec le modérateur de son, la détonation est en grande partie étouffée et ressemble à une sorte de puissant sifflement. Vous avez peut-être perçu ce bruit, docteur, puisque vous m'avez dit qu'on entendait le feu « siffler » dans la cheminée.

— Grands dieux ! jura Vautrin.

— J'estime que M. Moreau a exécuté le comte plus de trois minutes avant que retentisse la fausse explosion.

Il avait donc largement le temps de travestir la scène de crime, de quitter le bureau par la fenêtre, de cacher l'arme dans le parc et de rejoindre l'escalier. Il ne lui restait plus qu'à attendre sagement que quelqu'un passe dans le hall pour se forger le plus solide des alibis.

— Plus de trois minutes ! s'exclama le général. Comment pouvez-vous le savoir ?

— Oh, c'est simple : c'est lui qui a enclenché le gramophone, et non le comte, comme nous le pensions tous. Voyez-vous, pour provoquer une explosion et faire croire qu'un objet ou un corps tombe dans une pièce sans y être, on a besoin d'un dispositif que je qualifierais de « mécanique ». Bien sûr, M. Moreau aurait pu la déclencher ailleurs dans la maison, mais il prenait un gros risque. Le docteur et Mme Lafargue étaient trop proches du bureau : ils auraient facilement compris que le bruit ne venait pas de là. Or quel est le seul dispositif mécanique à disposition dans cette pièce ?

— Le gramophone ! s'écria Catherine Lafargue.

— Tout à fait, madame. Connaissez-vous les pétards de fête foraine que l'on nomme « ficelles détonantes » ?

— Bien sûr ! s'écria la jeune femme. On tire les extrémités d'une ficelle et le pétard qui se trouve au milieu explose.

Forestier sortit de sa poche un imposant pétard rouge, de chaque côté duquel pendait une cordelette blanche.

— En voici un. Le même modèle que j'ai utilisé pour ma mise en scène. Il y en a de toutes les tailles. Patrice, le chauffeur, a dû se rendre jusqu'à Rouen aujourd'hui pour m'en trouver. Les plus petits de ces pétards ne sont guère impressionnants, mais les plus gros...

Forestier tendit la ficelle et tira d'un coup sec sur les deux extrémités. Une puissante détonation fusa dans le salon. À nouveau, les invités sursautèrent. Vautrin poussa même un petit cri.

— Vous auriez pu nous prévenir ! Mais… c'est bien le bruit que nous avons entendu l'autre soir ! J'en mettrais ma main à couper. Mais comment diable a-t-il pu le déclencher ?

Forestier demeura immobile, un simple bout de ficelle dans une main, les reste du pétard rouge dans l'autre.

— Avec beaucoup d'ingéniosité et de doigté. M. Moreau disposait de trois minutes et trente secondes, soit la durée du disque. Il a choisi dans la bibliothèque un magnifique exemplaire du *De natura rerum* de Lucrèce, pourvu d'un fermoir – vous verrez que ce détail a de l'importance. Le gramophone est équipé d'un système de retour automatique du bras : dès qu'un morceau est fini, il reprend sa position initiale. Ceux qui ont prêté attention à l'appareil ont pu constater que ce bras était fort lourd et puissant. L'assassin a attaché une extrémité de la ficelle à l'arrière du meuble, il a coincé l'autre extrémité entre les pages du livre, puis a bouclé le fermoir pour comprimer les pages. Il a ensuite placé l'ouvrage en équilibre au bord du meuble phonographe. J'ai dû m'y reprendre à plusieurs fois pour reproduire le stratagème, car la précision requise est de l'ordre du demi-centimètre. Voilà donc le livre debout, prêt à basculer au moindre souffle. M. Moreau n'a plus qu'à s'enfuir pendant que le disque continue de tourner. À ce moment-là, tout le monde croit que le comte est encore en vie alors qu'il gît déjà sur le bureau, une balle dans le crâne. Le concerto de Bach fait entendre sa dernière note ; en revenant en arrière, le bras mécanique heurte le livre, qui bascule dans le vide ; dans sa chute, celui-ci entraîne la ficelle et déclenche le pétard ; et lorsqu'il atterrit sur le parquet, on perçoit un bruit sourd qu'on identifiera après coup comme étant celui d'une arme qui touche le sol ou d'un corps qui tombe. L'autre avantage, c'est que le pétard dégage une forte odeur de poudre...

— Cette fameuse odeur que nous avons sentie en entrant ! nota le général.

— Oui. Tout le monde a évidemment pensé qu'elle provenait de l'arme.

Forestier marqua une pause. Plus personne n'osait bouger. On aurait pu entendre une mouche voler.

— Comment avez-vous compris ? demanda finalement Vautrin.

— La première fois que je suis entré dans le bureau, j'ai constaté que beaucoup de livres gisaient à terre. Le comte n'était pas ordonné et on ne faisait que rarement le ménage dans la pièce. Mais ce n'est qu'aujourd'hui que je me suis étonné qu'une édition aussi précieuse qu'un post-incunable du XVIe siècle ait été laissée par terre. C'était par ailleurs le seul livre qui n'était pas couvert de poussière, ce qui signifiait qu'il avait été posé là récemment. Dans la mesure où il se trouvait au pied du phonographe, je me suis mis à inspecter le meuble jusqu'à trouver la ficelle. L'inspecteur Caujolle, après examen, a découvert d'infimes traces de poudre sur le parquet, à plus de trois mètres de l'endroit où le meurtre était censé avoir été commis.

— Impressionnant ! s'exclama le général. Mais vous aviez entièrement fouillé la pièce : où était donc passé le pétard ?

— Le bout de ficelle qui était attaché à l'arrière du meuble n'avait pas bougé. Mais quand Adrien a pénétré avec moi dans le bureau, il s'est empressé de déverrouiller la porte pour que vous puissiez tous entrer. En l'ouvrant en grand, il s'est retrouvé durant deux ou trois secondes près du phonographe, à l'abri des regards, et il en a profité pour récupérer le pétard et la ficelle coincée entre les pages. J'étais moi-même à quatre pattes derrière le bureau : je ne prêtais pas attention à ce qui se passait dans cette partie-là de la pièce.

La stupeur des invités était intacte. Moreau, lui, continuait de fumer tranquillement sa cigarette, comme si de rien n'était.

— Avez-vous quelque chose à déclarer, Adrien ?

— Que pourrais-je déclarer, commissaire ? Vous êtes assurément l'un des plus fins limiers que la police française ait comptés dans ses rangs. Malheureusement pour vous – et heureusement pour moi –, vous ne possédez que des preuves indirectes, qui ne tiendraient pas une seconde devant un jury.

— Je n'en suis pas aussi sûr que vous.

— Tiens donc !

— C'est qu'il y a les empreintes…

— Quelles empreintes ? rétorqua Moreau d'un ton moqueur. Vous avez dit vous-même que cette arme n'en portait pas !

— Je ne parle pas de l'arme. Comme je le pense depuis le début, l'assassin n'avait pas de gants. Vous avez donc utilisé un mouchoir pour manipuler le Browning et vous avez même effacé avec vos empreintes sur le livre…

— Vous voyez, vous n'avez rien !

— Le disque, Adrien... Il n'était pas sur le plateau l'après-midi où j'ai discuté avec le comte. Vous avez dû prendre le premier 78 tours qui vous tombait sous la main pour le placer sur le gramophone. Certes, vous n'avez pas touché la surface de cire avec vos doigts, mais dans votre précipitation vous avez utilisé la partie centrale comme point d'appui... Nous avons prélevé une magnifique empreinte sur l'étiquette circulaire – la vôtre, bien évidemment. Personne n'a eu accès au bureau depuis le meurtre... Et dans la mesure où vous êtes arrivé au beau milieu du repas ce soir-là, il est impossible que vous vous y soyez rendu avant la mort du comte. Un moment d'inattention qui aurait pu ne pas prêter à conséquence... Après tout, pour quelle raison serait-on allé relever des traces papillaires sur un disque que le comte était censé avoir lui-même manipulé ?

Catherine Lafargue secoua la tête avec consternation.

— Quelle abomination ! Cet individu a donc tué le comte pour protéger ses minables secrets !

— Oh, non, madame... Cette histoire de chantage ne constitue en aucun cas le mobile du meurtre.

— Comment ça ?

Forestier fit une ultime révélation :

— M. Moreau n'a jamais été invité aux Trois Ormes par le comte. Il s'y est invité...

24

Le fin mot de l'histoire

— Lorsque nous avons découvert les quatre pochettes dans le coffre, l'inspecteur Caujolle et moi-même avons fait fausse route : nous tombons sur des secrets compromettants et nous en concluons que le comte voulait se livrer à un chantage…

— Et ça n'était pas le cas ? demanda Vautrin d'un ton naïf.

— C'était vrai vous concernant, ainsi que Mme Lafargue et le général. Mais le comte n'a jamais voulu faire chanter M. Moreau. Voyez-vous, il avait simplement enquêté sur sa vie pour savoir s'il pouvait lui donner sa fille en mariage.

— Quoi ! s'exclama Vautrin. Qu'est-ce que c'est encore que cette histoire ?

— Une histoire somme toute banale, mais qui a fini en drame… Ce matin, tandis que mon collègue vous interrogeait, j'ai pris la liberté de fouiller à nouveau la chambre de M. Moreau. Je n'y ai rien trouvé d'intéressant, si ce n'est une lettre d'amour qui lui était adressée, mais qui étrangement ne portait pas de signature. Elle a retenu mon attention, car l'écriture me semblait familière. Sans le lieutenant ici présent, je n'aurais jamais mis le doigt sur le mobile.

Guillaumin, resté totalement silencieux jusque-là, donna quelques explications :

— J'ai fureté dans le grenier hier dans la matinée et je suis tombé sur une malle qui contenait des cahiers d'écolière. Il s'agissait des affaires de Mlle Louise... Bien sûr, son écriture a un peu changé, mais elle reste parfaitement reconnaissable.

Forestier se tourna brusquement vers le journaliste.

— C'est ainsi que j'ai pu établir le véritable lien qui vous reliait au comte. Je ne sais pas quand ni comment, mais vous avez séduit Louise de Montalabert. Vous ne l'avez pas fait par amour, non, mais pour de basses raisons pécuniaires. Nous savons que vous vivez largement au-dessus de vos moyens et que votre situation est devenue critique. Vous avez compris que le meilleur moyen de vivre dans le confort était de vous trouver un beau parti. Vous vous êtes donc mis en quête d'une victime et vous avez fini par trouver la perle rare : une jeune fille innocente, qui vivait à l'écart du monde. Et qui, surtout, hériterait d'une incroyable fortune à la mort de son père.

La colère se peignit sur le visage du journaliste.

— Inutile de vous dire que j'ignorais que le vieux n'avait plus un rond !

— Quand et où avez-vous rencontré Louise ?

— Il y a un an... au jardin du Luxembourg. Je la suivais depuis déjà quelques jours. Un coup de vent a emporté son chapeau et j'ai couru pour le ramasser. J'ai profité de l'occasion pour l'aborder. Elle est d'un naturel solitaire. Gagner sa confiance n'a pas été une mince affaire, vous pouvez me croire...

— Je n'en doute pas. Mais vous êtes si irrésistible qu'on voit mal comment une jeune fille candide aurait pu ne pas céder à vos avances... Lorsque nous avons brièvement parlé de Louise dans le hall, vous avez prétendu l'avoir rencontrée lors d'un séjour aux Trois Ormes. Vous auriez mieux fait de vous taire : Henri m'a appris que la fille du comte ne venait qu'en été et qu'il était impossible que vous l'ayez croisée dans cette demeure.

— J'ai cru à un piège de votre part et j'ai voulu vous mettre en tête que je ne lui portais aucun intérêt.

— Vous ne connaissiez pas le comte depuis des années comme vous l'avez prétendu, n'est-ce pas ?

— Non. Je ne l'avais croisé qu'une fois dans les bureaux du journal où je travaillais, mais c'est à peine si nous avions échangé deux mots.

— La première fois que vous êtes venu aux Trois Ormes, c'était parce que vous aviez l'intention de lui demander la main de sa fille. Oh, Montalabert rêvait sans doute d'un meilleur parti pour elle, mais vous jouissiez d'une certaine renommée... Ne tenant pas sa fille en grande estime, il a dû se dire qu'un journaliste en vogue serait une belle consolation. Peut-être même a-t-il pensé que vous pourriez lui être utile, que vos relations lui serviraient un jour.

— Il était méfiant, mais je lui ai sorti le grand jeu et j'étais persuadé en le quittant que j'avais réussi à le mettre dans ma poche.

— Pourtant, les choses ne se sont pas déroulées comme prévu. Le comte a enquêté sur vous : il a découvert votre situation financière catastrophique, ainsi qu'un secret bien gardé… un secret qui n'appartient qu'à vous et que je préfère passer sous silence. Le comte ne pouvait pas vous donner la main de sa fille, c'était inconcevable pour lui. Il vous a donc opposé un refus des plus nets. Mais Louise était très amoureuse de vous et vous risquiez de la perdre si son père lui révélait ce qu'il avait découvert sur vous. Le temps pressait… Si le père disparaissait, la fille hériterait automatiquement de ses biens et vous n'auriez plus besoin de son accord. Alors vous avez mûri un plan. Un plan ingénieux mais extrêmement risqué.

Sans que Forestier eût besoin de le solliciter, Moreau continua le récit :

— J'ai appelé ce vieux radin la semaine dernière. Je lui ai dit que j'avais besoin de le voir. Il a d'abord refusé, mais j'ai prétendu que la situation avait changé et que j'avais une offre à lui faire. Je ne suis pas entré dans les détails, j'ai juste exigé que nous nous parlions en tête à tête. Je crois que j'ai réussi à susciter sa curiosité. Il pensait sans doute pouvoir m'utiliser, sans pour autant me donner la main de sa fille en échange. Il m'a expliqué qu'il recevait quelques amis ce week-end et m'a proposé de venir. Je n'étais censé arriver que le samedi, mais j'ai pris soin d'avancer mon départ de Paris : je voulais le déstabiliser pour prendre l'avantage…

— C'est pour cela que votre couvert n'était pas mis à table. Ce détail m'a un peu étonné, mais je n'y ai plus repensé par la suite. Évidemment, Montalabert a prétendu que vous étiez seulement en retard. Votre présence a même dû l'amuser.

— Je devais agir le soir même, car je n'avais aucune offre à lui faire. Il m'aurait mis dehors une fois la supercherie découverte.

— Ce mystère de chambre close étant en apparence insoluble, vous ne risquiez rien. Peu vous importait d'être suspecté, du moment que vous n'étiez pas le seul. Au pire, l'un des domestiques aurait été inquiété… Louise héritait de la fortune de son père. Il vous suffisait d'attendre quelques mois pour vous marier, le temps que l'émotion suscitée par l'affaire retombe.

Moreau eut un sourire désabusé.

— Vous lisez en moi à livre ouvert, commissaire.

— Il reste bien sûr une question en suspens : qui a passé l'appel depuis la cabine téléphonique de la place de l'Odéon ? Si j'étais un esprit retors, je pourrais supposer que Louise de Montalabert était parfaitement au courant de vos intentions et qu'elle a été votre complice. Après tout, elle avait toutes les raisons d'en vouloir à son père pour ces années d'indifférence et de mépris. De plus, cet héritage lui aurait permis de recouvrer sa liberté. Mais je suis certain de me tromper, Adrien, et vous aurez sans doute une autre explication à nous fournir, n'est-ce pas ?

— Vous êtes un type bien, commissaire. J'espère que l'inspecteur sera de votre avis et ne cherchera pas d'ennuis à Louise.

Caujolle haussa les épaules et, tout en coulant un discret regard vers Forestier, déclara :

— En l'état actuel des choses, absolument rien ne nous permet de la soupçonner. Du moment que la mort du comte est élucidée, je ne vois pas pourquoi je ferais du zèle.

La cigarette continuait de se consumer entre les doigts de Moreau, répandant des cendres au sol.

— J'ai payé un homme pour qu'il passe cet appel. Je ne vous dirai jamais son nom, mais sachez qu'il ignorait qu'un meurtre se préparait. Il devait simplement retenir le comte deux minutes au téléphone. Inutile de le chercher, vous ne le retrouverez pas. Il ne connaît même pas ma véritable identité.

Après un silence, le général Granger se mit à énumérer avec les doigts :

— Le coupable, la méthode employée, le mobile… On peut dire que vous avez fait un sans-faute, commissaire.

Sorti de nulle part, un étrange carillon se mit à sonner. C'est à ce moment-là que le comte Yves de Montalabert, surgi d'outre-tombe, pénétra dans la pièce, attirant tous les regards. Il n'avait plus rien de l'homme chétif et malade qui avait accueilli ses hôtes : débarrassé de son maquillage, il était redevenu un quinquagénaire sémillant au teint hâlé et à l'œil vif.

Une tablette tactile entre les mains, il s'approcha de Forestier et déclara :

— Fin de partie. Un jour, dix-sept heures et douze minutes. J'ai l'honneur de vous annoncer que vous venez d'établir le deuxième record d'*Ænigma*. Toutes mes félicitations !

Après avoir déposé son iPad sur la table basse, il commença à frapper dans ses mains. Alors, suivant son exemple, tous les joueurs présents dans le salon se mirent à applaudir à l'unisson avec force sifflets.

II

Paris Match
Édition du 25 août 2022

Le jeu de rôle grandeur nature qui fait fureur chez les élites

Ænigma : ce nom ne vous dit sans doute rien, et pour cause. Ce jeu de rôle grandeur nature (« GN », comme disent les initiés) s'adresse à un public trié sur le volet, qui ne possède pas seulement un beau carnet d'adresses mais aussi un compte en banque bien garni. Le ticket d'entrée pour une session se situerait aux alentours de 15 000 euros et pourrait même atteindre le double en fonction du scénario choisi.

Concrètement, qu'est-ce que c'est ? « Une sorte de *Cluedo* géant », explique son créateur, Yves de Montalabert, qui s'amuse à l'occasion à interpréter le rôle de la « victime ». Plongez des invités dans une vaste demeure isolée, confrontez-les à un meurtre, et laissez-les se débrouiller pour le résoudre. Seule contrainte : le temps. Les joueurs disposent d'un délai maximum de trois jours pour mener à bien leurs investigations.

Crime sanglant, atmosphère à la Agatha Christie, indices savamment distillés… tout est réuni pour offrir aux participants une expérience inédite et leur faire remonter le temps, puisque l'action du jeu se situe entre la fin du XIXe siècle et le milieu du XXe. Pour pimenter l'intrigue, chaque partie fait intervenir un inspecteur de police ou un détective entré dans l'Histoire. Certains sont issus de la littérature (Sherlock Holmes, Jules Maigret, Auguste Dupin) ; d'autres ont bel et bien existé, comme Eugène-François Vidocq, chef de la brigade de sûreté, ou Louis Forestier, le commissaire qui participa à l'arrestation de Landru.

Pour donner vie à cette folle entreprise, Yves de Montalabert a choisi pour décor la Maison aux Trois Ormes, une impressionnante bâtisse située à une trentaine de kilomètres de Rouen, qu'il a héritée de sa famille et restaurée de la cave au grenier. « J'ai vite compris que cette demeure serait idéale, car elle colle parfaitement à l'époque retenue. »

Quoique comte et châtelain, le fondateur de la société Ænigma n'en a guère le look désuet : veste casual, sneakers, smartphone toujours à portée de main, ce fringant quinquagénaire vit bel et bien avec son temps. En vingt-cinq ans, il aura fait fortune en créant des jeux de plateau puis en les déclinant en applications numériques. Ce qui n'empêche pourtant pas l'homme de regretter la place qu'ont prise les écrans et le virtuel dans nos vies : « Même si nous n'en avons pas encore conscience, le métavers envahira bientôt la société, avec tous les risques d'addiction qu'il comporte. Or beaucoup de joueurs restent attachés au divertissement physique, comme les lecteurs au livre papier. Je rêvais depuis longtemps de créer un jeu élaboré qui s'interdise tout recours aux nouvelles technologies. »

C'est une intuition qui a poussé l'homme d'affaires à se lancer dans ce projet risqué : « J'étais persuadé qu'il existait un créneau à exploiter dans le jeu de rôle haut de gamme. *Ænigma* n'a rien à voir avec un escape game ou un GN traditionnel. Les participants s'immergent à cent pour cent dans un univers pour ne faire plus qu'un avec leur personnage. Si le scénario du meurtre est pensé dans les moindres détails, aucun dialogue n'est écrit à l'avance : les joueurs doivent improviser en respectant l'époque et réagir à toutes les situations qu'ils vont rencontrer. »

Mais qui sont ces fameux participants ? Sur ce point, Yves de Montalabert se fait plus discret : « Je ne peux évidemment pas vous donner leurs noms, car ils tiennent jalousement à leur anonymat. Disons simplement qu'il y a des entrepreneurs à succès, des artistes, parfois des personnalités politiques... Leur point commun, c'est qu'ils ont tous besoin de faire une parenthèse dans leur quotidien surchargé. »

Sans parler bien sûr de leurs revenus... Car *Ænigma*, jugé trop élitiste, essuie de plus en plus les foudres des joueurs traditionnels, qui lui reprochent de n'être qu'un passe-temps de nantis favorisant l'entre-soi. Ces critiques, le créateur du jeu les balaie d'un revers de main : « *Ænigma* n'est pas un rendez-vous mondain ! Tous les participants sont de vrais passionnés d'énigmes. Mais la logistique nécessaire au déroulement du jeu est hors norme. Les costumes, les objets et les véhicules sont tous d'époque. Nous nous interdisons tout anachronisme. Nous devons également faire appel à des figurants pour rendre l'histoire plus vraie que nature. Évidemment, tout cela a un coût, ce qui explique que le jeu ne puisse pas encore être démocratisé. »

Même si Yves de Montalabert ne le confirme pas, le carnet de réservations serait plein un an à l'avance. Face à cet engouement, les postulants doivent même désormais obtenir le parrainage d'un « ancien » : une manière de sélectionner encore un peu plus les futurs limiers. On le voit, même dans l'univers du jeu, le marché du luxe ne connaît pas la crise.

1
Intermède

Tandis qu'Yves de Montalabert se livrait à un débriefing avec son assistant, qui avait brillamment interprété le lieutenant Guillaumin, on servit dans le salon un champagne millésimé accompagné de mignardises. Les instants qui suivaient la résolution d'une énigme étaient toujours remplis d'effervescence : on pouvait enfin livrer ses impressions, juger la prestation de chacun et commenter le déroulement de l'enquête.

Paul Granger, député et ancien homme d'affaires, attaqua sa deuxième coupe. C'était un homme un peu hautain, beaucoup moins austère néanmoins que le général qu'il avait incarné.

— Je savais depuis le début que Moreau était coupable, mais j'ignorais comment il s'y était pris. Cette histoire de gramophone... non, je n'y aurais jamais pensé.

Gilles Vautrin, qui à l'instar de son personnage était un médecin des beaux quartiers, secoua la tête d'un air pensif.

— Pareil pour moi. J'avais exclu la possibilité que l'assassin soit sorti par la porte : ne restaient donc que les fenêtres.

— Et vous, Catherine ? demanda Granger. Où en étiez-vous de vos déductions ?

Catherine Lafargue était une femme sportive et dynamique – son coach personnel lui menait la vie dure –, mais elle s'était si bien approprié son rôle qu'elle n'arrivait pas encore à se défaire de l'air supérieur de l'épouse de l'industriel. Elle trempa à peine ses lèvres dans le champagne, avec une grâce toute désinvolte.

— Oh, je n'étais pas sûre à cent pour cent pour Adrien. En revanche, j'avais compris dès le début que le meurtre avait été commis avant l'explosion.

— Vraiment ? s'étonna Granger.

— Le bruit du pétard ne m'a pas convaincue : j'ai déjà pratiqué le tir en salle et j'ai flairé l'embrouille. La victime tuée bien avant le moment présumé du meurtre… un grand classique de chambre close. J'ai immédiatement pensé au *Mystère de la chambre jaune* de Gaston Leroux.

Fabrice Arthaud, *alias* Louis Forestier, était jusque-là resté silencieux : il était sorti rincé de l'exposé qu'il avait déroulé tambour battant devant son auditoire.

— Ça a toujours été un de mes romans préférés, indiqua-t-il. Agatha Christie et John Dickson Carr n'ont pas tari d'éloges à son sujet.

Catherine leva son verre à son adresse.

— En tout cas, Fabrice, vos conclusions étaient brillantes. Vous n'avez pas seulement démasqué le coupable, vous avez aussi découvert le mobile. Mais vous partiez tout de même avec un sacré avantage : vous passez vos journées à imaginer des intrigues.

— Vous me faites un mauvais procès, Catherine. Je n'ai jamais écrit de romans policiers, que je sache.

— Je vous taquine… Nous sommes tous morts de jalousie.

— Je suis certain qu'un enquêteur ne peut être bon que s'il affronte un criminel d'envergure. Je vous ai trouvé très inspiré dans la peau de ce journaliste, Adrien. Vous avez joué votre partition à merveille.

Adrien Moreau, jeune acteur à succès, alluma une cigarette. Son addiction au tabac était tout aussi réelle que celle du journaliste. Il lissa lentement sa moustache, qu'il s'était laissé pousser pour une série historique produite par Netflix.

— J'ai adoré ce personnage. Ce journaliste est une vraie tête à claques, mais ça me dépayse un peu… Tous les rôles qu'on vous propose aujourd'hui sont passés à la moulinette du politiquement correct. C'est d'un déprimant !

— Ce n'était pourtant pas la première fois que vous interprétiez un tueur… Comment s'appelait ce thriller dans lequel vous jouiez un amant jaloux ?

— *Eaux troubles…* Un beau navet, si vous voulez mon avis. Mais ne le répétez pas, je dois toute ma carrière à ce film.

— Et une nomination au César du meilleur espoir masculin, fit Catherine Lafargue avec une admiration non feinte.

— Ma première et dernière nomination, vous pouvez me croire. Vous êtes grillé dans le milieu quand vous commencez à travailler pour une firme américaine.

Moreau adressa un signe du menton au faux commissaire.

— Et vous, Fabrice, on ne vous a jamais proposé d'écrire pour une plate-forme ?

L'écrivain grimaça.

— Je n'ai jamais été un grand fan de séries et il paraît qu'écrire un scénario est un vrai cauchemar : cahier des charges, réunions interminables... Dans un roman, vous pouvez créer une armée en une phrase, ça ne vous coûte pas un centime.

— Vous avez sans doute raison : pourquoi s'imposer toutes ces contraintes quand on a un succès comme le vôtre ? Au fait, quand est prévue la sortie de votre prochain roman ? Vous n'avez plus rien publié depuis un bon bout de temps...

Fabrice Arthaud sourit, mais la question parut l'embarrasser.

— Rien de prévu pour le moment... Je me suis imposé un rythme infernal pendant trop d'années.

— Allons ! s'écria Granger. Vous n'allez tout de même pas renoncer à écrire à votre âge ?

— J'approche la soixantaine. Et je parle simplement de lever le pied... Vous ne vous êtes pas encore lassé de la politique, Paul ?

— Oh, j'ai de plus en plus la tentation de Venise... Ce pays est devenu ingouvernable. Six cents milliards de dette supplémentaires depuis le Covid, et les citoyens ont l'impression qu'on les abandonne à leur sort ! Nous serions d'affreux libéraux, à les entendre.

Moreau haussa les épaules en soufflant.

— Facile à dire quand on appartient à l'élite ! Ma mère passait ses journées à faire des ménages pour un salaire de misère. Elle trimerait encore si je ne l'aidais pas.

— Eh bien, vous êtes la preuve vivante qu'on peut réussir quand on a de l'ambition. J'imagine que vous n'êtes pas resté les bras croisés en attendant qu'on vous propose des rôles : il faut savoir mouiller sa chemise si on veut obtenir quelque chose.

Moreau ricana. On aurait dit que les deux hommes poursuivaient leurs chamailleries en dehors du jeu.

— Ah, l'illusion méritocratique ! La bonne conscience des gagnants du système qui aiment donner aux autres des leçons sur la valeur travail !

— Ce genre de discours ne m'étonne pas venant de vous. J'ai vu que vous aviez signé cette ridicule tribune de la gauche anticapitaliste, en compagnie de vos copains artistes et syndicalistes. Les mêmes qui vivent grassement des subsides de l'État…

— Je préfère ça à aller me gaver de petits-fours à une garden party à l'Élysée.

Granger ricana à son tour.

— Je me demande ce que penseraient vos amis s'ils connaissaient la somme que vous dépensez pour participer à notre jeu. *Ænigma* n'est pas réputé pour être à la portée de toutes les bourses…

— J'ai toujours aimé dépenser l'argent que je gagnais. Si la roue doit tourner dans l'autre sens pour moi, eh bien elle tournera. Je préfère vivre l'instant présent plutôt que de songer à l'avenir.

Granger s'apprêtait à lui répondre, mais Catherine Lafargue vint mettre fin à leur dispute :

— Savez-vous que Gilles nous abandonne lâchement dès ce soir ?

Les regards se tournèrent vers le petit homme qui avait interprété le médecin.

— Quoi ! s'écria Granger. Vous ne participez pas à la deuxième partie ?

— Malheureusement non. Ma fille se marie dans deux jours. Elle me déteste : sa psy lui a fourré dans la tête que j'étais la source de tous ses problèmes... Mais je me vois mal rater la cérémonie.

— Comme c'est dommage !

— Vous pouvez le dire. J'aurais bien aimé pouvoir prendre ma revanche.

Flanqué de Guillaumin, Yves de Montalabert fit irruption dans le groupe, tenant en main quatre dossiers de couleurs différentes.

— Mes amis, je vais bien sûr vous laisser profiter de la soirée et du repas : notre cheffe, Mme Vallin, a encore fait des merveilles. Mais je voulais d'ores et déjà vous confier vos feuilles de route pour demain.

— Suspense ! s'exclama Catherine Lafargue. Je me demande bien qui sera l'assassin cette fois.

Guillaumin distribua les pochettes dans l'ordre alphabétique.

— Comme d'habitude, je vous demanderai d'attendre d'être dans votre chambre pour les ouvrir et répéter votre rôle. J'interpréterai à nouveau la victime.

— Quand le meurtre aura-t-il lieu ?

— Demain soir, après le dîner. Tout se passera au coin du feu. Un huis clos qui vous réservera bien des surprises... Car le meurtre, mes amis, sera commis aux yeux de tous.

2

Bis repetita ?

Le lendemain, les invités refirent leur entrée aux Trois Ormes. Forestier et Granger furent amenés par Patrice, le chauffeur ; Moreau et Mme Lafargue arrivèrent chacun à bord de leur luxueuse automobile.

On fit semblant de faire connaissance en prenant le thé dans le salon. Malgré le cadre champêtre et l'hospitalité chaleureuse dont faisait preuve le comte, l'atmosphère était tendue. Fin août 1939. Cette fois, la guerre en Europe était imminente. Hitler s'apprêtait à envahir la Pologne. L'URSS venait de signer un pacte de non-agression avec l'Allemagne. La France, quant à elle, se tenait prête à sonner la mobilisation générale. Granger ne croyait plus aux espoirs de paix mais continuait de trouver des excuses au Führer ; Forestier ne savait plus à quel saint se vouer ; Adrien et Catherine, toujours aussi désinvoltes, ne paraissaient pas conscients de la tragédie qui se préparait.

Après le dîner, on prit le café autour du feu. Le général Granger convainquit les autres d'entamer une belote, bien que Moreau eût préféré le whist et que Mme Lafargue trouvât ce jeu trop « populaire ». N'étant guère amateur de cartes, le comte préféra rester près du feu.

— Je vous préviens, avertit Granger en s'installant à la table, je suis redoutable à ce jeu.

— Je ne peux pas en dire autant, s'attrista Moreau.

— Et moi donc ! renchérit Mme Lafargue.

Le général déroula avec un soin maniaque le tapis de feutre.

— Et vous, commissaire ?

— Je me défends.

— Ne tirons pas au sort, alors : nous n'allons pas laisser les néophytes entre eux ! Madame Lafargue, vous ferez équipe avec le commissaire. Moreau, vous êtes avec moi ?

— Pourquoi pas ? répondit le journaliste sans allégresse.

Granger battit les cartes, Forestier coupa. On procéda à la donne tandis que le journaliste allumait une cigarette. Granger retourna la carte du dessus sur le tapis. Cœur.

— Passe, déclarèrent Mme Lafargue puis Moreau.

— Je prends, fit Forestier.

— Je sens que le commissaire va se révéler un concurrent redoutable, nota le général avec satisfaction.

Tandis qu'on procédait à la deuxième distribution, le comte se leva. Il fit le tour de la table pour observer le jeu de chaque participant. Puis il retourna s'asseoir dans son fauteuil, tourné vers la cheminée, si bien que les joueurs ne distinguaient que le sommet de son crâne.

Mme Lafargue effectua la première entame : un huit de cœur. Avec un dix de la même couleur, Forestier remporta le pli.

— Ça commence bien... souffla Moreau. J'espère que vous avez plus d'un atout dans votre manche, général.

La première partie ne fut guère passionnante. Forestier et sa partenaire la remportèrent haut la main.

— On dirait que vous avez trouvé un adversaire à votre taille, cher Paul, fit le comte d'un ton sarcastique, sans même se retourner.

— Oh, nous ne faisons que commencer. Je ne m'avoue jamais vaincu.

Pour la partie suivante, le général prit à trèfle. À en croire le sourire tenace accroché à ses lèvres, il devait avoir un jeu du tonnerre. Les levées s'enchaînèrent, à l'avantage de l'équipe composée par le général et le journaliste. Au cours du jeu, Moreau se leva pour aller attiser le feu dans l'âtre. Forestier fit de même quelques instants plus tard pour se servir un verre, le plateau des boissons étant resté sur la table basse.

Granger lâcha un grognement de satisfaction lorsqu'il réussit à mettre ses adversaires capot :

— Je vous avais bien dit que je ne lâcherais rien !

Alors que Forestier battait les cartes, Granger en profita pour allumer un cigare et faire quelques pas dans la pièce.

Cette fois, ce fut Moreau qui accepta l'atout, ce qui parut ravir le général. La partie devait néanmoins se révéler beaucoup plus compliquée pour eux, car le journaliste s'était engagé avec un jeu médiocre.

— Je crois que je vais aller me servir un verre, annonça Catherine Lafargue.

La jeune femme s'approcha du canapé et s'empara de la carafe de whisky.

— Moreau, qu'est-ce qui vous a pris de prendre à pique avec un jeu pareil ? s'énerva le général.

— Il faut bien faire preuve d'un peu d'audace.

— De l'audace... Je parlerais plutôt d'inconscience !

Il se retourna tout en exhalant une bouffée de son cigare.

— Yves, je crois que vous auriez dû jouer. Je m'en serais bien mieux sorti avec vous.

Mme Lafargue secoua la tête.

— Il ne vous entend pas. Je crois bien que le comte s'est endormi.

— Eh bien, cela fait deux parties pour vous, commissaire. Partant pour une nouvelle manche ?

— Pourquoi ne pas changer pour un whist ? demanda Moreau. J'y suis plus à l'aise. Vous auriez peut-être moins de griefs à mon encontre...

— Votons, alors. Madame Lafargue ? Belote ou whist ?

À peine eut-il posé cette question que le général remarqua un changement dans le regard des joueurs assis face à lui. Ils avaient les yeux braqués en direction de la cheminée, de sorte qu'il pivota sur sa chaise.

— Que se passe-t-il ?

Le visage décomposé, Catherine Lafargue était penchée au-dessus du fauteuil du comte. Elle lui secouait énergiquement l'épaule.

— Je crois... je crois qu'il est mort, déclara-t-elle d'une voix tremblante.

Les trois joueurs à la table feignirent la stupéfaction. Le commissaire et le journaliste esquissèrent un mouvement pour se lever.

— Comment ça, mort ? interrogea Granger avec toute la force de conviction dont il était capable.

Mais, les traits livides, Catherine ne jouait plus. Elle continuait de secouer Yves de Montalabert.

— Non, vous ne comprenez pas ! Il est… *vraiment* mort.

3

Fin de partie

La nuit était déjà bien avancée quand la commandante Marianne Belvaux, du SRPJ de Rouen, gara son Scenic devant la Maison aux Trois Ormes, au milieu d'une ribambelle d'autres véhicules, dont deux fourgons de la police scientifique. La façade de la demeure était éclairée par la chaude lumière de projecteurs nocturnes dissimulés dans les buissons. « Sacrée piaule », pensa-t-elle en éteignant le moteur.

Marianne n'était pas censée être là. Même si les médias n'en parlaient presque plus, cette saleté de Covid faisait encore des siennes. La moitié du groupe Balitran, dont elle était le numéro 2, avait été testée positive la semaine précédente. Quarantaine et tout le toutim... Marianne avait tourné comme un lion en cage pendant des jours dans son appartement. Compliqué, le télétravail, quand on est flic à la Criminelle. Techniquement parlant, son isolement n'était pas arrivé à son terme, mais, un nouveau test négatif en poche, elle avait harcelé le commissaire Balitran pour qu'il mette fin à son calvaire. Vu le manque d'effectifs, il ne s'était pas montré très regardant : « Je t'appelle si j'ai besoin de toi d'ici lundi… » Alors qu'elle somnolait devant la télé, elle avait reçu un appel de son supérieur. Un homicide. À quelques dizaines de kilomètres de Rouen. Le reste de l'équipe était déjà en route.

Après avoir vérifié sa mine dans le rétroviseur, elle saisit sa Thermos pour avaler une dernière gorgée de café tiède et manqua s'étouffer. Le liquide dégoulina sur son chemisier blanc immaculé.

— Merde ! C'est pas vrai !

Elle extirpa de la boîte à gants une poignée de Kleenex. En rogne, elle farfouilla sur la banquette arrière. Entre des emballages de compotes à boire, des masques chirurgicaux usagés et tout un tas d'autres cochonneries, elle mit la main sur un vieux sweat. Elle le huma : pas de la première fraîcheur mais ça ferait l'affaire. Elle sortit du véhicule et enfila son vêtement de sport.

L'arrivée sur une nouvelle scène de crime lui procurait toujours un véritable shoot d'adrénaline. La découverte de la victime et de l'état du corps, le premier contact avec les témoins, les hypothèses qui commençaient à naître dans les méandres de son cerveau… tout cela constituait la part la plus excitante de son boulot. Même crevée ou pas dans son assiette – et Marianne cochait cette nuit-là les deux cases –, il était impossible de ne pas se laisser happer par le ballet des flics et des techniciens de l'Identité judiciaire. Une bulle hors du monde, qui reflétait pourtant les pires horreurs dont l'homme est capable.

Le hall de la demeure avait déjà été balisé par les rubans jaunes de la Scientifique. Marianne promena son regard sur les tentures et les têtes d'animaux empaillées qui ornaient les murs. Une décoration sinistre, à vous filer des cauchemars. Sur un guéridon, elle remarqua un appareil à combiné qui s'apparentait plus à une antiquité qu'à un téléphone, ainsi que de vieilles photos en noir et blanc.

Sortant d'une pièce sur la gauche apparut un homme vêtu d'une combinaison et d'une charlotte. Massif, taillé comme un boxeur, jamais rasé de près, Julien Pamart était le numéro 3 du groupe. Malgré son aspect brut de décoffrage, c'était un type méticuleux : sa rigueur et sa maniaquerie faisaient de lui un procédurier hors pair. Il tenait en main un petit Dictaphone – lui aussi une antiquité : Pamart fonctionnait à l'ancienne – qu'il utilisait pour transformer tous les actes de la PJ en procès-verbaux.

— On t'a dérangée en plein jogging ? se moqua-t-il en zyeutant son sweat.

— Très drôle...

— Tu n'es plus à l'isolement ?

— Non, je me suis arrangée avec Balitran. Tu es là depuis quand ?

— Une heure à peu près. T'as du pot, le légiste vient juste d'arriver.

— On est où, là, exactement ?

— Le patron ne t'a pas briefée ?

— À peine.

Pamart secoua la tête avec perplexité.

— Avant de devenir une scène de crime, cette baraque était une scène de jeu. C'est la première fois que je vois un truc pareil. Le macchabée à côté sort tout droit de *Downton Abbey*.

— C'est quoi ce délire ?
— *Ænigma*, ça te dit quelque chose ?
— Non. Raconte.

Tandis que Marianne enfilait une combinaison, Pamart lui résuma ce qu'il savait du jeu de rôle grandeur nature. La victime était le propre créateur du jeu, Yves de Montalabert, un entrepreneur florissant de 55 ans qui avait mis au point ce divertissement un peu dingue trois ans plus tôt.

— Il devait faire semblant de se faire assassiner ce soir... sauf que quelqu'un l'a vraiment trucidé.
— Je ne comprends pas. Ce type était vraiment comte ?
— Il en avait le titre en tout cas. Descendant d'une vieille famille aristocratique de la région... Il ne devait pas se sentir trop dépaysé, ici.

Julien remit son masque sur sa bouche et son nez.

— Bon, on y va ? Je te préviens, attends-toi à grimper dans une machine à remonter le temps...

*

Pamart n'avait pas menti. Le salon dans lequel Marianne pénétra n'avait pas dû bouger depuis cent ans. Décoration désuète, absence de tout objet moderne, rien qui puisse laisser penser qu'on était au XXIe siècle. Tout de blanc vêtus, les techniciens qui exploraient chaque centimètre carré à la recherche d'indices juraient dans ce décor.

La commandante se laissa entraîner dans les rouages de la machine judiciaire qui s'était mise en branle. Elle salua ses collègues puis le chef de l'IJ, qui l'informa qu'ils en avaient fini avec les photos et les prélèvements sur le cadavre.

La victime était encore enfoncée dans son fauteuil, la tête tournée vers la cheminée. En costume Belle Époque, le comte de Montalabert avait été grimé pour paraître plus vieux que son âge. Visiblement, aucun détail dans ce jeu n'était laissé au hasard.

Chatillez, le médecin légiste, un grand échassier affecté d'un strabisme prononcé, était en train de procéder aux premières constatations. Marianne le connaissait bien. C'était un vrai pro mais pas du genre bavard : quand on voulait une info, il fallait en général lui tirer les vers du nez. Après avoir échangé quelques politesses avec lui, elle entra dans le vif du sujet :

— Cause de la mort ?

— Perforation du cœur. Péricarde transpercé. Pénétration très profonde. Sans autopsie, difficile d'en dire plus pour l'instant.

— On a l'arme du crime ?

Chatillez exhiba une pochette à scellés transparente qui contenait un instrument long et effilé, en métal argenté, surmonté d'une sorte de pierre précieuse. Un objet peu courant qui avait dû faire une arme redoutable.

— Qu'est-ce que c'est au juste ? Ça ne ressemble pas à un poignard.

— C'est un stylet... ou un poinçon. Tellement pointu que même un gosse aurait pu le faire pénétrer dans la carcasse. Quand ils ont constaté que la victime était morte, les primo-intervenants n'ont rien trouvé de mieux que de le retirer du corps.

— D'où il sort ?

Julien Pamart intervint :

— Il était posé sur cette desserte, juste à côté du fauteuil, à la portée de tous. Ça n'était au départ qu'une sorte d'accessoire de théâtre, personne n'était censé s'en servir.

Marianne fit une grimace.

— Je ne comprends pas. Comment l'assassin s'y est pris s'il y avait des témoins ?

— Les invités, enfin, les suspects plutôt, étaient en train de jouer aux cartes à l'autre bout de la pièce. Au début de la partie, Montalabert était en vie ; à la fin, il était raide mort. Quelqu'un en a profité pour se lever, s'emparer du stylet et le poignarder.

— Et il n'a pas crié ? Il dormait ou quoi ?

Chatillez secoua la tête.

— Si vous voulez mon avis, on lui avait fait avaler un hypnotique. Il était dans le coaltar quand le meurtre a eu lieu.

Pamart acquiesça :

— Quelqu'un a pu le lui administrer pendant le repas, ou peut-être au moment où ils buvaient tous le café près du feu. Il est évident qu'on est face à un acte prémédité.

Marianne fit naviguer son regard depuis la table de jeu jusqu'au fauteuil.

— Il y a... quoi ?... quatre mètres, d'ici à la table ?

— À peu près.

— Et ils n'ont rien vu ?

— Pas ce qu'on aurait aimé qu'ils voient, en tout cas.

— Qui s'est levé au cours de la partie ?

— Malheureusement, les quatre joueurs ont tous quitté la table à un moment ou à un autre. Dans le scénario prévu, l'un d'entre eux devait faire semblant de poignarder Montalabert en laissant le stylet coincé dans son veston. Tu imagines le sang-froid qu'il faut pour enfoncer cet instrument dans le corps d'un homme alors que tout le monde fait une belote à côté ?...

— Le bouquet de fleurs, là, personne n'y a touché ?
— Non.
— Il dissimule en partie le fauteuil : ça a dû faciliter la tâche de l'assassin.

Marianne se tourna à nouveau vers le légiste.

— Est-ce qu'il pourrait s'agir d'un suicide ?

La grimace qu'il afficha était à elle seule une réponse.

— Pas impossible à cent pour cent, on a déjà vu des trucs plus fous, mais ça relèverait tout de même du prodige.
— Pour notre déveine, enchaîna Julien, plusieurs joueurs ont touché le stylet : côté empreintes, il ne faut pas s'attendre à des miracles.

Marianne promena son regard sur le salon, confortable et chaleureux. Comment un jeu aussi anodin avait-il pu déraper à ce point ?

— Qu'est-ce qu'on a sur les suspects ?
— Inconnus du STIC, casiers vierges, mais leur vie entière est à portée de clic sur Wikipédia : ce sont tous des célébrités. Ce n'est pas tous les jours qu'Internet nous mâche à ce point le boulot.
— Internet ! ricana Marianne. Si tu crois que c'est là qu'on va trouver leurs petits secrets... Ils sont où ?
— Dans leurs chambres. Les collègues surveillent le couloir de l'étage. Les gars de l'IJ ont récupéré les

habits qu'ils portaient. Tu te rends compte ? Payer une fortune pour participer à un jeu de rôle et se retrouver mêlé à un meurtre. C'est pas de bol, quand on y pense !

4

Ænigma

Appuyé contre la balustrade en pierre du perron, Eugène Guillaumin enchaînait cigarette sur cigarette. Des témoins anxieux et bouleversés, Marianne en avait croisé un paquet dans sa carrière, mais celui-là battait tous les records. Elle fut surprise par sa jeunesse : l'assistant aurait pu être son fils. Enfin, façon de parler, car, malgré la pression sociale et les récriminations de sa mère, elle n'avait jamais voulu avoir de gosse et s'en félicitait chaque jour vu la façon dont le monde partait en sucette.

Marianne jugea qu'il valait mieux qu'ils restent à l'extérieur. Pour le mettre en confiance elle sortit à son tour une cigarette. Cinq clopes par jour, voilà la limite qu'elle s'était fixée. Une limite qu'elle avait déjà dépassée à midi ; après, elle avait préféré ne plus compter.

— Vous auriez du feu ?

Guillaumin hocha la tête et sortit son briquet. Marianne constata que ses mains tremblaient encore.

— Je… je vous prie de m'excuser mais je n'arrive toujours pas à y croire.

— Je comprends. Vous avez subi un choc terrible. Prenez tout votre temps… Vous vous prénommez réellement Eugène ?

— Oui… pourquoi ?

— Pour rien. C'est juste peu courant chez les gens de votre âge.

— Mon père est conservateur de musée, ma mère restauratrice de tableaux… Ils vouent un culte à Delacroix.

— Depuis quand travailliez-vous pour Yves de Montalabert ?

Le jeune homme se passa une main dans les cheveux et fit un effort pour se concentrer.

— Trois ans… J'ai été engagé à la création d'*Ænigma* : il avait besoin de quelqu'un pour s'occuper de la logistique du jeu. Je venais à peine de finir mes études mais mon profil lui a tapé dans l'œil. Je me suis donné à fond pour ne pas le décevoir.

— Justement, j'aurais besoin d'y voir plus clair au sujet du déroulement de ce jeu grandeur nature… c'est comme ça que vous les appelez, non ?

Guillaumin hocha la tête, puis tira une nouvelle bouffée qui le fit toussoter. D'une voix mal assurée, il apprit à Marianne que son patron avait fait fortune dans les jeux de plateau. C'était en revoyant à la télé un « Hercule Poirot » qu'il avait eu l'idée de mettre des moyens dignes de Hollywood dans la création d'un jeu de rôle plus vrai que nature. Le risque était énorme, l'investissement colossal.

— Concrètement, comment se déroule le jeu ?

Guillaumin expliqua que les participants gardaient en général leur véritable nom, pour ne pas compliquer inutilement les choses. Ils logeaient tous aux Trois Ormes et n'avaient pas le droit de quitter la propriété ni d'utiliser le moindre objet numérique. À leur arrivée, ils se voyaient confier un dossier contenant toutes les informations nécessaires à l'interprétation de leur rôle.

— Et l'un d'entre eux est choisi comme assassin… Comment faites-vous ? Vous procédez à un tirage au sort ?

— Absolument pas. Les scénarios sont très élaborés, tout est pensé en fonction du meurtre. L'assassin désigné trouvera dans le dossier son mobile, le *modus operandi*, son alibi, les éléments qu'il doit chercher à dissimuler…

Après une nuit de repos, la partie commençait. Les invités faisaient connaissance, prenaient leurs marques, essayaient d'en apprendre un peu plus les uns sur les autres. Ils ne récitaient pas de dialogues mais devaient improviser. Un bon bagage culturel et historique leur était indispensable pour éviter les anachronismes.

— J'imagine que l'heure du meurtre est décidée à l'avance, dit Marianne en éteignant sa cigarette.

— Quasiment à la minute près.

— Votre patron s'amusait souvent à prendre la place de la victime ?

— Très souvent. Cela nous évitait d'engager un acteur supplémentaire, et Yves adorait jouer la comédie.

— Donc, un meurtre a lieu. Que se passe-t-il ensuite ?

— Oh, c'est assez simple. Chacun des participants doit mener son enquête pour le résoudre, en utilisant tous les moyens à sa disposition.

— Mais, d'après ce que j'ai compris, il n'y a qu'un détective présent dans la maison ?

— C'est exact. Pour cette session, nous avions choisi le commissaire Forestier…

— Un héros de roman ?

— Non. Louis Forestier est l'un des plus célèbres policiers français du XXe siècle. Il a fait partie des premiers mobilards de Clemenceau.

Les mobilards… Marianne se rappela *Les Brigades du Tigre*, cette série qu'elle regardait à la télé quand elle était gamine. Le commissaire Valentin, l'inspecteur Terrasson… Les enquêtes étaient sacrément mollassonnes mais elle en adorait l'atmosphère vieillotte, tellement différente de celles des séries US qui envahissaient déjà les écrans.

— Donc l'inspecteur a un avantage sur les autres concurrents ?

— Eh bien, pas vraiment. La transcription de tous les interrogatoires et le compte-rendu de ses découvertes sont remis aux autres participants. Statistiquement, l'enquêteur désigné ne résout pas plus d'intrigues que les autres.

— Qui jouait le rôle de ce Forestier ?

— Fabrice Arthaud, l'écrivain.

Elle avait souvent vu sa trombine à la télé et ses bouquins en librairie, mais ça n'allait pas plus loin. La lecture et elle…

— Il tenait déjà ce rôle lors de la première partie ?

— Oui.

— Et les autres participants ?

— Tous d'excellentes recrues, sans doute les meilleures que nous ayons eues. C'est pour cela qu'Yves voulait à nouveau les réunir.

— Ah bon ! Ils avaient déjà joué ensemble ?

— L'an dernier. Une très belle partie. C'est Adrien Moreau qui avait résolu l'enquête. Il jouait le rôle de Rouletabille, le héros de Gaston Leroux.

— Adrien Moreau ? L'acteur ?

— Oui. Il a évidemment des prédispositions pour ce genre d'exercice.

Marianne suivait plus ou moins sa série sur Netflix, une romance en costumes un peu trop fleur bleue à son goût, malgré quelques scènes assez chaudes. Non seulement ce type était beau comme un dieu, mais il était en plus plutôt bon comédien.

— Parlez-moi du scénario de ce soir.

— Yves s'était inspiré de *Cartes sur table* d'Agatha Christie. Vous l'avez lu ?

— Il y a des lustres. Je crois que vous allez devoir me rafraîchir la mémoire.

— Un dandy invite à dîner le même soir quatre assassins qui n'ont jamais été inquiétés par la police et quatre enquêteurs, dont Hercule Poirot. Au cours d'un bridge, l'hôte est poignardé alors qu'il est assis devant la cheminée. Les invités se sont tous levés à un moment ou à un autre et ont tous pu faire le coup.

— Effectivement, difficile de ne pas faire le lien.

— Nous avons changé le bridge en belote, et il n'y avait qu'un enquêteur sur place, mais pour le reste nous avons essayé de coller au roman.

— Vous pouvez me dire dans quel ordre les invités devaient se lever ?

— C'est facile : Adrien Moreau, Fabrice Arthaud, Paul Granger et Catherine Lafargue.

— Et qui était censé être le coupable ?

Guillaumin hésita, comme si sa réponse pouvait mettre l'un des participants dans l'embarras.

— Eh bien, c'est Catherine Lafargue.

— Logique, si elle était la dernière à s'être approchée de la future victime.

— Oh non, ça n'est pas aussi simple. Yves devait fermer les yeux durant toute la partie, personne ne pouvait donc savoir à quel moment on l'avait... assassiné.

En prononçant ce mot, les lèvres de l'assistant se mirent à trembler. Marianne enchaîna aussitôt par d'autres questions de peur qu'il ne se déconcentre. Guillaumin n'avait rien noté d'anormal avant ou durant la partie. Tout le monde était euphorique et plongé dans son rôle.

— J'ai une dernière question à vous poser. Désolée d'être aussi directe, mais est-ce que vous soupçonneriez l'un des joueurs d'avoir tué votre patron ?

Guillaumin secoua la tête sans hésitation.

— Non. La seule chose que je sais...

Il s'arrêta et jeta un coup d'œil craintif vers la bâtisse.

— Oui ?

— La seule chose que je sais, c'est que ces quatre personnes sont toutes suffisamment intelligentes pour avoir fait le coup. Celui ou celle qui a tué Yves a profité d'*Ænigma* pour brouiller les pistes. Son alibi, c'est le jeu lui-même.

5

L'entrepreneuse et l'acteur

Wikipédia

Catherine Lafargue
Catherine Lafargue, née le 6 juin 1987 à Paris, est connue pour avoir créé l'entreprise Elixir, société spécialisée dans le domaine médical.
Elle est la fille d'un avocat et d'une cardiologue. Après une classe préparatoire au lycée Louis-le-Grand, elle est reçue en 2002 major à l'École polytechnique. Elle entreprend un cycle master en chimie et effectue plusieurs stages à l'étranger.
En 2008, elle dépose un brevet pour une application d'assistance médicale sur téléphone portable. Un an plus tard, elle fonde la société Elixir, qui fournit des outils de diagnostic plus rapides et moins chers que ceux des laboratoires traditionnels. Elle parvient en quelques années à lever 100 millions d'euros auprès de prestigieux investisseurs, séduits par le profil atypique et charismatique de la jeune femme, qui commence alors à faire la une des magazines. Sa société s'efforce

de mettre ses tests révolutionnaires à la disposition de plusieurs systèmes hospitaliers.

En 2020, le classement Forbes la place au 341e rang des plus grandes fortunes de France avec un patrimoine de 305 millions d'euros.

Vie personnelle

Catherine Lafargue a été en couple avec le chanteur américain Jeremy Kramer, du groupe BlackOak, de 2005 à 2008. Ils se sont séparés quelques semaines seulement après leurs fiançailles.

Avec son sweat avachi et ses traits fatigués, Marianne se sentit minable face à la belle entrepreneuse de 35 ans assise dans la bibliothèque. Si elle ne portait plus sa tenue d'époque, son pull noir à col roulé et son maquillage à la limite de la sophistication lui donnaient une sacrée allure. Bêtement, Marianne lui enviait son style. Il y a des jours, comme ça, où on ne trouve rien de mieux que de se faire du mal en se comparant aux autres.

Inutile de connaître son CV pour deviner que cette femme avait tout d'une battante. Une chance, en somme, car la commandante détestait les jérémiades des témoins émotifs, avec lesquels elle n'arrivait plus à prendre des pincettes : une froideur qui n'était qu'une façon pour elle de se blinder contre toutes les horreurs qu'elle voyait. Dans le groupe, elle savait qu'on la surnommait le Glaçon, et ça ne la chagrinait pas plus que ça.

Julien Pamart, qui en avait fini avec les constatations sur la scène de crime, l'avait rejointe pour les interrogatoires. C'était lui qui prenait les notes. Certaines seraient versées au procès-verbal, d'autres finiraient dans les « bulles », ces brouillons qui constituent les archives d'un groupe et permettent si nécessaire de reprendre une enquête à zéro.

— Quelles étaient vos relations précises avec la victime ?

— Mes relations précises ? Eh bien, je ne peux pas dire que je connaissais très bien Yves de Montalabert. C'était un homme sympathique et passionné. Je ne le voyais jamais en dehors des sessions au manoir ; autrement dit, je n'avais absolument aucune raison de vouloir le tuer.

Catherine Lafargue adorait les intrigues et les romans policiers. Pour participer au jeu, elle s'était fait parrainer par un ami qui possédait une start-up.

Pamart l'interrogea sur le déroulement de la partie. Selon elle, tout s'était passé normalement jusqu'au moment où elle s'était servi un verre. Le stylet dont elle était censée s'emparer pour faire semblant de tuer le comte avait disparu de la desserte. En se penchant vers Montalabert, elle avait constaté qu'il ne respirait plus et avait d'abord pensé à une crise cardiaque.

— Avez-vous touché l'arme ?

— C'est possible, oui... Je crois que je l'ai fait machinalement. J'avais besoin de comprendre ce qui se passait.

— Vous pouvez nous assurer que tous les joueurs se sont levés au cours de la partie ? demanda Pamart.

— Oui, j'en suis certaine.

— Pourriez-vous nous préciser l'ordre exact ?

— Adrien tout d'abord, puis Fabrice et enfin Paul.

Moreau, Arthaud, Granger. Ainsi, chacun avait respecté son ordre de passage. Rien d'étonnant à cela, car le moindre écart aurait été le plus sûr moyen d'attirer l'attention sur soi.

— Oh, j'imagine ce que vous pensez, poursuivit Catherine Lafargue. J'ai été la dernière à m'approcher d'Yves… Mais il y a une chose que vous devez savoir : il devait faire semblant de dormir durant toute la partie, pour qu'aucun des participants ne puisse rien soupçonner.

— Nous sommes au courant, Eugène Guillaumin nous l'a déjà expliqué.

— Ah, je préfère ça… De toute manière, il ne fallait pas s'attendre à ce que l'assassin laisse transparaître ses émotions en regagnant la table.

Marianne haussa les sourcils.

— Pourquoi dites-vous cela ?

— Mais parce que dès que nous arrivons dans la Maison aux Trois Ormes, nous ne sommes plus chef d'entreprise, écrivain ou politicien. Nous sommes tous des comédiens qui doivent exceller dans leur rôle. Or quoi de plus facile pour un comédien que de cacher ses émotions ?

*

Adrien Moreau
Ne doit pas être confondu avec Adrien Moreau, peintre français.

Adrien Moreau est un acteur français, né le 13 février 1993 à Bordeaux.
Il a été pensionnaire de la Comédie-Française de 2014 à 2018.

Il débute au théâtre à l'âge de 13 ans après avoir assisté à une représentation du *Bourgeois gentilhomme* dans le cadre d'une sortie scolaire. Après un bac L, il suit une formation avec la compagnie bordelaise Les Bacchanales puis déménage à Paris, où il est admis aux auditions de la Classe Libre du Cours Florent.

Il intègre la Comédie-Française en 2014, alors qu'il n'a que 21 ans. Il s'illustre au théâtre dans divers classiques du répertoire français. Parallèlement à cette carrière théâtrale, il fait plusieurs apparitions dans des téléfilms, puis obtient des seconds rôles au cinéma.

En 2016, il est choisi pour interpréter le rôle principal du film *Eaux troubles*, un thriller domestique qui réunira 6 millions de spectateurs et lui vaudra une nomination au César du meilleur espoir masculin. Il enchaîne avec plusieurs succès publics et critiques : la comédie *Et chaque jour sera une fête*, le policier *De sang et de chair*, ou le drame *Des vies*.

Ses deux films suivants sont de lourds échecs au box-office. Blessé par ces revers, Adrien Moreau remonte sur les planches pour reprendre le rôle de Scapin au Théâtre du Palais-Royal. Désireux de se diversifier, il accepte ensuite le premier rôle dans la série événement *La Roue du destin* produite par Netflix. Il y joue le rôle d'un jeune homme qui, pour gravir les échelons de la société, entreprend de séduire une riche aristocrate. La saga, mêlant rivalités familiales, romance et érotisme, est accueillie de manière mitigée par la critique mais emporte l'adhésion du public.

Adrien Moreau est aussi connu pour sa participation à différentes campagnes publicitaires en tant que mannequin. Il a notamment été choisi pour être l'égérie du parfum *Dior Homme*.

« Encore plus sexy en vrai que sur les écrans. » Voilà la remarque que se fit Marianne en voyant Moreau pour la première fois en chair et en os – une pensée qu'elle se reprocha aussitôt, car si un mec se l'était permise au sujet d'une femme, elle l'aurait considéré comme un gros macho.

Cheveux courts, vêtu d'un simple hoodie, l'acteur portait une fine moustache pour les besoins de son rôle dans *La Roue du destin* – un coup d'œil sur Wikipédia avait rappelé à la commandante le titre de la série. Il affichait un visage pâle et inquiet. Marianne repensa aux propos de Catherine Lafargue : Moreau n'arrivait-il pas à cacher ses émotions ou faisait-il au contraire montre d'un remarquable talent d'acteur en les simulant ?

— C'est drôle, en fin de compte, dit-il après quelques questions d'usage. C'est dans cette pièce que le commissaire Forestier nous a tous interrogés avant-hier.

— Vous voulez dire Fabrice Arthaud ?

— Oui, évidemment… Qui aurait pu croire que la police, la vraie, débarquerait dans cette maison ?

L'acteur expliqua qu'il avait rencontré Yves de Montalabert grâce à un ancien copain du Cours Florent qui faisait de la figuration dans *Ænigma*. Les costumes, l'enquête, l'atmosphère… il avait adoré sa première expérience dans le jeu de rôle, qui n'avait rien à voir avec les tournages, où on passait l'essentiel de son temps à attendre dans une loge. Il n'avait jamais fréquenté l'entrepreneur en dehors des Trois Ormes. Le tournage de la saison 3 de sa série ayant pris du retard, Guillaumin lui avait proposé de participer à la prochaine session. Les autres participants n'étaient pour lui que des partenaires de jeu, à l'exception de Catherine Lafargue, qu'il connaissait depuis plusieurs années.

— On se croisait avant dans des soirées, précisa-t-il. Elle était très jet-set. Mais du jour au lendemain elle a arrêté de sortir et de se montrer. Elle devait en avoir marre de se retrouver dans les magazines... Pourtant, elle en a bien joué à une époque.

— Que voulez-vous dire ?

— La réussite de sa boîte, elle la doit surtout à ses relations et à ses talents de communicante : « la belle *self-made woman* », « la nouvelle Steve Jobs »... Les paparazzis la traquaient, vous savez...

— Vous avez été le premier à vous lever au cours de la partie de cartes, n'est-ce pas ?

— C'est exact.

— Combien de temps êtes-vous resté près de la cheminée ?

— Trente secondes environ... Et, quand je l'ai quitté, Yves était bien vivant, je peux vous l'assurer. Il m'a même adressé un clin d'œil avant de faire semblant de roupiller.

Moreau ne pouvait pas assurer avoir vu le stylet sur la desserte. En tout cas, il n'avait touché l'arme à aucun moment de la soirée.

— On m'a dit que lors de la première partie vous vous étiez tous livrés à un petit jeu : choisir l'invité qui ferait le meilleur assassin.

— Effectivement. C'est le comte qui avait lancé cette idée. Et... ?

— Je vais peut-être vous choquer, mais j'aimerais que vous vous livriez au même exercice, sur des personnes bien réelles cette fois.

— Vous croyez vraiment que je vais baver sur l'un de mes petits camarades ?

— Je vous demande juste votre sentiment. Catherine Lafargue s'est montrée plus bavarde que vous.

— Vous bluffez. Catherine a la langue bien pendue mais je suis certain qu'elle ne vous a donné aucun nom, même si elle aurait tout à y gagner.

— Que voulez-vous dire ?

— Elle est la dernière à s'être levée : ça lui était facile de faire le coup puisqu'elle savait que personne ne passerait après elle. Je trouve d'ailleurs qu'elle a mis un sacré temps à comprendre qu'Yves n'était pas simplement endormi.

— Vous voyez, quand vous voulez...

Moreau se redressa aussitôt sur son fauteuil.

— Ça ne prouve qu'une chose : que je ne peux pas être le coupable ! Si Yves était déjà mort quand j'ai regagné la table, Arthaud ou Granger s'en seraient forcément aperçus. Impossible de ne pas faire la différence entre un macchabée et un homme qui s'est assoupi.

— Pourquoi ? Vous en avez déjà vu beaucoup, des macchabées, dans votre vie ?

— Non, avant ce soir, jamais. Mais quand nous nous sommes tous approchés d'Yves... je peux vous assurer qu'il avait l'air de tout, sauf de piquer un somme !

6

L'écrivain et le député

Fabrice Arthaud
Fabrice Arthaud est un écrivain français né le 8 juillet 1965 à Aix-en-Provence. Auteur d'une dizaine d'ouvrages, il a obtenu le prix Goncourt et le Grand Prix de l'Académie française.
Il passe une partie de son enfance à Rome, où son père occupe un poste d'attaché de coopération. Sa mère, Isabella Botto, connue pour sa traduction de référence de *La Divine Comédie* de Dante, lui donne très tôt le goût de la lecture.
En 1987, il intègre l'École normale supérieure de la rue d'Ulm. Après son doctorat, il devient maître de conférences à l'Université de Provence, à Aix. Spécialiste de l'œuvre de Joris-Karl Huysmans, il participe au renouvellement de l'étude critique de l'auteur d'*À rebours*.
Il publie à l'âge de 37 ans son premier roman, *La Promesse du ciel*, qui décroche le prix Goncourt et se voit unanimement salué par la critique. Le livre se vend à quelque 1,2 million d'exemplaires et sera adapté en 2009 au cinéma.

> Ses romans suivants obtiennent tous les faveurs du public, mais sont plus diversement accueillis par la critique, ce qui ne l'empêche pas d'être récompensé par le Grand Prix de l'Académie française pour *Solitudes*. Les ventes de ses livres, traduits dans 32 langues, dépassent les 15 millions d'exemplaires.

Marianne referma la page Wikipédia de l'auteur à succès.

— On en voit du beau monde, ce soir ! s'amusa Julien.

— Franchement, je m'en serais bien passée ! Arthaud, tu as lu ses bouquins ?

— Ma femme m'a passé *La Promesse du ciel* il y a quelques années. Un sacré bon roman ! Pas le genre à t'assommer de descriptions ou de grands délires philosophiques…

L'homme aux cheveux poivre et sel qui entra dans la bibliothèque était plutôt alerte et séduisant, mais Marianne remarqua aussitôt la peau légèrement couperosée de ses joues – un détail qui ne l'avait pas frappée sur les photos qu'elle venait de voir sur son portable. Comme elle remarqua sa claudication prononcée, sans savoir si elle avait un rapport avec les événements qui s'étaient déroulés dans la soirée.

— Vous vous êtes blessé ?

— Oh, que je suis bête ! fit Arthaud en regardant sa jambe. Je n'ai même pas pensé à enlever mon orthèse.

— Une orthèse ?

— Un modèle un peu spécial destiné à ralentir les mouvements de ma jambe. Louis Forestier boitait : il avait reçu un éclat d'obus en 1914. Comme je suis tatillon sur les reconstitutions, Eugène a intégré ce handicap dans la dernière intrigue que nous avions à résoudre... Enfin, avant que ce pauvre Montalabert ne se fasse tuer.

Marianne observa plus attentivement l'écrivain. Il y avait chez lui quelque chose de démodé – sa coupe de cheveux, son élocution légèrement empruntée –, qui avait dû lui faciliter la tâche dans le jeu.

— Vous êtes très attaché à ce personnage, n'est-ce pas ?

— Forestier ? Oui. J'ai trouvé une sorte d'alter ego en lui.

— C'est vous qui avez résolu la précédente enquête ?

Arthaud hocha la tête d'un air satisfait.

— Un excellent scénario de chambre close...

— Et ce soir ? Avez-vous noté quelque chose d'anormal au cours du jeu ?

— Non. Pas avant que Catherine panique et nous appelle à l'aide.

Marianne avait la désagréable impression d'avoir été plongée dans une maison de fous. Aucun des participants ne paraissait avoir pris conscience de ce qui s'était passé. Les interrogatoires des témoins étaient en général chaotiques, décousus, interrompus par des éruptions d'émotivité. Mais là, rien. C'était à croire que le jeu n'avait pas encore pris fin pour eux.

— Vous réalisez que l'auteur de cet homicide est forcément l'un des quatre participants ?

— Évidemment. Henri, le majordome, ne s'est pas approché une seule fois du comte, donc, oui, l'un de nous quatre est bel et bien un assassin.

Comme les autres participants, Arthaud assura avoir suivi scrupuleusement les instructions. Il se doutait que le meurtre aurait lieu durant la partie de cartes, car le scénario lui avait rappelé *Cartes sur table*, et il avait vu le stylet. Quand il s'était servi un verre, le comte était naturellement bien vivant.

— Vous savez ce que cela signifie ? demanda Marianne.

— Qu'Adrien Moreau ne peut pas avoir commis le meurtre, j'imagine. Et que nous ne sommes plus que trois sur la liste des suspects.

Un silence tomba dans la pièce. Pamart avait cessé de prendre des notes et mordillait le bout de son Bic.

— Quels étaient vos liens avec la victime et les autres participants ?

Arthaud avait sympathisé avec Montalabert, mais il ne l'aurait pas pour autant qualifié d'ami. Quant aux autres joueurs, il les connaissait mal. Catherine Lafargue était une femme brillante dont la réussite l'impressionnait. Adrien Moreau était un garçon attachant, qui souffrait selon lui du syndrome de l'imposteur et vivait mal sa célébrité. Quant à Paul Granger, c'était un homme pragmatique, qui aurait mieux fait de continuer à prospérer dans les affaires plutôt que de s'aventurer en politique.

— Si nous étions dans un roman, conclut-il, je vous dirais que la solution ne pourra venir que de l'étude de la psychologie des protagonistes. Quelqu'un cache forcément son jeu depuis son arrivée dans cette maison.

Marianne s'agaça de son ton suffisant. Évidemment que quelqu'un cachait son jeu ! Montalabert n'aurait pas été empaqueté dans une housse mortuaire si tel n'était pas le cas !

*

Paul Granger

Paul Granger, né le 18 mars 1964, est un homme d'affaires, un banquier et une personnalité politique. Il est le fondateur de la plate-forme communautaire *Odysseus*.

Né à Toulouse, de parents entrepreneurs, il fait ses études au lycée Pierre-de-Fermat et obtient une mention « Très bien » au baccalauréat section S. En 1982, il réussit le concours d'entrée à HEC Paris.

Il travaille durant deux ans à la Direction du Trésor puis intègre le cabinet du ministre de l'Économie et des Finances. Il est recruté au sein de plusieurs groupes de conseil financier. Il devient alors l'un des banquiers d'affaires les plus actifs d'Europe.

Il démissionne de ses fonctions en 2008 pour se lancer dans des projets personnels. Il investit dans différentes start-up du numérique avant de créer la plate-forme communautaire *Odysseus* permettant la location de logements de particuliers. Confronté à des difficultés financières importantes dues à des pertes personnelles en Bourse, Paul Granger vend en 2014 la totalité des parts de son entreprise.

Lors des législatives de 2017, il est élu à Paris sous l'étiquette de La République en marche. Au début de la mandature du président, il fait partie des députés les plus impliqués dans les médias. Il est réélu dans sa circonscription lors des législatives de 2022.

Vie privée
Paul Granger a épousé Caroline Lespert, héritière du groupe chocolatier Lespert, le 15 septembre 2012. Trois ans plus tard, le jour de leur anniversaire de mariage, Caroline Lespert meurt noyée après être tombée d'un yacht dans la rade de Saint-Jean-Cap-Ferrat. Sa mort a été considérée comme accidentelle.

— J'ai eu mon avocat tout à l'heure au téléphone et, pour être honnête, il m'a déconseillé de répondre à vos questions en son absence. Mais comme je n'ai rien à cacher et que je suis un représentant de la nation, j'ai décidé de ne pas suivre ses conseils.

Les deux flics échangèrent un regard perplexe. Marianne détestait ce genre de types qui, tout en faisant mine de collaborer, vous faisaient bien sentir leur supériorité et leur rang dans la société.

— Ce sont des vrais ? questionna-t-elle d'un air naïf.

— Je vous demande pardon ?

Elle passa une main sur sa propre joue.

— Vos favoris ?

— Oh, les pattes de lapin ! Non. Avec tout ce qui s'est passé, j'ai oublié de les enlever.

Granger ôta ses postiches, ce qui eut pour effet de le rajeunir de dix ans et de le ramener dans le bon siècle.

— Vous interprétiez le rôle d'un général, n'est-ce pas ?

— C'est exact. Un héros de la Grande Guerre. Mon arrière-grand-père a fait Verdun, mais il n'était que simple soldat. C'est peut-être de là que me vient mon goût pour l'histoire.

— C'est en tout cas ce goût pour l'histoire qui explique que vous ayez participé à ce jeu, j'imagine.
— Sans doute, oui. Nous étions tous tellement contents d'être là et impatients de débuter cette seconde enquête… Et puis, voilà… Même quand j'ai vu Montalabert inerte dans son fauteuil, je n'ai pas réalisé qu'il était vraiment mort.

Granger avait entendu parler d'*Ænigma* par le bouche-à-oreille à l'Assemblée : un député de la circonscription de Rouen lui avait vanté ce projet. Bien que dubitatif au début, il avait été charmé par sa première participation.

— Il n'est plus question que de monde virtuel aujourd'hui. Pourtant, je vous assure qu'il n'y a rien de plus grisant qu'un jeu bien concret comme celui-là. J'essaye d'être en phase avec mon époque, mais je ne l'aime pas beaucoup. Je suis nostalgique du temps où il n'y avait ni portable, ni mails, ni réseaux sociaux. Mais n'allez pas le répéter, je passerais pour un vieux croûton.

Au fond, Marianne éprouvait un sentiment identique. Même s'il lui arrivait de rester des heures sur les applications, elle avait chaque fois l'impression de gaspiller son temps et d'être en décalage avec ses contemporains. Elle n'avait pas la quarantaine, mais son neveu de 14 ans, qui parlait NFT, métavers, et ne rêvait que de devenir influenceur, lui donnait la sensation d'être devenue un dinosaure.

Sans surprise, Granger connaissait peu Montalabert et ne le fréquentait pas en dehors des fameuses sessions. Chacun des suspects jouait la même carte : minimiser ses liens avec le mort. S'il est une constante dans les enquêtes, c'est que les gens mentent toujours lors du premier interrogatoire, même lorsqu'ils n'ont rien à cacher. Les flics parlent de « PV de chique » – un coup de bluff.

— Fabrice Arthaud nous a assuré que M. de Montalabert était vivant au moment où il est allé se servir un verre.

— Eh bien, pourquoi ne pas le croire ?

— Je n'ai pas dit qu'il mentait.

— Non, mais s'il dit la vérité, il ne vous reste évidemment que deux suspects, commandant.

— Commandante, rétorqua-t-elle en insistant sur la dernière syllabe.

— Au temps pour moi, fit-il d'un air vexé. Toutes ces histoires de féminisation des métiers et d'écriture inclusive me passent au-dessus de la tête.

— Revenons-en à la partie de belote, je vous prie.

Il s'était levé entre deux manches et avait allumé un cigare. Moins catégorique que l'écrivain, il ignorait si Montalabert feignait de dormir ou s'il était déjà mort. Il n'avait pas du tout remarqué l'arme du crime. Quand Catherine Lafargue avait compris qu'un meurtre bien réel avait été commis, il s'était précipité avec les autres près du corps.

— Mais vous avez touché l'arme !

— Catherine l'avait déjà touchée avant moi ! J'ai… j'ai agi par réflexe. Je voulais venir en aide à Yves.

— Vous ignoriez qu'il ne faut jamais retirer une lame d'un corps, au risque d'accélérer l'hémorragie ?

— Je vous l'ai dit, je n'ai pas réfléchi. Nous étions tous sous le choc ! Et personne n'a essayé de m'en empêcher.

— Non, c'est exact. Mais vous avez par la même occasion laissé vos empreintes sur le stylet, compromettant ainsi des indices qui auraient pu se révéler précieux.

L'homme releva le menton avec fierté.

— En avez-vous terminé, commandante ?

— Pour l'instant, monsieur le député, pour l'instant seulement…

7

La vie des morts

Une vie qui s'éteignait, c'était chaque fois pour la brigade criminelle une nouvelle enquête qui commençait. Et le travail le plus fastidieux, mais de loin le plus utile, consistait à fouiller la vie du mort dans les moindres recoins : identifier son entourage, connaître ses habitudes, dénicher ses déviances et ses addictions, éplucher ses comptes en banque... Voilà les tâches auxquelles les cinq membres du groupe Balitran, de la PJ de Rouen, s'employaient depuis le meurtre.

Le rêve de tout flic est de tomber sur un secret bien gardé, n'importe quoi qui puisse fournir un mobile. Mais dans le cas de Montalabert les choses allaient se révéler beaucoup moins simples. Le créateur d'Ænigma avait été marié, mais il avait gardé de bonnes relations avec son ex-épouse et s'était montré plus que correct sur l'épineuse question du partage des biens. Un cas d'école de séparation à l'amiable. Stanislas Garrel, dit Stan, le dernier arrivé dans l'équipe, l'avait interrogée : bouleversée par la disparition du comte, elle ne lui connaissait ni ennemis ni squelette dans le placard.

De ce mariage était né un garçon, Antoine, 20 ans, qui faisait des études de droit à Paris 2 Panthéon-Assas. Montalabert aurait rêvé de le voir se lancer avec lui dans l'aventure Ænigma, mais il avait d'autres ambitions, comprit Marianne en l'interrogeant.

L'entretien fut difficile. Le garçon adorait son père : il était fou de chagrin et passa la moitié du temps à pleurer. Marianne culpabilisait. Elle, le Glaçon, s'en voulait d'accabler de questions ce gamin à peine sorti de l'adolescence, qui se retrouvait orphelin du jour au lendemain. Il ne connaissait aucun des suspects et ne s'était jamais occupé des affaires professionnelles de son père. Il avait eu des relations compliquées avec lui à l'époque du lycée – « je déconnais complètement, j'en faisais voir de toutes les couleurs à mes parents » –, mais les choses étaient rentrées dans l'ordre à son entrée à la fac, quand il avait décidé de prendre sa vie en main. Montalabert n'était peut-être pas un père modèle, mais il se situait largement au-dessus de la moyenne.

— Promettez-moi que vous arrêterez l'assassin, supplia-t-il Marianne, les yeux rougis.

Un petit mensonge n'aurait rien coûté à la commandante, mais elle ne cédait jamais à ce genre de facilité. « Dans ce boulot, lui avait dit un jour son formateur, ne fais jamais de promesses aux familles, même si tu es sûre de pouvoir les tenir. »

— S'il existe un moyen de le coincer, j'y arriverai, concéda-t-elle pourtant.

Selon son entourage, la victime était courtoise, fidèle en amitié, généreuse avec tout le monde. Impossible de croire que quelqu'un ait voulu sa mort. On ne trouva rien de notable dans ses comptes en banque et ses finances, qu'avait épluchés Quentin Forget, le ripeur du groupe. Ses jeux de plateau et leurs déclinaisons en ligne lui avaient rapporté plusieurs millions d'euros. En plus de la demeure des Trois Ormes, il possédait un appartement dans le 6e arrondissement de Paris. Il voyageait beaucoup, vouait une passion aux voitures de luxe, mais son train de vie était raccord avec ses revenus. Après des débuts timides, Ænigma avait commencé à dégager de confortables bénéfices. Guillaumin n'avait pas exagéré : le carnet de réservations était plein et la pression de la demande ne laissait pas augurer une baisse des tickets d'entrée.

Sur le plan sentimental, la vie de Montalabert n'avait rien d'extravagant non plus. Il avait eu quelques relations avec des femmes de son milieu social – une avocate en vue, la DRH d'une grande entreprise –, mais il ne s'était pas engagé plus avant depuis son divorce, farouchement attaché qu'il était à sa vie de célibataire. Autrement dit, si elle n'était pas commune, l'existence de la victime n'offrait aucune de ces aspérités qui permettent de faire avancer une enquête.

Comme d'habitude, Marianne avait dû prendre sur elle pour affronter l'autopsie. L'odeur de Javel mêlée à celle des tissus en décomposition, la lumière crue des scialytiques, le charcutage du corps… l'épreuve la remuait toujours. Elle ne s'était jamais remise du baptême que connaissent tous les nouveaux de la Criminelle. Quinze ans déjà, mais elle s'en souvenait comme si c'était hier : quand le légiste avait commencé à découper la boîte crânienne à la scie électrique, elle avait dû se ruer aux toilettes pour dégobiller. Depuis, pour tenir le coup, elle passait son temps à blaguer avec ses coéquipiers, du moment où elle pénétrait dans l'institut médico-légal à celui où elle se retrouvait devant le cadavre nu étendu sur la table de dissection.

En tant que procédurier, Pamart s'était chargé de dresser le PV d'autopsie. Le légiste avait confirmé et affiné les causes de la mort : la lame acérée avait tranché net le cartilage de la quatrième côte et perforé le péricarde. Les analyses toxicologiques avaient révélé la présence massive de benzodiazépine dans le sang – « une vraie dose de cheval » –, confirmant l'hypothèse initiale du docteur Chatillez. Peu après, le labo de l'IJ leur avait appris que des traces de cet hypnotique avaient été retrouvées dans le verre de la victime, qu'elle avait emporté au coin du feu. Dans la confusion de la fin du repas, chacun des invités aurait pu diluer le produit, même si cela nécessitait un sacré sang-froid. Mais l'assassin en avait à revendre puisqu'il avait osé poignarder un homme au vu et au su de tous.

*

Dans l'*open space* du service de la Criminelle, les membres du groupe avaient inscrit sur deux panneaux Velleda toutes les informations recueillies sur la victime et celles concernant les quatre suspects. Rien de tel que d'avoir en permanence sous les yeux les éléments récoltés, sans devoir compulser les rapports ou perdre du temps devant un écran.

Du temps, Marianne en perdait pourtant à fixer les tableaux et à attendre qu'une idée géniale lui traverse l'esprit.

— Tu te rends compte qu'ils ont tous pu faire le coup ?...

Concentré sur la relecture de ses PV, Julien Pamart leva les yeux de son ordinateur.

— Je sais, c'est dingue. L'ADN, les empreintes, tout ça ne nous sert à rien dans cette affaire... On a l'impression d'être revenus un siècle en arrière. Un mort dans une vieille baraque lugubre, et débrouille-toi avec ça !

— Il nous balade. C'est exactement ce qu'il recherchait : profiter d'un jeu déconnecté du monde moderne pour que nous n'ayons rien à quoi nous raccrocher.

— Il ou *elle* : n'oublie pas Catherine Lafargue.

— C'était juste une façon de parler, je sais très bien que ça pourrait être elle. Intelligente, déterminée... Tout autant que les autres, d'ailleurs.

— La solution viendra de la victime. À tous les écouter, ce type était un ange. Mais ça ne durera qu'un temps, tu peux me croire. Il y aura forcément quelqu'un qui finira par parler.

Installé à l'autre bout de la pièce, Stan s'immisça dans leur échange :

— Au fait, le fils Montalabert a encore appelé ce matin.

— Antoine ? s'étonna Marianne. Qu'est-ce qu'il voulait ?

— Rien. Juste savoir si on avait du nouveau.

— Bon, je le rappellerai. Il me fait vraiment de la peine, ce gamin.

Pamart ricana dans sa barbe :

— C'est la première fois que je te vois t'apitoyer sur la famille d'une victime. Marianne Belvaux va finir bonne sœur, ma parole !

— Oh, la ferme ! On est des flics, pas des monstres...

Elle tourna ostensiblement le dos à son collègue pour s'adresser à Stan :

— Sinon, on en est où de l'analyse des ordinateurs ?

— Les gars du service technique sont toujours dessus, pour l'instant ils n'ont rien trouvé. En général ils arrivent à restaurer la plupart des fichiers écrasés, mais encore faut-il que ces bécanes contiennent quelque chose d'intéressant...

— De toute façon, je ne me fais pas d'illusions.

— Pourquoi ?

— Montalabert était un original et il se méfiait de plus en plus du numérique. J'ai lu le scénario et le déroulement de la première partie dans les documents qu'on a saisis : dans l'histoire, le comte cachait des dossiers compromettants sur ses invités à l'intérieur d'un coffre-fort. Du bon vieux papier évidemment, l'action se déroulant en 1938. J'imaginerais bien Montalabert faire la même chose. S'il avait des choses à cacher, il n'aurait pas pris le risque de les laisser dans un ordinateur.

— *Ænigma* n'est qu'un jeu...

Marianne secoua la tête.

— Non, c'est bien plus qu'un jeu. Je crois qu'il a fait perdre l'esprit à pas mal de monde, à commencer par l'assassin.

Elle se massa les tempes. Un affreux mal de crâne la tenaillait depuis le matin.

— J'ai besoin d'un café. Qui en veut un ?

Julien leva un doigt. Stan déclina, il avait sa Thermos. Par réflexe, elle se dirigea vers la machine Nespresso.

— Merde, j'avais oublié !

La cafetière du groupe avait rendu l'âme et personne n'avait encore eu l'idée de faire une collecte pour la remplacer. Dépitée, elle descendit au premier étage pour récupérer deux cafés à la machine collective.

Tandis que le breuvage s'écoulait lentement dans les gobelets, elle ressassa les hypothèses que l'équipe avait émises depuis le meurtre. Montalabert devait connaître l'un des participants beaucoup plus intimement qu'on ne le croyait. Un lien, il y avait forcément un lien… Mais lequel ? Avait-il une maîtresse ? Lafargue correspondait peu ou prou au profil des femmes qu'il avait fréquentées. Ou pourquoi d'ailleurs ne pas imaginer une relation avec un homme ? Mais comment aurait-il pu la tenir parfaitement secrète ? Une affaire d'argent ? Un des plus vieux mobiles depuis les débuts de l'humanité… Peu probable néanmoins, dans la mesure où ils étaient tous pleins aux as. Une vengeance ? Non. S'il existait une connexion entre le comte et l'un des joueurs – une connexion antérieure à la création d'Ænigma –, on l'aurait probablement déjà établie.

Les cafés étaient brûlants. Elle s'isola sur la terrasse pour les laisser refroidir et griller rapidement une cigarette. Cinq clopes par jour, tu parles ! Son paquet était déjà à moitié vide.

Quand elle regagna l'*open space* de l'étage supérieur, Julien et Stan avaient été rejoints par le commissaire et Forget. Ils étaient tous agglutinés autour d'un bureau.

— Qu'est-ce qui se passe ? lança-t-elle à la cantonade.

Le chef de groupe se retourna et exhiba un sachet à scellés.

— On a reçu ça au courrier.

Marianne s'approcha. Il s'agissait d'une feuille blanche A4. Le texte inscrit dessus n'était pas manuscrit, mais il n'avait pas pour autant été tapé au traitement de texte ou sur une machine à écrire. Non, ce que Marianne avait sous les yeux était une lettre anonyme, de celles qu'on ne voit jamais que dans les films ou les romans. Des lettres multicolores découpées dans des journaux avaient été agencées pour former une question :

QUATRE PETITS COCHONS…
LEQUEL DEVAIT À TOUT PRIX FAIRE TAIRE LE COMTE ?

Aussitôt, elle songea aux faux courriers que Montalabert avait remis au commissaire Forestier. Des courriers qu'il s'était lui-même envoyés pour faire croire qu'il était en danger.

Visiblement, quelqu'un avait décidé de poursuivre la partie…

8

Les quatre

La mort de Montalabert faisait depuis une semaine le régal des médias, qui feuilletonnaient à l'envi dessus. L'affaire était si atypique qu'elle tranchait avec les traditionnels faits divers dont regorgent les journaux. Naturellement, l'identité des suspects n'avait pas tardé à fuiter et leur notoriété n'était pas étrangère à l'engouement morbide qui s'était emparé du public. Qui était le coupable ? L'acteur ? L'écrivain ? L'entrepreneuse ? Le député ?

Sur les réseaux sociaux, les paris allaient bon train. Les fans d'Adrien Moreau et de Fabrice Arthaud inondaient la Toile de messages de soutien, s'indignant qu'on puisse une seule seconde soupçonner leur idole.

Catherine Lafargue récoltait les avis les plus tranchés : les associations militantes faisaient de la jeune femme une victime du patriarcat – *Ænigma* n'étant à leurs yeux qu'un divertissement de riches Blancs hétérosexuels dont les minorités étaient exclues –, d'autres ne voyaient en elle qu'une figure du capitalisme, une ambitieuse prête à tout pour satisfaire ses goûts de luxe.

Paul Granger, lui, payait son insolente réussite tout autant que son appartenance à la majorité. Dans un pays à l'atmosphère explosive, son mandat électoral l'exposait davantage à la vindicte populaire. Il était l'incarnation vivante de ce que la France périphérique détestait. Des sympathisants du président crièrent au complot : qui sait si toute cette histoire n'était pas un coup monté ? La hantise des flics : l'affaire était en train de prendre un tour politique.

Le procureur se fendit d'une conférence de presse stérile pour assurer que l'enquête suivait son cours. Le garde des Sceaux lui-même intervint pour calmer les esprits et rappeler que la justice, indépendante, devait travailler dans la plus grande sérénité pour établir les faits. En théorie, le meurtre des Trois Ormes était une affaire comme une autre. En théorie seulement, car Balitran subissait une pression de dingue : il fallait obtenir des résultats, mais ne surtout pas donner l'impression à l'opinion qu'on déployait des moyens exceptionnels en raison du rang social de la victime ou des mis en cause. « Selon que vous serez puissant ou misérable... » On connaît la chanson.

L'analyse des vêtements des suspects ne donna rien : on n'avait pas trouvé la moindre tache de sang dessus, ce qui n'était guère surprenant puisque les blessures infligées par un couteau, même au cœur, ne saignent pas abondamment. Quant à l'arme du crime, elle ne portait que les empreintes de ceux qui avaient reconnu l'avoir touchée. En résumé, il ne fallait pas compter sur la forensique pour obtenir des avancées.

Le labo ne put identifier ni empreintes ni traces organiques sur le courrier anonyme reçu par la Criminelle. L'expéditeur avait pris ses précautions. Si la section Documents de l'IJ était capable d'identifier toutes les polices de caractères, les imprimantes ou les machines à écrire ayant servi à la création d'un texte, la technique désuète de l'assemblage de lettres piochées dans des journaux ne menait naturellement qu'à un cul-de-sac.

Qui avait pu écrire cet étrange courrier ? Un plaisantin désœuvré qui avait suivi l'affaire aux infos ? Un proche de la victime qui voulait avertir les flics mais n'osait pas parler à visage découvert ? Un ennemi de l'un des suspects qui souhaitait sa perte ? Le groupe avait d'emblée écarté la première hypothèse, car personne dans le grand public ne savait qu'on avait utilisé dans le jeu ce type de courrier ni que la dernière partie avait été inspirée par un roman d'Agatha Christie. Les « quatre petits cochons » faisaient évidemment référence au classique de la reine du crime, *Cinq petits cochons*, dont le titre désignait les suspects possibles de l'histoire. Sauf que, cette fois, ils n'étaient que quatre.

La réception de la lettre poussa donc les policiers à intensifier leurs investigations. Il fallait passer la vie des célébrités au peigne fin, quitte à perdre beaucoup de temps et d'énergie. C'est ça, une enquête : un océan d'informations dont on ne sait jamais à l'avance laquelle pourra vous être utile.

*

À la PJ, les points d'équipe avaient toujours lieu dans le bureau du commissaire, une pièce pourtant exiguë et pleine de taches d'humidité. Les locaux de la police étaient en rénovation depuis un an mais les travaux, chaotiques, n'avaient pas encore atteint l'étage de la Criminelle.

Les traits fatigués, Balitran tirait sur sa cigarette électronique. Devant ses subordonnés, serrés dans la pièce comme des sardines en boîte, il agita son doigt en direction d'une copie de la lettre anonyme punaisée au mur à côté d'une carte de la Seine-Maritime.

— On ne sait pas qui nous a envoyé cette lettre mais une chose est sûre : le corbeau possède des informations que nous n'avons pas.

— Pourquoi ne pas nous les donner directement, alors ? demanda Pamart. À quoi bon nous faire tourner en bourrique s'il veut qu'on arrête l'assassin ?

— Je l'ignore. Peut-être qu'il a peur et qu'il attend qu'on les découvre par nous-mêmes.

Le commissaire donna un coup de menton dans le vide.

— Toujours aucune idée sur son identité ?

Les têtes s'agitèrent, mais seule Marianne prit la parole :

— Moi, je continue de pencher pour Guillaumin.

— L'assistant ? Tu as du nouveau sur ce type ?

— Personne ne connaît *Ænigma* mieux que lui. Quand je l'ai interrogé la nuit du meurtre, il était vraiment bouleversé ; je crois que Montalabert était plus qu'un patron à ses yeux. Guillaumin s'intéressait de près à chacun des participants avant de les admettre dans une session : il a pu découvrir des infos compromettantes sur eux et rencarder Montalabert.

— Et donc quoi ?... L'un des joueurs aurait zigouillé le comte par crainte que ces infos ne sortent au grand jour ? C'est franchement tiré par les cheveux !

— Peut-être, mais pour moi ce meurtre s'inscrit parfaitement dans l'esprit du jeu de rôle, et c'est ce que suggère le courrier. Je ne dirais pas que Montalabert était un maître chanteur, mais l'un des joueurs a pu se sentir menacé et aura profité d'une partie pour se débarrasser de lui.

Un silence dubitatif s'installa. Marianne avait conscience que sa théorie pouvait paraître farfelue, mais elle n'en démordait pas. La partie ne s'était pas arrêtée dans le salon du manoir : elle se poursuivait sous une autre forme dans la vie réelle.

— Bon, fit Balitran en croisant les bras, on fait un récap sur les suspects. Julien ?

Pamart ouvrit son carnet mais il n'y jeta pas le moindre coup d'œil – quand une info entrait dans sa caboche, elle n'en sortait plus.

— Ce n'est un secret pour personne que la première femme de Paul Granger est morte dans des conditions franchement douteuses. J'ai lu tous les rapports concernant cette affaire. Caroline Lespert s'est noyée le 15 septembre 2015, aux alentours de 23 heures, dans la rade de Saint-Jean-Cap-Ferrat. Ils étaient en vacances et avaient loué un yacht pour une semaine. Granger a prétendu qu'ils avaient tous les deux beaucoup bu ce soir-là, puis qu'il s'était assoupi dans sa cabine. Il n'aurait pris conscience de la disparition de sa femme qu'au beau milieu de la nuit. On estime qu'il s'est bien écoulé trois ou quatre heures entre la noyade et le moment où il a averti les secours. Le corps de sa femme n'a été découvert que le lendemain après-midi. Les analyses toxicologiques ont révélé une alcoolémie de près de deux grammes par litre de sang mais il n'y avait aucune trace de violence sur son corps, ce qui colle avec la thèse de l'accident. Elle aurait continué à boire seule sur le pont et aurait basculé par-dessus bord, à moins qu'il ne lui soit venu la drôle d'idée de prendre un bain de minuit.

— Un accident qui a permis à notre homme de rafler un bel héritage au passage, persifla Marianne.

— Combien ? demanda le commissaire.

— Quinze millions d'euros au bas mot. Caroline Lespert était l'une des trois héritières de la chocolaterie Lespert, elle avait revendu ses parts de l'entreprise à la mort de son père.

— Le couple battait de l'aile ?

— Il y avait de l'eau dans le gaz en tout cas : on les a vus se disputer à la terrasse d'un restaurant la veille. Mais rien qui prouve qu'ils aient eu l'intention de se séparer. Qui ne s'engueule pas dans un couple, de toute manière ?

Pamart étant fraîchement divorcé, sa remarque n'étonna personne.

— Il avait des problèmes d'argent à cette époque ?

— Il n'était pas à la rue mais ses finances étaient loin d'être au beau fixe. Il avait été contraint de brader son entreprise un an plus tôt : beaucoup d'emprunts à rembourser et de pertes sèches en Bourse. Bref, c'est bien elle qui avait le magot. Un mobile crédible... Granger a évidemment été soupçonné mais ça n'est pas allé plus loin ; aucun juge d'instruction n'aurait pris le risque de l'envoyer aux assises.

Peu convaincue, Marianne secoua la tête.

— Il a très bien pu se contenter de la pousser par-dessus bord. Avec ce qu'elle avait dans le sang, elle avait peu de chances d'en réchapper.

Les bras toujours croisés sur sa poitrine, Balitran paraissait de plus en plus circonspect.

— Je ne vois pas bien comment Montalabert aurait pu avoir la moindre preuve contre lui. Et cette histoire remonte quand même à un paquet d'années… Quoi d'autre ?

— Granger n'a pas menti sur ses relations avec Montalabert, il le connaissait à peine. Impossible d'établir de lien entre eux en dehors du jeu.

Le commissaire tourna son regard vers Garrel.

— Qu'est-ce que tu as sur Adrien Moreau ?

Stan fit une grimace qui n'annonçait rien de bon.

— Comme Granger, rien qui le relie directement à la victime. Sa vie est plutôt clean. Je ne lui ai trouvé qu'une seule casserole : une ex l'a accusé sur Instagram de l'avoir frappée, mais elle a presque immédiatement supprimé son post, même si des utilisateurs ont eu le temps de faire des captures d'écran. Il n'y a eu aucune plainte déposée, pas même une main courante. Et le parquet n'a pas cru utile de se saisir de l'affaire. Il faut dire que l'histoire remonte à 2015, avant l'affaire Weinstein et MeToo. Moreau a expliqué dans une interview qu'il n'avait jamais levé la main sur aucune femme et qu'il s'agissait d'une vengeance après une fin de relation houleuse : la fille aurait voulu lui faire payer ses infidélités et détruire sa carrière.

— Tu parles ! glissa Marianne. Toujours les mêmes excuses, et ils portent ensuite plainte pour dénonciation calomnieuse.

— Bizarrement, poursuivit Stan, aucun journaliste ne lui a cherché de noises à ce sujet. C'est à peine si l'histoire est ressortie sur les réseaux sociaux ces derniers jours.

— Tu as retrouvé la fille ? demanda Balitran.

— Ça n'a pas été très compliqué, mais on n'obtiendra rien d'elle.

— Pour quelle raison ?

— Elle est morte en 2020 dans un accident de la route. Et pour anticiper votre prochaine question, il ne peut s'agir que d'un accident : un type ivre mort l'a percutée sur une nationale en pleine nuit. Là encore, même si Moreau a été violent avec elle, on ne voit pas bien ce que Montalabert aurait pu avoir de concret contre lui.

— Donc, cette histoire nous mène dans une impasse, résuma Balitran. Marianne, tu as quoi de ton côté ?

— La vie de Catherine Lafargue est une vraie forteresse. Moreau nous a appris que c'était une fêtarde autrefois, mais depuis quelques années elle ne s'entoure que de gens de confiance, n'accorde aucune interview et vit à l'écart des mondanités. Je n'ai pas pu obtenir la plus petite info croustillante sur sa vie privée.

— Et professionnellement ?

— C'est peut-être là que le bât blesse. Deux journalistes ont enquêté sur son entreprise l'an dernier.

— Pourquoi est-ce qu'on n'en entend parler que maintenant ?

— L'article n'est jamais paru. Il reposait sur de simples conjectures, et le journal en ligne a fait machine arrière à la dernière minute. Il est certain que Lafargue les aurait traînés en justice et qu'elle aurait gagné.

— Il y avait quoi exactement dedans ?

— Pour ce que j'en sais, il accusait son entreprise Elixir d'avoir été bâtie sur du vent. La belle Catherine aurait exagéré la fiabilité de ses tests. Sa technologie « révolutionnaire » ne serait en fait qu'un gadget : elle se contenterait de sous-traiter ses analyses à des labos étrangers en empochant au passage une jolie marge. Si le papier était paru, ça aurait fait l'effet d'une bombe. Bref, ça constituerait un vrai mobile.

Balitran affichait un air toujours aussi sceptique.

— Un vrai mobile peut-être, mais pas pour l'affaire qui nous occupe. Qu'est-ce que Montalabert a à voir avec ça ?

— Rien *a priori*, à moins qu'il n'ait obtenu des infos plus solides sur son compte.

— Toujours la même théorie… Et l'écrivain ? Tu as quoi sur lui ?

— Quasi rien. Sa vie est aussi lisse que celle de la victime : aucun problème d'argent, pas de relations sulfureuses. Son seul vice, c'est d'être porté sur la bouteille : il est connu pour ça dans le landerneau des lettres – et je ne parle pas d'un simple alcoolisme mondain.

— Pourquoi aucun des témoins n'en a parlé ?

— Visiblement, il est resté totalement sobre durant le jeu. Guillaumin m'a appris que l'alcool était de toute façon interdit aux Trois Ormes : le vin n'est que du jus de raisin et le whisky du thé glacé.

— Sérieusement !

— C'était une exigence de Montalabert : rien ne devait pouvoir altérer la capacité de déduction des participants.

— Donc, à part le fait que ce soit un pochtron, tu n'as rien sur lui ?

— Rien. Mais je vais continuer à creuser.

Balitran tira sur sa vapoteuse avec nervosité.

— Il va falloir faire plus que creuser ! On n'a aucun mobile sérieux, pas la moindre preuve scientifique exploitable, et l'affaire n'est pas près de retomber, c'est moi qui vous le dis. Alors débrouillez-vous comme vous voulez, passez-y vos nuits, mais trouvez-moi autre chose que cette ridicule histoire de chantage ! Les quatre joueurs sont riches et célèbres : ils avaient tout à perdre en assassinant Montalabert. Dans leur situation, qui prendrait le risque de foutre sa vie en l'air sans un motif sérieux ?

Après la tirade du commissaire, le groupe commença à se disperser, à l'exception de Marianne, qui était restée figée. Une idée venait de lui traverser l'esprit. Non, plus qu'une idée... Une de ces fulgurances qui n'arrivent qu'une fois dans une enquête et qui peuvent se révéler décisives, ou grotesques. Mais, même si tel était le cas, elle ne pouvait pas se permettre de passer à côté.

9

Les aveux (1)

Le commun des mortels s'imagine sans doute qu'on se transforme en assassin parce que l'on a connu une enfance difficile ou vécu de terribles traumatismes dans sa jeunesse. Combien de psychiatres vous expliqueront qu'un criminel ne le devient que poussé par la société ou mû par des blessures anciennes qui ont fait de lui une victime ? Récemment encore, j'ai entendu un médecin médiatique expliquer les meurtres atroces d'un tueur en série par une mutilation précoce de sa psyché. Rien que ça !

Je n'ai jamais accordé foi à ces explications psychologisantes. Mon enfance fut un étang impassible, sans drame, sans heurts ; une longue période lénifiante dont n'émerge ni souvenir marquant ni passion notable. Il m'est donc difficile de rechercher dans mon passé les origines du mal, de m'exonérer de mes fautes en brandissant je ne sais quelle fêlure fatale.

Mais voilà qu'il ne m'a fallu que quelques lignes pour lâcher le grand mot : le *mal*. Si loin que je puisse pousser l'introspection, je dois dire que je ne me suis jamais considéré comme quelqu'un de mauvais. J'ai pourtant été élevé dans le respect de certaines valeurs, et la distinction entre le bien et le mal en faisait partie. Mais ces fameuses valeurs m'ont très vite paru artificielles : mon cerveau les enregistrait sans conviction particulière, avec ennui, comme les leçons que l'on m'enseignait sur les bancs de l'école.

Quand l'idée de commettre un meurtre a-t-elle germé dans mon esprit ? Naturellement, je ne me suis pas réveillé un beau matin avec l'intention de passer à l'acte. Je crois que ce désir était depuis longtemps enfoui en moi et qu'il n'attendait que le moment opportun pour faire surface. Les Grecs de l'Antiquité parlaient à ce propos de *kairos* – la bonne occasion, personnifiée sous les traits du petit dieu ailé de l'opportunité dont on attrapait les cheveux pour ne pas laisser passer sa chance. *Ænigma* fut mon *kairos*.

Il me faut remonter très loin dans le temps pour retrouver la première manifestation concrète de mes pulsions meurtrières. Je devais avoir 12 ans quand mes parents m'envoyèrent un été en colonie de vacances. Elle était installée dans les environs d'Annecy ; nous logions dans de grands bâtiments dont le cadre enchanteur faisait oublier la vétusté et le manque de confort.

Si je ne pris aucun plaisir à cette vie de groupe imposée, elle me permit néanmoins d'étudier les jeunes gens de mon âge. Il me fut facile d'adopter leur langage, leurs gestes, et de feindre de m'amuser pour me fondre dans la masse. Tandis que chacun goûtait à l'insouciance des vacances estivales, j'essayais de comprendre mes semblables, de déchiffrer l'énigme que représentait pour moi la joie qu'ils tiraient de toutes les activités futiles dont on nous accablait : balades en forêt, chasses au trésor, veillées au coin du feu... Tout ce petit monde s'agitait sur la scène ; j'en étais le spectateur attentif.

Un après-midi, nous allâmes tous nous baigner dans le lac. Bien que je fusse un piètre nageur, j'étais déjà d'une témérité qui frisait l'inconscience et je m'éloignai de la rive plus que je ne l'aurais dû. J'aimais repousser mes limites, frôler le danger pour mieux savourer ensuite la satisfaction d'y avoir échappé. J'entendais au loin des cris sur la berge. J'agitais frénétiquement mes jambes et mes bras pour me maintenir à la surface. Parfois, mon visage s'immergeait à moitié et je sentais l'eau s'immiscer dans mes narines. C'est alors qu'une pensée me traversa l'esprit – une de ces pensées qui, par leur caractère inédit, vous troublent au-delà du raisonnable : « Et si je coulais, là, maintenant, sans chercher à remonter ? » L'espace d'une seconde, j'imaginai mon cadavre étendu sur la plage, entouré des enfants et des monos qui hurlaient et pleuraient.

La perspective de ma mort provoqua en moi deux sentiments contradictoires : la peur viscérale de disparaître et une fascination morbide pour le néant. J'étais naturellement terrifié à l'idée de mourir, et j'aurais voulu en même temps couler pour de bon afin d'éprouver dans ma chair la sensation atroce que procure la noyade. Que se passa-t-il ensuite ? Eus-je une crampe ? Fis-je un malaise ? Voulus-je tenter le diable ? Toujours est-il que je cessai brutalement de m'agiter : mon corps disparut sous l'eau et sombra. Je retins ma respiration. L'apnée n'étant pas mon fort, je savais que je ne tiendrais pas plus de quelques secondes. Je ne vis pas ma vie défiler ou quelque autre fadaise de ce genre. J'allais mourir, j'en avais conscience, mais je ne faisais rien pour l'empêcher.

Soudain, je sentis une main agripper mon bras. Quelqu'un me remontait à la surface. Il me fallut plusieurs secondes pour comprendre que ce « quelqu'un » était un garçon de la colonie. J'avais oublié son nom, mais je savais qu'il se débrouillait très bien en sport. D'où sortait-il ? Je ne l'avais pas vu dans les environs quand je nageais. Il glissa ses bras sous mes aisselles pour me ramener vers la rive. Mais, réflexe du rescapé qui ne croit pas encore à son sauvetage, je me mis à paniquer. Sans le vouloir, j'assenai au garçon un violent coup de coude sur la tempe. Il poussa un cri, sa tête disparut sous l'eau. Je me retournai alors et passai mes mains autour de son cou, me servant de lui comme d'une bouée.

Puis quelque chose se produisit en moi. À ce moment-là, je ne paniquais plus : je flottais. Pourquoi alors continuais-je de maintenir la tête de mon camarade sous l'eau ?

D'un mouvement puissant des jambes, il réussit à émerger et nous nous retrouvâmes face à face. Le jet d'eau qui sortit de sa bouche m'atteignit en pleine figure. Tandis qu'il cherchait à reprendre son souffle, je me hissai de tout mon corps sur ses épaules pour le faire couler à nouveau. Il se débattit mais, poussé par une force et un sentiment d'euphorie extraordinaires, je resserrai mon étreinte et lui martelai la poitrine de mes genoux.

Je n'ai jamais oublié la sensation que j'ai éprouvée en tenant ce jeune de mon âge à ma merci. Je pouvais l'épargner ou le tuer, en toute impunité. J'avais en effet conscience que je ne risquais rien. Sa mort passerait pour un horrible accident : en voulant secourir un ami en difficulté, un jeune s'était bêtement noyé dans un lac. L'histoire s'écrivait d'elle-même.

Il m'est impossible de savoir si je serais allé au bout de mon entreprise fatale : alors que je nous croyais toujours seuls, un moniteur surgit à nos côtés et secourut le garçon. Une intense frustration s'empara de moi : un trouble-fête m'avait empêché de décider de son sort.

On n'eut pas besoin de ranimer l'adolescent ni d'appeler les pompiers. Une fois que nous fûmes en sécurité, on nous pressa de questions. Prenant les devants, j'expliquai que j'avais été saisi d'une crampe et que, dans ma panique, j'avais fait couler mon camarade. Il me fut aisé de lire dans le regard dudit camarade qu'il ne croyait pas un traître mot de ma version. Pourtant, il n'osa pas la contredire.

De tout le reste du séjour, il ne m'adressa plus la parole et prit soin de garder ses distances avec moi. Lorsqu'il me croisait, la peur ne quittait jamais son regard. Il avait compris que, derrière l'apparence du garçon de 12 ans que j'étais, se cachait l'âme d'un futur assassin.

10

Les aveux (2)

J'ai très vite réalisé que l'épisode du lac d'Annecy ne constituait pas une anomalie dans mon existence. Une porte s'était ouverte ce jour-là qui ne devait plus jamais se refermer.

Je croyais que la vie m'offrirait à nouveau la sensation que j'avais éprouvée dans l'eau – sous une forme différente, surprenante, au moment où je m'y attendrais le moins –, mais rien n'arriva. Si mon enfance avait été calme et décevante, ma vie d'adulte devait l'être tout autant. Plus elle s'écoulait, vide de tout éblouissement, plus grandissait en moi le désir de supprimer un être humain. Il n'y avait naturellement aucun mobile rationnel à ce désir – du moins pas le genre de mobiles que l'on est susceptible de trouver dans la rubrique judiciaire des journaux. Nulle cupidité, nulle jalousie, nul élan passionnel. Mon mobile était incompréhensible à mes propres yeux : je ne parvenais pas à en décortiquer les ressorts intimes.

C'est dans les livres que je trouvai pour la première fois un écho à mes désirs meurtriers. À l'âge de 17 ans, j'achetai par hasard chez un bouquiniste un vieil exemplaire d'*Un roi sans divertissement* de Jean Giono. Le soir, à la lampe, je me surpris à tourner avidement les pages de ce livre, dans un état fiévreux. Le ravissement que j'avais si longtemps attendu venait de se produire. L'assassin de l'histoire ainsi que l'enquêteur, le capitaine Langlois, n'étaient pas les simples personnages d'une fiction : ils étaient moi, ou j'étais eux. Des êtres rongés par l'ennui et le désœuvrement, qui recherchaient par tous les moyens un divertissement à la médiocrité de leur vie. Ni les jeux, ni l'amour, ni l'amitié ne pouvaient les détourner de leur angoisse existentielle. Il leur fallait autre chose pour la dominer : le premier se livrait à une série d'assassinats ; le second se suicidait à la dynamite pour ne pas risquer un jour de l'imiter. Ce livre n'était pas un livre, c'était un miroir tendu qui me renvoyait ma véritable image.

Pour ma part, une chose était sûre : je n'avais nullement l'intention de mettre fin à mes jours comme le capitaine Langlois. Ayant tracé un trait définitif sur cette option depuis mon suicide manqué dans le lac, je n'avais donc plus le choix : il me faudrait un jour ou l'autre passer à l'acte. Pourquoi ne l'ai-je pas fait avant ? Pourquoi ai-je attendu l'âge de 57 ans pour enfin franchir le pas ? Je suppose que l'existence a su m'offrir des dérivatifs suffisamment puissants pour retarder l'inévitable échéance.

La littérature m'a aidé. Tant de livres m'ont donné à voir des personnages obsédés par le meurtre : Raskolnikov dans *Crime et Châtiment*, Lafcadio dans

Les Caves du Vatican, Thérèse et Laurent dans *Thérèse Raquin*, Meursault dans *L'Étranger*… Chacun d'eux me permettait de vivre par procuration le vertige du crime. L'espace de quelques pages, je parvenais à ranimer, quoique sur un mode amoindri, l'intense émotion qui m'avait envahi tandis que je maintenais la tête de mon camarade sous l'eau. Mais ces lectures créaient aussi en moi une terrible frustration, car, si vivants que fussent ces récits, ils me laissaient vide et perdu une fois le livre refermé. Pire, ils attisaient mon appétit pour l'acte défendu.

Durant des années, dans les bibliothèques ou les librairies, je n'ai choisi les ouvrages qu'en fonction d'un seul critère : l'histoire mettait-elle en scène un meurtrier ? J'évitais les romans policiers grand public, qui n'offrent en général qu'une version grossière des criminels, pour me concentrer sur les chefs-d'œuvre de la littérature.

À la lecture succéda l'écriture. Tel un émonctoire qui délivre un corps de ses déchets, elle fut un antidote à mes penchants meurtriers. J'écrivis mes premiers textes à l'adolescence, mais ce n'étaient que de pâles imitations que je n'ai pas conservées. Si mon style n'était pas dénué de qualités, je ne trouvais aucun sujet qui méritât qu'on le couche sur le papier. Ou plutôt, par cette crainte bien naturelle à l'homme de refuser de regarder au fond de son âme, j'évitais soigneusement d'aborder le seul sujet qui m'obsédait vraiment : le meurtre.

Il me fallut cinq ans pour venir à bout de mon premier roman, qui s'intitulait *Les Confessions*. Je travaillais déjà comme enseignant à l'université quand j'y mis un point final. Il n'était pas exempt de défauts, mais j'en étais très fier. Au moment d'envoyer mon manuscrit aux éditeurs, je me voyais déjà invité sur le plateau de *Bouillon de culture*, recevant avec modestie les louanges de Bernard Pivot. Malheureusement, ce fut la douche froide. Mes envois n'obtinrent que des lettres de refus types. Le seul retour personnalisé émanait d'un responsable des Éditions de Crécy : le salopard me conseillait de « renoncer incessamment à écrire pour préserver l'intégrité mentale des lecteurs ».

Cet échec me plongea dans la dépression. Il faut dire que je traversais alors une période difficile : mon mariage commençait à battre de l'aile et mon métier me minait. J'avais pourtant aimé disserter du haut de ma chaire et transmettre mon amour de la littérature ; ce travail m'avait donné l'illusion de ne pas être totalement inutile en ce bas monde. Mais je me désespérais du niveau des étudiants qui inondaient chaque année les gradins des amphithéâtres. Mon enthousiasme s'émoussait, mes cours se faisaient moins rigoureux et ma tendance à la digression devint si problématique qu'un groupe d'élèves alla se plaindre au doyen du caractère abscons et délirant de mes cours.

Pour rendre ma situation supportable, j'eus l'idée de créer au sein de l'université l'un des premiers ateliers d'écriture du supérieur. Ma réputation de plus en plus exécrable ne me facilita pas la tâche, mais comme j'étais prêt à effectuer ces heures gracieusement, on mit à ma disposition un local semi-enterré et sans chauffage qui ressemblait plus à un cagibi qu'à une salle de cours. Quelle légitimité avais-je pour prétendre enseigner l'écriture à qui que ce soit ? Aucune, bien sûr, mais les trois hurluberlus qui daignèrent s'inscrire à l'atelier étaient si médiocres qu'ils eussent été bien impudents de s'en plaindre.

Accoudé à mon bureau, le regard tourné vers le mince soupirail qui versait sur nous sa lumière anémique, je les écoutais me lire le tissu de niaiseries dont ils avaient accouché dans leur chambre universitaire. J'étais consterné. Jamais encore je n'avais été confronté à une telle absence de talent. Pour quelle raison décidai-je de persévérer ? Peut-être avais-je envie de ressasser mes échecs en côtoyant de piètres écrivains en herbe qui, comme moi, n'accéderaient jamais à la célébrité. Ce qui est sûr, en tout cas, c'est que je n'attendais pas le moindre miracle de cet atelier de bras cassés.

Le miracle eut lieu pourtant, au milieu de l'année scolaire, par une froide matinée d'hiver. J'ignore encore aujourd'hui ce qui poussa Fabien Leurtillois à se joindre à notre groupe. Fluet, les yeux cerclés de petites lunettes, emmitouflé dans un duffle-coat deux fois trop grand pour lui, ce jeune homme de 19 ans portait toutes ses angoisses sur son visage. Il prit soin de s'installer à l'écart, tout au bout des tables en U.

La première fois, il se contenta d'écouter ses camarades, sans participer aux échanges qui pouvaient faire illusion aux yeux d'un nouveau venu. « Celui-là, je ne le reverrai jamais… » pensai-je. Mais il fut bel et bien présent la semaine suivante. Sans que je sache pourquoi, ce jeune homme m'intriguait. À force d'insistance de ma part, il accepta de prendre la parole. Sa voix était légèrement éraillée et son élocution des plus hésitantes.

J'aurais bien du mal à décrire ce qui se produisit en moi quand il fit lecture de sa nouvelle. Mes traits se décomposèrent – heureusement, mes étudiants étaient trop abîmés dans leur torpeur habituelle pour remarquer quoi que ce soit. Je n'arrivais tout simplement pas à y croire. Sa nouvelle n'était pas bonne ni même excellente, elle était tout simplement géniale. L'écriture était racée, précise, jubilatoire ; l'histoire surprenante et dénuée de tout cliché. Méfiant, ou déjà envieux, je songeai qu'il avait peut-être plagié la nouvelle d'un grand auteur, mais les contraintes d'écriture que j'avais imposées excluaient cette possibilité. Sonné, je me contentai de le féliciter poliment pour ce que j'eus la mauvaise foi d'appeler son « premier jet ». Il n'eut pas du tout l'air de m'en tenir rigueur et je compris que Fabien n'avait aucune conscience de son talent.

À la fin de la séance, je le retins pour m'enquérir d'éventuels autres écrits. Le regard fuyant, il m'expliqua qu'il possédait une dizaine de nouvelles et qu'il avait entrepris depuis quelques mois l'écriture d'un roman. Un roman ! Mon cœur s'emballa. Je sentis néanmoins qu'il eût été imprudent de le questionner davantage et lui indiquai simplement qu'il pourrait me le montrer à l'occasion.

Discrètement, je me renseignai sur lui auprès de quelques collègues. Fabien Leurtillois était un étudiant banal, qui ne brillait guère par ses résultats. Il se montrait si discret que la plupart de ses professeurs avaient du mal à mettre un visage sur ce nom.

La semaine d'après, quand les autres furent partis, il vint de lui-même à mon bureau et me remit un cahier à carreaux Seyès.

— C'est le roman dont je vous ai parlé, dit-il d'un air détaché. Personne ne l'a encore lu. Je ne sais pas ce que ça vaut…

— Votre nouvelle était intéressante, Fabien. S'il est du même niveau, ce sera très encourageant.

— Vous n'aurez qu'à me dire, monsieur.

Inutile de préciser que je me ruai dessus dès qu'il eut quitté la pièce. Le roman avait pour titre *La Promesse du ciel*. Je m'étais imaginé qu'il n'avait rédigé que quelques chapitres, mais ce que je découvris à l'intérieur du modeste cahier était un ouvrage presque complet : cent quarante pages recto verso, sans aucune rature, comme écrites d'un seul jet fulgurant.

Si le style était toujours aussi puissant et précis, la forme romanesque donnait à son talent une amplitude stupéfiante. Le texte me remua, m'émut, me vida. Ce n'est que lorsque je tournai la dernière page que je me rendis compte que le soir était tombé et qu'on n'y voyait presque plus rien dans la salle. L'université devait être vide à présent. Je n'avais pas vu le temps passer.

Je demeurai de longues minutes à mon bureau, plongé dans un état de sidération, en proie à une jalousie dévorante.

11

Par-delà le bien et le mal

— En gros, tu prétends pouvoir résoudre cette affaire rien qu'en lisant des interviews. Chapeau l'artiste ! On ne me l'avait jamais faite, celle-là…

Julien Pamart avala une gorgée de bière et se laissa aller contre sa banquette en Skaï en affichant un sourire goguenard. Marianne se renfrogna. Elle ne s'attendait certes pas à ce que son collègue tombe en extase, mais là…

Impossible pour elle d'exposer sa théorie au groupe sans avoir d'abord pris la température auprès de Pamart – c'était un rituel entre eux. Depuis le temps qu'ils faisaient équipe, ils étaient un garde-fou l'un pour l'autre. Quand ils avaient besoin d'échanger sur une affaire en cours, ils évitaient le bar à flics en face de la PJ et prenaient leurs quartiers dans ce troquet sans prétention tout près du jardin de l'Hôtel-de-Ville, à Rouen.

Après avoir fait signe au serveur de leur remettre deux bières, Marianne étala devant elle toute la doc qu'elle avait tirée sur son imprimante personnelle. Elle avait passé presque deux nuits entières devant son ordinateur.

— Ce ne sont pas que des interviews, il y a toute sa vie là-dedans. J'ai épluché tout ce que j'ai pu trouver sur Fabrice Arthaud et je suis certaine que c'est lui qui a fait le coup.

— Hum... ton histoire de crime gratuit... Tu as conscience que ça n'arrive jamais dans la vie réelle ?

— Peut-être, mais n'oublie pas que ce type a passé la plus grande partie de son existence dans des mondes qu'il s'est créés, entouré de personnages de fiction. Ça doit finir par te rendre timbré...

Pamart haussa les épaules.

— Je n'avais pas remarqué que les écrivains étaient surreprésentés dans les affaires criminelles...

— Je suis sûre que ce courrier anonyme n'était qu'un leurre et que c'est Arthaud qui nous l'a envoyé.

— Tu soutenais mordicus que c'était Guillaumin... Tu te souviens ? Ton copain Eugène.

— Eh bien je me suis plantée. Arthaud voulait à tout prix qu'on s'interroge sur le mobile du crime, alors que de mobile, il n'y en a jamais eu. Il n'en voulait pas personnellement à Montalabert, n'a aucun profit à tirer du meurtre, et c'est pour ça qu'il est certain de nous échapper.

Marianne écarta son verre et ordonna ses feuilles selon une logique qu'elle était la seule à comprendre.

— J'ai lu tous les entretiens qu'il a donnés en vingt ans de carrière. J'ai même dû m'abonner aux archives de certains journaux en ligne pour être sûre de ne rien rater – au passage, ça coûte vraiment un bras, ces abonnements ! Le verdict est sans appel : ce type est obsédé depuis des décennies par le crime gratuit.

— Vas-y, fit Pamart en soupirant. Développe.

— On a souvent demandé à Arthaud quels étaient ses romans préférés. Sa liste a un peu varié au fil du temps, mais certains titres reviennent systématiquement : *Crime et Châtiment*, *Un roi sans divertissement*, *Les Caves du Vatican*…

— Et quoi ?… Tu vas me dire que tous ces bouquins tournent autour d'un meurtre ?

— C'est bien plus que ça ! *Un roi sans divertissement* ? L'histoire d'un mystérieux notable qui tue pour trouver une consolation à sa condition. *Crime et Châtiment* ? Le récit d'un jeune étudiant qui tue une usurière sans que ses motivations soient clairement exposées, peut-être pour transcender les limites morales de la société. *Les Caves du Vatican* ? Un riche type du nom de Lafcadio décide de commettre un crime sans motif et assassine une connaissance en la poussant d'un train en marche. Le personnage revendique l'idée qu'il existe des hommes supérieurs capables de tuer pour affirmer leur toute-puissance individuelle. Écoute ça : « Je ne veux pas de motif au crime ; il me suffit de motiver le criminel. Oui ; je prétends l'amener à commettre gratuitement le crime. » Ça fait beaucoup, tu ne crois pas ?

Pamart joignit ses mains et les posa sur ses lèvres. Connaissant ses tics par cœur, Marianne savait qu'elle avait réussi à éveiller son intérêt.

— Jolie construction intellectuelle. Mais ces quelques bouquins ne constituent pas des preuves.

Marianne farfouilla dans ses papiers.

— Ça n'est pas tout. En 2008, l'Institut Lumière de Lyon a donné carte blanche à Arthaud pour introduire un cycle consacré à Hitchcock. Devine quel film il a choisi de présenter ?

— *Psychose* ? *Sueurs froides* ?

— *La Corde*.

— Jamais vu.

— Et pour cause : on ne peut pas dire que ce soit l'un de ses plus connus. Un film de 1948, qui raconte l'histoire de deux étudiants qui étranglent un camarade sans raison particulière, juste pour mettre en pratique la théorie du Surhomme de Nietzsche que leur a enseignée leur prof.

— Ah ouais, ça me dit vaguement quelque chose, ce film…

— Bon, d'après ce que j'ai lu, Nietzsche n'a jamais établi de hiérarchie entre des surhommes et des sous-hommes, ces conneries viennent des nazis qui ont détourné ses écrits pour justifier leurs thèses racialistes, mais ça ne change rien à l'affaire. Arthaud a cité plusieurs fois ce film comme étant son préféré, alors que tous les critiques s'accordent à dire que ce n'est pas une œuvre majeure.

— Tu l'as vu ?

— Je l'ai loué hier soir et l'histoire colle complètement à ce qui s'est passé aux Trois Ormes. Un huis clos, des invités, une discussion presque philosophique entre les personnages. J'ai noté quelques dialogues, attends… « Tuer peut provoquer autant de joie que de créer », ou « Le meurtre après tout est ou devrait être un art. Il devrait être l'apanage d'une petite élite… ».

Marianne porta machinalement son verre à ses lèvres mais il était vide. Elles en mettaient du temps à arriver, ces bières !

— Donc, pour toi, Arthaud aurait voulu faire de son crime une sorte d'œuvre d'art ?

— Au même titre que le sont ses romans. Son dernier livre date de 2017, il ne donne plus d'interviews et vit quasiment reclus chez lui. Je suis sûre qu'il a envisagé ce meurtre comme un amusement. Il n'attend plus rien de la littérature ni de la vie en général. Mais un jour il participe un peu par hasard à *Ænigma*. Ce jeu est une révélation pour lui : il va enfin pouvoir accomplir ce meurtre gratuit dont il rêve depuis des années…

— Là, tu extrapoles.

— Forcément j'extrapole ! Il faut bien que j'essaye de me mettre à sa place.

— Il aurait tout aussi bien pu choisir un type dans la rue, ça aurait été moins risqué pour lui.

— Ça n'aurait pas été drôle. Je crois qu'il a besoin de sensations fortes. Ce qui le fait bander, c'est de nous mener en bateau et de savoir qu'on ne pourra jamais le coincer. C'est pour ça qu'il nous a envoyé ce courrier. Il connaît forcément les casseroles des autres participants et il sait très bien qu'on ne trouvera rien sur son compte.

Pamart piocha au hasard parmi les feuilles étalées sur la table et jeta un coup d'œil à quelques articles. Marianne voyait bien les efforts qu'il faisait pour la prendre au sérieux – un peu parce que ses intuitions s'étaient souvent révélées justes, beaucoup parce qu'il en pinçait pour elle. Il y avait toujours eu quelque chose de particulier entre eux : une électricité, une attirance qu'ils dissimulaient derrière une simple camaraderie. Mais depuis son divorce Julien lui envoyait des signaux de plus en plus clairs, auxquels elle n'était pas insensible. Elle évitait pourtant d'y prêter trop d'attention : elle avait enchaîné trop de relations foireuses pour prendre le risque de bousiller leur amitié. Tout le monde savait dans le métier qu'il n'y a rien de pire que de se maquer entre flics.

— Bon, supposons que tu aies raison : Arthaud est bien notre homme et il n'y a aucun mobile à ce meurtre. On fait quoi maintenant ?

Marianne baissa les yeux.

— J'ai peut-être une piste.

— Quelle piste ?

— Je ne peux pas t'en parler pour le moment. Il faut que j'aille à Paris demain.

— Qu'est-ce que tu vas faire à Paris ? Tu es au courant que tu seras hors de notre juridiction ?

— Je sais, mais j'ai deux jours de récup. Rien de vraiment officiel donc… J'ai juste un truc à vérifier, ne t'inquiète pas.

Pamart la regarda d'un air sévère.

— Marianne ?

— Oui ?

— Ne te mets pas dans la merde pour cette affaire. Ça n'en vaut pas la peine, tu as compris ?

— Le monde est déjà assez dégueulasse comme ça, dit-elle en rassemblant ses feuilles. Je ne supporterais pas qu'un type qui se croit au-dessus des lois s'en sorte aussi facilement. Et puis, j'ai fait une promesse à quelqu'un…

— Qui ça ?
— Le fils de Montalabert, Antoine. Je lui ai juré que je ferais tout mon possible pour coincer l'assassin de son père.

12

Les aveux (3)

Je fus incapable de fermer l'œil de la nuit. Au fond, j'avais espéré que la nouvelle de Fabien n'avait été qu'une sorte de coup de chance et que son roman se révélerait médiocre. Comment un gamin de 19 ans avait-il pu écrire un tel chef-d'œuvre ? Les heures que je passai dans mon lit furent cauchemardesques. Que devais-je faire ? Soumettre le manuscrit à quelques collègues du département de littérature pour obtenir leur avis ? Pousser le jeune homme à l'envoyer sur-le-champ aux plus grandes maisons d'édition parisiennes, bien qu'il ne fût pas tout à fait achevé ?

Je ne fis rien de tout cela. Je ne cherchai même pas à contacter Fabien. J'entreposai le précieux cahier dans un tiroir fermé à clé de mon bureau à l'université, m'interdisant d'y toucher pour éviter d'aggraver ma déprime et ma jalousie. Oui, j'étais jaloux comme un pou de savoir que je n'aurais jamais le quart du talent de ce morveux.

Si je ne lui avais pas demandé de rester à la fin du cours suivant, il est probable que Leurtillois ne serait pas venu me voir. Avait-il oublié qu'il m'avait confié son manuscrit ? S'en moquait-il comme d'une guigne ?

— J'ai terminé la lecture de votre roman, lui dis-je d'un ton innocent.

Il chercha du regard le cahier sur mon bureau encombré mais ne le trouva pas.

— Qu'en avez-vous pensé ?

— Eh bien, j'ai été agréablement surpris. Votre texte possède de sérieux atouts : l'histoire est prenante, le style est fluide et il y a de jolies trouvailles... Mais le manuscrit mériterait évidemment d'être retravaillé.

— Je l'ai commencé il y a trois mois, dit-il comme pour s'excuser.

Trois mois ! J'eus du mal à cacher mon émotion et je me mis à pianoter sur le bureau pour me donner une contenance.

— C'est une jolie performance – pour quelqu'un de votre âge, je veux dire. Vous n'avez vraiment montré ce manuscrit à personne ?

— À part vous, non.

— Vous l'avez sans doute tapé à l'ordinateur.

— Je n'en ai pas, et je n'écris qu'à la main de toute façon. J'ai besoin de sentir mon stylo glisser sur le papier, sinon, rien ne vient.

Je laissai passer un silence.

— Fabien, pour quelle raison au juste vous êtes-vous inscrit à cet atelier ?

— Je ne sais pas trop... Je n'aime pas les cours dans les amphis pleins à craquer : je n'arrive pas à me concentrer. J'ai besoin pour me sentir à l'aise d'être en petit comité.

Sa réponse me parut incroyable : pas un mot sur la littérature ni sur l'écriture. À ce compte-là, il aurait tout aussi bien pu s'inscrire dans un club de poterie ou d'origami.

— Écoutez, j'ai eu beaucoup de travail et je dois avouer que j'ai lu votre texte de manière un peu précipitée. Je l'ai d'ailleurs oublié, il est resté chez moi. Si vous me laissez un peu de temps, je pourrais le relire à tête reposée et prendre des notes pour vous aider.

Bien que la pièce fût glaciale, je sentais des gouttes de transpiration couler dans mon dos. Et s'il refusait ? Et s'il me réclamait son bien séance tenante parce qu'il soupçonnait quelque chose ?

— Ce serait gentil de votre part, se contenta-t-il de répondre.

Pour la première fois, je vis un bref sourire éclairer son visage.

Du temps. Je devais gagner du temps.

Puisque j'ai décidé d'entreprendre mon examen de conscience, je dois dire qu'à partir de cette conversation je ne fus plus obsédé que par une chose : voler à Fabien son manuscrit. Pas de dilemme ni d'hésitation. Il n'existait qu'une chance sur un million pour que l'un de mes étudiants se révèle être un génie des lettres, et cette chance, il fallait que je la saisisse. Je possédais l'unique exemplaire de *La Promesse du ciel* ; Fabien ne l'avait fait lire à personne. Introverti comme il était, j'étais certain qu'il ne m'avait pas menti.

Je suppose qu'il n'est pas difficile d'imaginer ce que j'avais en tête. L'idée de meurtre me tourmentait. J'avais à présent l'occasion d'en commettre un, non pour quelques sottes motivations philosophiques, mais dans un but parfaitement identifié : la reconnaissance, la gloire, l'argent... Tout ce dont j'avais rêvé était à portée de main – car j'étais sûr que ce texte, une fois publié, rencontrerait un succès retentissant.

J'estimais ne pas disposer de plus de deux ou trois semaines pour perpétrer mon forfait. Au-delà, la méfiance de Fabien serait éveillée et je ne pouvais pas exclure qu'il finisse par confier à l'un des élèves de l'atelier qu'il m'avait remis son roman. Dès lors, j'utilisai toute mon énergie pour fomenter mon crime. Leurtillois, comme je l'appris, résidait dans le campus, c'était là que je devais passer à l'action. Comme je ne pouvais pas agir en plein jour, le meurtre aurait lieu de nuit. Il ne devait pas être bien compliqué de pénétrer dans le bâtiment et de forcer la serrure d'une chambre d'étudiant. Je devais faire passer sa mort pour un accident ou un suicide. Les méthodes ne manquaient pas : overdose, empoisonnement médicamenteux, chute malencontreuse dans la douche, pendaison, incision des veines, défenestration... En fait, je n'avais que l'embarras du choix.

Je garde de cette période un souvenir étrange. J'accomplissais chaque jour mes cours de façon machinale, dissertant à la manière d'un pantin de ventriloque ; je déjeunais à la cafétéria sans écouter un traître mot des conversations de mes collègues ; dès que je le pouvais, je m'enfermais dans mon bureau du département pour vérifier qu'on ne m'avait pas dérobé le manuscrit et je le relisais inlassablement, au point de finir par croire que j'en étais l'auteur. Je ne dormais presque plus la nuit, sans pour autant me sentir fatigué : la perspective de devenir riche et célèbre me donnait une énergie et une force insoupçonnées.

Après avoir arrêté ma décision, il me fut difficile d'affronter Fabien. J'avais imaginé durant des années supprimer un inconnu dont la disparition ne changerait rien à mon existence. Mais je m'étais attaché à ce gamin et l'idée de le tuer m'horrifiait. Au-delà même des sentiments, je prenais conscience que je m'apprêtais par mon crime à priver la littérature française de futurs chefs-d'œuvre.

En matière d'écriture, la bonne fortune n'existe pas. Fabien avait écrit un premier jet brillant en seulement trois mois ; combien d'œuvres serait-il capable de produire en une vie ? C'était la maladie qui avait empêché Radiguet d'achever son second roman en l'emportant à 20 ans. Rimbaud avait choisi de cesser d'écrire vers le même âge pour partir en Afrique. Mais là, c'était de ma main qu'allait périr un prodige.

Au cours suivant, Fabien était plus avenant. C'est même avec un certain entrain qu'il nous fit lecture de sa deuxième nouvelle. Elle était excellente, bien sûr, mais en comparaison de son roman elle me parut presque fade.

J'aurais préféré qu'il ne vienne pas me parler à la fin de l'heure. C'est pourtant d'un pas décidé qu'il vint se planter devant mon bureau.

— Monsieur ?

— Oui, Fabien.

— J'apprécie de plus en plus votre atelier. Je me sens bien ici, j'ai l'impression de prendre confiance en moi.

— Vous m'en voyez ravi. C'est vrai que vous sembliez très réservé quand vous avez rejoint notre groupe.

— Oh, j'ai toujours eu du mal à me faire des amis. Mais les choses commencent à changer.

— Je suis d'un naturel solitaire moi aussi. Je ne crois pas que ce soit un défaut.

Tout cela n'était pas pour m'arranger : plus Fabien s'ouvrirait aux autres, plus mon plan risquait d'échouer.

— Je ne voudrais pas vous embêter avec ça mais… auriez-vous eu le temps de relire mon roman ?

Je savais qu'il me fallait jouer la carte de la flatterie.

— Eh bien, votre roman est encore meilleur que ce que j'avais pensé.

Une lueur s'alluma dans ses yeux.

— Vous êtes sérieux ?

— Je suis toujours sérieux quand je parle littérature. Je ne vous l'ai pas dit la dernière fois, mais je connais un certain nombre de personnes dans le milieu de l'édition.

— Vraiment ?

— Oui, d'anciens amis de Normale sup. Et je pense qu'avant de soumettre votre manuscrit à un professionnel nous devons faire en sorte qu'il soit aussi parfait que possible.

L'emploi de ce « nous » aurait pu l'agacer. Il n'en fut rien.

— Vous savez, poursuivis-je, les éditeurs parisiens reçoivent trois ou quatre mille manuscrits par an. La plupart du temps, ils ne lisent que quelques pages pour se faire une idée. Il s'agit de ne pas se louper !

— Bien sûr, je comprends. Peut-être pourriez-vous déjà me passer les notes que vous avez prises.

Et photocopier mon roman pour en garder une copie. Ça me permettrait d'avancer…

Mon visage demeura imperturbable, mais je pestai intérieurement.

— Pourquoi pas ? C'est une bonne idée. Laissez-moi juste quelques jours, le temps de m'organiser.

— Bien sûr, fit-il timidement.

— Que pensez-vous des nouvelles de vos camarades, Fabien ? demandai-je pour changer de sujet.

— Elles sont… intéressantes.

C'était l'adjectif précis que j'avais employé pour qualifier sa première nouvelle.

— Allons, dites-m'en un peu plus. Vous savez bien que cette conversation restera entre nous.

— Je les trouve trop autocentrées. Je préfère les textes qui ont du souffle, qui vous entraînent dans le tourbillon d'une histoire.

— Je suis d'accord avec vous, Fabien, mais comme je vous l'ai dit, tout cela doit rester entre nous…

À ce moment-là, son visage changea. J'eus la nette impression que notre relation de professeur à étudiant venait de vaciller et qu'il me regardait d'égal à égal, peut-être même avec un brin de supériorité.

— Et vous, monsieur ?

— Quoi, moi ?

— Vous n'avez jamais eu envie d'écrire ?

J'en demeurai bouche bée.

— Vous nous faites écrire des nouvelles et vous les jugez sans concession, continua-t-il devant mon silence. Vous savez ce qu'on dit toujours des critiques ? Que ce sont des artistes ratés.

Je me sentis mortifié. Pour dissimuler ma honte, je lui adressai un large sourire.

— Non, je n'en ai jamais ressenti le besoin. J'ai lu deux textes à vos camarades en début d'année, mais ce n'étaient que des exercices de style. Au fond, j'admire trop les grands écrivains : je sais bien que je serais incapable de les égaler. Même votre roman... Je ne vous arrive pas à la cheville.

— Vous me charriez, monsieur !

— Pas du tout, Fabien. Je suis sûr que vous avez un grand avenir devant vous.

Tout en prononçant ces paroles, j'étais certain que le sien, d'avenir, serait bien court. Son petit manège avait assez duré. J'étais bel et bien décidé à faire mien son roman. Et à expédier ce jeune blanc-bec *ad patres* aussi vite que possible.

13

L'énigmatique M. Arthaud

Les lectures de Juliette
Blog littéraire

Fabrice Arthaud : les fruits n'auront pas passé la promesse des fleurs

Ce fut l'événement littéraire de l'année 2001, un phénomène d'édition comme il n'en existe qu'un ou deux par décennie. Un inconnu du nom de Fabrice Arthaud faisait irruption dans le monde des lettres avec un premier roman surprenant de maîtrise. Pour fêter les vingt ans de sa parution, il fait aujourd'hui l'objet d'un superbe collector illustré. L'occasion de (re)découvrir ce qui restera sans doute comme le premier grand roman français du XXIe siècle.

Il est toujours troublant d'être contemporain de la publication d'un chef-d'œuvre, encore plus, comme la créatrice de ce blog, d'avoir connu personnellement son auteur. J'étais en effet étudiante à l'université d'Aix-en-Provence lorsque Fabrice Arthaud y enseignait la littérature. Rien n'aurait laissé supposer que cet homme à l'aspect austère puisse à ses heures perdues composer un roman aussi moderne et original que *La Promesse du ciel*. Certes, on sait depuis Proust que le livre est le produit d'un autre moi que celui que nous manifestons en société, mais dans le cas qui nous occupe, l'écart entre Arthaud et son roman était tellement abyssal qu'il plongea tous ceux qui avaient assisté à ses cours dans l'étonnement. Cette impression devait s'accentuer par la suite lorsque Arthaud publia son deuxième roman, *Solitudes*, un récit sans âme bourré de clichés.

Que s'était-il passé ? Comment l'auteur génial de *La Promesse du ciel* avait-il pu pondre un roman aussi médiocre ? Ses opus suivants accomplirent l'exploit d'être encore plus mauvais. On a bien sûr vu des artistes décliner avec le temps et finir par devenir l'ombre d'eux-mêmes. Mais dans le cas de Fabrice Arthaud, le phénomène était inexplicable : l'étoile incandescente s'était transformée en scribouillard en l'espace d'un seul livre.

Phénomène inexplicable seulement si l'on tient pour acquis que ces œuvres sont bel et bien de la même plume. Après tout, ce ne sont pas les supercheries qui auront manqué dans l'histoire littéraire. Fabrice Arthaud aurait-il bâti son œuvre sur une imposture ? L'accusation est grave, mais on ne peut s'empêcher de se poser la question.

De deux choses l'une : soit Arthaud est l'auteur de son premier roman, mais pas de ceux qui suivirent ; soit c'est l'inverse. Dans le premier cas, nous n'aurions affaire qu'à un banal recours à des fantômes littéraires par un auteur en mal d'inspiration. Dans le second, il existerait dans la nature un génie inconnu qui aurait choisi, pour une mystérieuse raison, de ne pas revendiquer la paternité de son œuvre.

*

« Désolée, j'étais en réunion. Je vous rejoins dans cinq minutes. »

Marianne poussa un soupir de soulagement en lisant le SMS. Voilà des plombes qu'elle poireautait sur un banc en face du bâtiment principal des Archives nationales, seule dans la galerie à colonnes. Les trois messages qu'elle avait envoyés depuis qu'elle avait quitté la gare Saint-Lazare étaient restés sans réponse. De quoi finir par s'imaginer que son témoin s'était défilé au dernier moment. Enfin, « témoin », c'était un bien grand mot, car il n'avait aucun lien direct avec le meurtre de Montalabert. Il fallait d'ailleurs être un peu dingue pour sacrifier un jour de congé à cause d'un simple article sur un blog. Qu'attendait-elle au juste de cette Juliette Da Silva ? Des infos sur Fabrice Arthaud, pardi ! Mais sur le Fabrice Arthaud qui avait enseigné à la fac jusqu'au début des années 2000 et n'avait pas encore acquis la renommée. Celui qui, d'après « Les Lectures de Juliette », pouvait fort bien ne pas être le véritable auteur de son premier roman.

Les cinq minutes promises se transformèrent en quart d'heure. Marianne commençait à regretter d'avoir fait le voyage quand elle vit une jolie brune de son âge se diriger vers elle en longeant les pelouses. Pas d'enthousiasme particulier sur son visage, mais moins de réticence que celle que la commandante avait perçue dans sa voix la veille au téléphone. Si les gens aimaient parler aux flics, ça se saurait...

— Désolée encore pour mon retard, fit la femme en s'installant sur le banc.

— Pas de problème. Vous travaillez donc aux Archives nationales ? se crut obligée de demander Marianne en préambule.

— Oui, depuis bientôt dix ans. J'ai commencé ma carrière à la BNF.

— Et ça vous plaît ?

— Beaucoup. Je m'occupe des expos temporaires ici, à l'hôtel de Soubise. Tous ces vieux documents, ça doit vous paraître dépassé à l'heure d'Internet.

— Pas du tout, répondit Marianne en souriant et en repensant aussitôt à Montalabert et à son goût pour les vieilleries.

Da Silva sortit une cigarette de son sac.

— Vous en voulez une ?

— Non merci. J'ai arrêté, mentit la commandante.

— Comment êtes-vous tombée sur mon blog ?

— Un peu par hasard, en faisant des recherches sur le Net.

La femme alluma sa cigarette.

— Des recherches sur Arthaud, évidemment. On ne parle plus que de l'« affaire des Trois Ormes » ces derniers temps. C'est fou les proportions que ça a prises…

Marianne préféra mettre les choses au clair : Arthaud n'était qu'un suspect parmi d'autres. La police menait les mêmes investigations sur tous ceux qui s'étaient trouvés sur les lieux du crime. Mieux valait donc que Juliette reste discrète sur cette conversation.

— Pas de risque que j'aille parler aux journalistes, rassurez-vous… Vous avez de la chance d'être tombée sur mon blog. Je n'ai plus rien écrit depuis un an et il n'a jamais eu beaucoup de succès : mon article sur Arthaud n'a pas dépassé les cinquante vues.

— Si j'ai bien compris, vous l'avez connu à l'époque où il enseignait à l'université d'Aix…

— Oui. J'étais en licence quand j'ai commencé à suivre ses cours de littérature du XIXe siècle.

— Quel genre d'enseignant était-il ?

— Très classique, pas très folichon : toujours le même pantalon de velours, de grosses lunettes qui lui mangeaient le visage, jamais un sourire… Mais il avait quelque chose de différent des autres profs.

— Vous pourriez être plus précise ?

— Il s'écoutait beaucoup parler, si vous voulez mon avis. La séance pouvait complètement dévier et il partait alors dans de grands discours qui n'en finissaient pas. Certains aimaient bien son style, d'autres étaient allés se plaindre au doyen parce qu'on n'avançait pas dans le programme. Au fond, je crois que ce métier l'emmerdait plus qu'autre chose.

— Et vous ? Dans quel « camp » étiez-vous ?

— Même s'il abusait parfois, je crois que je l'appréciais. C'est d'ailleurs pour ça que je m'étais inscrite à son atelier d'écriture.

— Quel atelier d'écriture ?

Juliette Da Silva tira sur sa cigarette.

— Ce genre d'atelier est aujourd'hui à la mode, mais à l'époque… On ne devait être que trois ou quatre à s'y être inscrits. Des étudiants un peu paumés qui s'imaginaient devenir un jour de grands écrivains…

— En quoi ça consistait au juste ?

— Arthaud nous imposait un thème, on avait ensuite une semaine pour écrire quelques pages dessus. Chaque vendredi, on se retrouvait pour lire nos textes, puis chacun disait ce qu'il en avait pensé.

— Et lui, que faisait-il ?

— Il nous écoutait poliment, nous donnait quelques conseils par-ci, par-là, mais je crois que cet atelier l'ennuyait encore plus que ses cours. Il faut dire que ce qu'on écrivait était mauvais.

— Vous saviez que lui-même écrivait, à l'époque ?

— Plus ou moins. Au début de l'année, il nous avait lu deux de ses nouvelles.

— Et… ?

— Franchement, ça ne valait pas un clou. C'était d'un scolaire ! Quand son bouquin est sorti à la rentrée suivante, j'ai même hésité à le lire. Mais les critiques étaient tellement élogieuses que j'ai fini par sauter le pas.

— Vous en avez pensé quoi ?

— Ce que tout le monde en a pensé : ce livre était un bijou, à mille lieues de ses nouvelles insipides.

— D'où la théorie que vous avez exposée sur votre blog…

— Pour moi, c'est moins une théorie qu'une évidence. J'ai côtoyé Arthaud pendant deux ans, et je suis certaine que ce type n'a pas pu écrire *La Promesse du ciel*.

— Qui l'aurait écrit alors ? Vous croyez que son éditeur aurait pu faire appel aux services d'un prête-plume pour l'aider ?

Juliette Da Silva secoua la tête.

— Non, ça ne tient pas la route. C'était un inconnu à ce moment-là : pourquoi un éditeur serait-il allé monter un coup pareil ?

Elle écrasa sa cigarette au sol et garda le mégot entre ses doigts. Marianne remarqua que son visage s'était assombri.

— Vous savez quelque chose, n'est-ce pas ? Une chose que vous ne pouviez pas prendre le risque d'écrire sur votre blog. C'est pour ça que vous étiez réticente à l'idée de me rencontrer.

— Lorsque j'ai appris que Fabrice Arthaud était suspecté dans cette affaire de meurtre... je ne sais pas, mais je n'en ai pas été plus surprise que ça. Je crois que cet homme a toujours été un imposteur. Je vous ai dit que dans cet atelier personne n'avait de talent... C'était vrai, du moins avant que Fabien n'arrive dans notre groupe.

— De qui parlez-vous ?

— Fabien Leurtillois, un étudiant en lettres que je connaissais de vue, un type franchement bizarre qui restait dans son coin et n'adressait pas la parole aux autres. Il a débarqué en milieu d'année. Il n'a pas ouvert la bouche au premier cours, mais la fois suivante Arthaud l'a convaincu de nous lire sa nouvelle. Je m'en souviens comme si c'était hier...

Un silence s'ensuivit.

— Qu'essayez-vous de me dire ?

— Fabien est mort deux mois plus tard dans des circonstances étranges. Et je suis presque certaine qu'il est le véritable auteur de *La Promesse du ciel*.

14

Les aveux (4)

La date que je m'étais fixée pour commettre mon forfait approchait – plus que trois jours – quand arriva la nouvelle séance de mon atelier d'écriture. J'avais songé à l'annuler mais je m'étais rapidement ravisé : il était évident que le moindre changement dans ma vie routinière aurait pu se retourner contre moi une fois le crime accompli. J'angoissais pourtant à l'idée de revoir Fabien, de peur qu'il ne lise dans mon regard mes noires résolutions.

Tandis que je corrigeais des copies, mon groupe d'incapables entra dans la salle, mais nulle trace de Fabien. Personne ne savait où il était – et personne sans doute ne chercherait à s'enquérir des raisons de son absence. Je passai l'heure plongé dans une angoisse irrationnelle, persuadé qu'il m'avait démasqué et qu'il avait tout compris de mon projet.

Revenu à la raison, je m'enfermai dans mon bureau et tapai sur ma machine à écrire les trois premiers chapitres de *La Promesse du ciel*. Je sentais qu'il était temps de m'y mettre, pour pouvoir faire disparaître le manuscrit au plus vite. Désormais, il ne m'était plus possible de m'arrêter au milieu du gué.

Restait tout de même un problème de taille : comment terminer moi-même une œuvre de cette qualité ? Je pouvais peut-être retarder mon plan de quelques semaines pour laisser à Fabien le temps de l'achever. Mais le risque était immense. Je refusais de ressembler à ces joueurs de casino qui ne savent pas se retirer et perdent tous leurs gains par cupidité. Avec du travail et de l'acharnement, je parviendrais bien à imiter son style sur une dizaine de pages, de quoi éviter au récit une fin trop abrupte.

Quand j'arrivai sur le campus le lendemain, je compris immédiatement qu'un drame avait eu lieu. Le département de lettres était en ébullition, les mines étaient graves. L'un quelconque de mes collègues s'approcha de moi :

— Tu es au courant ?

— Au courant de quoi ?

— Un étudiant a été retrouvé mort ce matin dans sa chambre. Les secours et la police sont là depuis une heure. Apparemment, c'est un suicide…

Avant même que son identité ne soit confirmée, je sus qu'il s'agissait de Fabien. La nouvelle de sa mort me frappa de plein fouet. Je l'avais souhaitée, envisagée, planifiée, mais à présent qu'elle s'était produite, j'étais aussi désemparé que si j'en avais été responsable. J'aurais dû être soulagé, c'était tout le contraire. Le monde venait de perdre un génie et, dans cette salle pleine de vieux professeurs arrogants, j'étais le seul à en avoir conscience. Comment avait-il pu sacrifier le don que le ciel lui avait offert ? Comment son incroyable puissance créatrice avait-elle pu se transformer en désir de mort ?

La thèse du suicide ne fit aucun doute. Fabien s'était ouvert les veines et avait laissé son bras baigner dans un fond d'eau du bac à douche pour accélérer l'écoulement du sang. Dans les jours qui suivirent, nous apprîmes qu'il avait déjà fait une tentative de suicide en terminale et qu'il était depuis suivi par un psychiatre. Il était sujet à des phases euphoriques auxquelles pouvaient succéder de graves épisodes dépressifs. Bien sûr, je me doutais que Fabien était mal dans sa peau, mais je n'aurais jamais cru que c'était au point de vouloir en finir avec l'existence.

Pour la première fois de ma carrière, je me fis prescrire un arrêt maladie et ne remis plus les pieds à l'université durant une semaine. J'imagine que personne ne put établir de lien entre mon absence et la disparition de cet étudiant aux résultats médiocres. Je restai chez moi, les volets clos, à retranscrire entièrement sur ma machine portative le manuscrit que je ne quittais plus d'une semelle, le dissimulant même la nuit sous mon oreiller de peur qu'un improbable cambrioleur me le dérobe.

Quand je retournai à la fac, mon casier débordait de courriers administratifs. Mais sous la pile se trouvait une enveloppe de papier kraft totalement vierge. Je faillis tomber à la renverse en découvrant à l'intérieur vingt feuillets couverts de l'écriture de Fabien. La fin du manuscrit ! Plus hachurée et corrigée que ne l'était le cahier, mais heureusement tout à fait lisible. Des larmes coulèrent sur mes joues tandis que je tournais avidement les feuilles. Non seulement le style n'avait pas faibli, mais ces pages offraient au roman l'apothéose dont j'avais rêvé.

Saisi par l'émotion, je n'avais pas remarqué que l'enveloppe contenait aussi une feuille de brouillon sur laquelle avaient été griffonnées quelques phrases lapidaires :

> *Cher Monsieur Arthaud,*
> *Voici la fin de mon roman. Faites-en ce que bon vous semble. J'ai été heureux de vous connaître, vous êtes quelqu'un de bien. Je suis désolé mais je n'ai plus la force de continuer.*
>
> *Fabien*

Je n'ai jamais pu me résoudre à jeter ce mot, pas plus que le manuscrit d'ailleurs, qui aurait pourtant pu se révéler fort compromettant pour moi. Ils sont enfermés dans le coffre-fort de ma résidence secondaire en Bretagne. Si Fabien n'avait pas eu la force de continuer à vivre, il avait trouvé celle d'achever *La Promesse du ciel*.

« Faites-en ce que bon vous semble. » Ses dernières paroles sorties d'outre-tombe étaient limpides. Il avait fait de moi son exécuteur testamentaire. Le roman m'appartenait : je pouvais le revendiquer sans éprouver de scrupules. Qu'importe que ce fût son nom ou le mien inscrit en couverture, l'essentiel était que ce livre puisse être lu par le plus grand nombre et bouleverser des milliers de lecteurs, comme il m'avait moi-même bouleversé.

Par précaution, j'attendis quelques mois avant de faire parvenir le manuscrit aux plus prestigieuses maisons de la place parisienne. Je reçus plusieurs réponses enthousiastes, assorties de propositions d'à-valoir inhabituelles pour un inconnu. Le texte étant quasi parfait, les corrections furent rapides et le roman prêt à sortir à l'automne pour les prix littéraires. Je raflai le Goncourt haut la main. La presse était unanime, les réimpressions se succédèrent. J'enchaînai les radios, les télés, les interviews, me laissant entraîner dans le tourbillon de la célébrité.

Au bout d'un an, *La Promesse du ciel* tutoyait le million d'exemplaires, devenant la deuxième meilleure vente grand format de tous les temps derrière *L'Amant*, de Marguerite Duras. À l'abri du besoin, je quittai sans regret mon poste à l'université et les tristes sires qui m'avaient tenu lieu de collègues. Dans la foulée, je partis m'installer à Paris.

Je n'ai pas envie de m'attarder sur cette période, car elle ne fut guère pour moi synonyme de bonheur. On dit souvent que la route compte plus que la destination : j'en faisais chaque jour l'expérience. J'avais tout ce qu'un homme peut désirer pour être heureux et pourtant je ne l'étais pas. D'une certaine façon, j'en voulais à Fabien de m'avoir volé mon rêve. Si grand que fût mon déni, je n'oubliais pas que je n'étais pas l'auteur du roman dont la couverture portait pourtant mon nom. Jamais je ne connaîtrais la satisfaction d'avoir été publié pour mes seules qualités.

Désormais libre de mon temps, je passais mes journées devant mon Adler dans mon appartement parisien. Je noircissais du papier plus que je n'écrivais.

Même avec la plus grande indulgence, mes pages étaient cent fois moins bonnes que celles de Fabien. Nulle transmigration des âmes ne s'était produite ; son génie ne m'avait pas éclaboussé d'une seule goutte.

Je crois bien que c'est à cette époque que je me mis à boire. Moi qui n'avais jamais aimé l'alcool, je me surpris à me servir quelques verres quand mon moral était à zéro, c'est-à-dire presque tout le temps. Oh, bien sûr, je ne me transformai pas en Bukowski du jour au lendemain, mais le mince filet alcoolisé qui coulait du matin jusqu'au soir me plongeait dans une tiède indolence. Quand j'y pense, je me demande comment j'ai pu m'abîmer avec une telle complaisance dans le cliché de l'écrivain alcoolique.

Mon deuxième roman sortit. Les critiques ne furent certes pas dithyrambiques, mais je fus surpris de l'indulgence avec laquelle il fut accueilli. Le monde des lettres avait-il peur de se dédire en me descendant en flammes après m'avoir porté au pinacle ? Toujours est-il que je m'en tirai avec les honneurs.

Raconter par le menu le déroulement des années qui suivirent ne présenterait aucun intérêt. Disons simplement que je fis une très belle carrière. Mes romans se vendaient comme des petits pains, la critique se montrait polie à mon égard, les droits d'auteur venaient grossir mon compte en banque. Le lent déclin de la qualité de mes livres ne me faisait guère de tort. Les gens voulaient des lectures divertissantes et faciles, sans « prise de tête ».

Écrire me procurait quelques moments de joie mais aussi de cruels moments de solitude. Il ne s'est pas écoulé un jour sans que je ne pense à Fabien.

Sa présence me hantait. Il était toujours là, quelque part, me suivant comme une ombre. Ma vie sociale était des plus mornes. Au fond, l'alcool était devenu mon seul compagnon fidèle : il ne me décevait jamais, car je n'attendais rien de lui. Dans le milieu, mon addiction était un secret de polichinelle mais elle passait pour un vice d'artiste. Mon éditeur parvenait à obtenir de moi une relative sobriété durant les périodes de promotion.

La vie m'avait en revanche éloigné de mes autres démons. Je mentirais en disant que je ne songeais quasiment plus au meurtre, mais il était devenu pour moi un fantasme que je n'envisageais plus sérieusement de réaliser. Il m'arrivait même parfois de songer avec effroi que j'avais voulu devenir un assassin. Non, je n'aurais jamais pu passer à l'acte : un sursaut d'humanité ou de conscience m'aurait retenu.

C'est du moins ce que je croyais avant que le destin ne mette *Ænigma* sur mon chemin.

15

Les aveux (5)

Ce devait être un jeu, rien de plus. Une énigme à résoudre dans une de ces luxueuses demeures champêtres que l'on pourrait trouver dans un roman d'Agatha Christie. C'est à ma maison d'édition que je dois la découverte d'*Ænigma* : pour fêter dignement mes quinze millions d'exemplaires vendus dans le monde, elle m'offrit le privilège de participer à ce divertissement qui commençait à faire parler de lui dans les milieux huppés.

Je participai pour la première fois au jeu à reculons, n'ayant guère envie de me mêler à de riches inconnus pour jouer les enquêteurs de pacotille. Le colonel Moutarde, dans la véranda, avec le chandelier... très peu pour moi ! Étant donné le prix des places, je n'osai pourtant décliner l'invitation. En outre, n'ayant plus rien publié depuis plusieurs années – et sans aucun nouveau roman dans les tuyaux –, je craignais qu'un refus ne heurte mon éditeur.

Un mois avant la date prévue, je fus mis en contact avec Eugène Guillaumin, l'assistant du créateur d'*Ænigma*, un charmant jeune homme qui prenait à l'évidence sa tâche très au sérieux. Il voulait en apprendre plus sur ma vie et juger ma motivation à prendre part à l'aventure.

J'aurais du mal à traduire les sentiments qui m'animaient lorsque, fagoté d'un complet-veston d'époque, je franchis le seuil de la Maison aux Trois Ormes. Cette bâtisse avait quelque chose d'envoûtant. Je fus d'emblée frappé par le réalisme et la minutie de la reconstitution, et fus agréablement surpris par mes partenaires de jeu.

L'histoire m'ayant toujours intéressé, je n'eus guère de mal à me glisser dans la peau d'un homme des années 30. Le langage, les mœurs, le contexte politique de l'entre-deux-guerres m'étaient parfaitement familiers. Les deux parties que nous disputâmes – sous l'autorité de Joseph Rouletabille, qu'interprétait le jeune acteur Adrien Moreau – me plongèrent dans le ravissement.

Chose incroyable, j'en oubliai mon penchant pour la bouteille : pas de sensation de manque, pas de tremblements... Mais, revers de la médaille, le jeu ranima en moi mon inclination pour le crime. Lors de la deuxième partie, le hasard voulut que je fusse choisi comme meurtrier. À une heure avancée de la nuit, je me retrouvai seul dans la bibliothèque avec le maître des lieux, poignard en main, prêt à le trucider. La scène me paraissait si authentique que je dus prendre sur moi pour ne pas lui trancher réellement la carotide avec mon arme. La tentation était là, aiguisée par cette incroyable mise en scène. Mais je ne pouvais rien faire. J'aurais été arrêté sur-le-champ, au mieux jugé pénalement irresponsable, et aurais fini mes jours dans une institution psychiatrique.

Le retour au monde réel fut difficile. Mon état dépressif s'aggrava. *Ænigma* m'avait ouvert les yeux sur ma situation : ma carrière était au point mort, ma vie personnelle un fiasco et ma notoriété déclinante. Je me mis à maudire l'existence de m'avoir fait croiser la route de Fabien. Sans lui, j'aurais fini par enterrer mes velléités littéraires. Je m'imaginais en respectable professeur d'université qui, à ses heures perdues, assouvissait ses penchants criminels. Je me serais joué de mes collègues, de mes étudiants, de la police. J'aurais été non pas un génie des lettres mais un génie du crime – et ce parcours, je ne l'aurais dû à personne d'autre qu'à moi-même.

Je passai dès lors mes journées reclus dans mon appartement, avec une seule préoccupation en tête : participer à une nouvelle session d'*Ænigma* pour enfin accomplir ce pour quoi j'étais fait. Le risque était grand évidemment, mais je comptais bien retourner à mon avantage le caractère anachronique du jeu. La technologie et les progrès de la police scientifique ont porté un coup terrible aux grands destins criminels. Quoi que vous fassiez, vous êtes désormais filmé, tracé, géolocalisé : entrez quelques secondes dans une pièce et vous y laisserez je ne sais combien de molécules qui permettront de vous confondre. Mais dans la Maison aux Trois Ormes il n'y avait aucune caméra, les portables étaient interdits et les suspects ne craignaient pas de laisser leurs empreintes et leur ADN un peu partout. Une véritable incitation à passer à l'acte.

Eugène Guillaumin m'apprit que les réservations étaient closes pour les prochains mois mais il m'assura qu'il me contacterait en priorité dès qu'une place se libérerait. Je décidai de prendre mon mal en patience. Au vu du déroulement de la session à laquelle j'avais participé, j'estimais que les chances de m'en sortir étaient minces, mais mon état de déprime était tel que je n'avais rien à perdre.

Comment procéder ? Le principal obstacle tenait à ce que le scénario du jeu n'était transmis aux participants que le jour de leur arrivée : impossible pour eux de savoir à l'avance s'ils étaient coupables ou de connaître les circonstances précises du meurtre. Il me faudrait donc improviser.

Dix mois s'écoulèrent avant que Guillaumin reprenne contact avec moi : il pouvait se débrouiller pour que je fasse à nouveau équipe avec mes camarades. Mon excitation était à son comble.

Je considère mon second séjour aux Trois Ormes comme l'apogée de ma vie, car il m'a permis de marier mon amour de la littérature à ma passion inassouvie pour le crime. Je connaissais à présent toutes les règles. Et chacun des mystères était inspiré d'un roman policier célèbre.

Le meurtre ayant lieu dans le bureau, je sus immédiatement que je ne pourrais pas agir lors de la première partie. Je pris certes plaisir à pénétrer l'ingénieux système du gramophone qu'avait employé Moreau, mais je ne désirais au fond qu'une chose : écourter cette partie pour commencer la suivante, en espérant qu'elle m'offrirait une meilleure opportunité.

Cartes sur table… Un riche hôte assassiné près du feu tandis que ses invités disputent une partie dans son dos. Fort heureusement, ce n'est pas en m'installant à la table de jeu que je reconnus l'argument du livre, car j'avais vu traîner dans la loge du gardien, qui servait de centre de contrôle à Guillaumin, un exemplaire du roman. Je savais qu'il me faudrait verser un hypnotique dans le verre du comte au cours du repas pour le rendre inoffensif. Cette fois, les planètes étaient parfaitement alignées.

C'est avec une facilité déconcertante que j'accomplis mon crime. Montalabert dormait profondément. Le stylet posé sur la desserte était affûté – quelle folie de mettre entre les mains des participants une arme qui ne soit pas factice ! Je me levai à la suite de Moreau et le récupérai discrètement. Après m'être servi un verre, je me penchai vers le comte et, sans flancher, le poignardai en plein cœur. La lame pénétra dans son corps comme dans du beurre. Il ne poussa aucun cri – qui m'eût été fatal. Sur le coup, je ne ressentis aucune euphorie particulière : ma peur était bien trop grande pour laisser la place à une autre émotion. Mais lorsque je regagnai la table, j'étais devenu un autre homme : je faisais désormais partie de cette frange de l'humanité qui a enfreint le plus grand des interdits. Je vivais enfin ma seconde de roi.

Granger se leva à son tour mais ne remarqua rien. Je pourrais donc moi aussi prétendre que j'avais à peine prêté attention au comte, faisant d'Adrien Moreau un suspect possible. Par élimination, j'avais naturellement compris que Catherine Lafargue tenait le rôle de la coupable ce soir-là. À la dérobée, je notai son trouble quand elle ne vit pas le stylet sur la desserte. Lorsqu'elle poussa un petit cri et nous annonça que notre hôte était mort, je n'eus plus qu'à simuler la surprise.

Grâce à *Ænigma*, je venais d'accomplir le rêve de toute une vie.

16

L'imposteur

C'est tout à la fois excitée et frustrée que Marianne revint de son périple à Paris. Excitée, car ce que Juliette Da Silva lui avait appris au sujet d'Arthaud la confortait dans ses convictions. Frustrée, car elle ne possédait toujours aucune preuve pour le faire tomber.

L'ancienne étudiante s'était montrée plus bavarde et plus informée qu'elle ne l'avait espéré. Ce retour vingt ans en arrière permettait désormais à la commandante de se faire un portrait complet de l'écrivain. L'atelier d'écriture qu'il avait créé recelait peut-être l'une des clés de son imposture.

Fabien Leurtillois… Le jeune homme de 19 ans ne payait pas de mine mais il s'était révélé au cours des séances incroyablement doué pour l'écriture. Juliette en était sûre, son immense potentiel n'avait pas échappé à Arthaud. « J'ai tout de suite compris qu'il se passait quelque chose, avait-elle confié à Marianne. Arthaud avait l'air captivé par cet ovni, même s'il faisait tout pour ne pas le montrer. Il est plusieurs fois arrivé qu'ils se parlent tous les deux à la fin des cours, alors qu'en général Arthaud s'empressait de récupérer ses affaires et de déguerpir. »

Savait-elle de quoi ils pouvaient bien discuter ? Non, elle n'avait jamais entendu leurs conversations. Arthaud attendait toujours que tout le monde soit parti. Mais un jour...

« J'ai croisé Fabien à la BU. Il était assis dans un coin, enveloppé dans ce grand manteau gris qu'il n'enlevait jamais. Je ne sais pas trop pourquoi mais je suis allée m'asseoir à sa table – je crois qu'il m'intriguait moi aussi. Il était complètement plongé dans son travail et ne m'a même pas remarquée. Il noircissait un cahier, comme ça, sans jamais faire aucune rature. J'ai d'abord cru qu'il travaillait à sa prochaine nouvelle pour l'atelier, mais quand il a commencé à tourner les pages pour se relire, j'ai vu qu'il s'agissait d'un texte beaucoup plus long.

— Un roman ?
— Qu'est-ce que ça aurait pu être d'autre ?
— Vous lui avez parlé ?
— On a juste échangé quelques mots. Je lui ai demandé ce qu'il pensait de l'atelier, il n'a pas tari d'éloges au sujet d'Arthaud. Il trouvait que les remarques qu'il faisait sur nos nouvelles étaient stimulantes, alors que franchement... Je ne sais pas pourquoi Fabien l'appréciait autant.
— Vous l'avez interrogé à propos de ce cahier ?
— Non. Quand je lui avais adressé la parole, il s'était empressé de le refermer. J'ai eu l'impression que c'était un peu comme son jardin secret, vous voyez. Une semaine plus tard, j'ai croisé Arthaud dans les couloirs

de la fac, il avait deux ou trois livres sous le bras, mais aussi le fameux cahier.

— Vous en êtes sûre ?

— Je l'aurais reconnu entre mille. Je suis persuadée que Fabien lui avait passé son texte pour qu'il lui donne son avis dessus.

— Pour vous, ce cahier contenait le manuscrit de *La Promesse du ciel* ?

— Oui. Ça expliquerait pas mal de choses, vous ne croyez pas ? Évidemment, je ne pouvais pas me permettre de raconter tout ça sur mon blog. Je n'ai aucune preuve de ce que j'avance, je n'aurais fait que m'attirer des ennuis. Fabien a disparu et j'imagine qu'Arthaud s'est empressé de détruire ce manuscrit après l'avoir volé. »

Un mois après l'épisode de la bibliothèque, Fabien Leurtillois était retrouvé mort dans sa chambre, gisant dans sa douche. Même s'il était un parfait inconnu pour la plupart des étudiants, sa disparition avait provoqué une onde de choc. Une cellule de soutien psychologique avait aussitôt été mise en place. Soucieuse d'assurer ses arrières, la fac avait ouvert une enquête administrative pour identifier un éventuel harcèlement moral qui aurait pu conduire au drame.

L'enquête de police, elle, devait rapidement conclure au suicide. Mais les flics n'avaient peut-être pas à l'époque tous les éléments nécessaires pour évaluer correctement la situation. Marianne trouvait la coïncidence énorme. Le talentueux Leurtillois avait écrit un roman, il confiait son manuscrit à Arthaud et mourait quelques semaines plus tard ; l'année suivante, le terne professeur de littérature devenait l'un des écrivains les plus en vue de Paris en publiant un best-seller. Comment ne pas imaginer un lien entre tous ces événements ? Et quelle probabilité y avait-il qu'un homme soit au cours de sa vie mêlé à deux morts plus qu'inhabituelles sans avoir rien à se reprocher ?

De retour à Rouen, Marianne se plongea dans les fichiers informatisés de la police. Elle retrouva sans mal la trace de Fabien Leurtillois, mais son dossier était sommaire. À l'évidence, jamais la piste criminelle n'avait été envisagée. Soit ses collègues avaient salopé le boulot, soit il avait vraiment mis fin à ses jours.

Déçue, elle contacta l'antenne du SRPJ d'Aix-en-Provence. Après avoir été baladée entre plusieurs interlocuteurs, elle fut mise en relation avec le capitaine Pasquier, qui, encore jeune lieutenant, avait été appelé sur le campus le jour du drame.

— Pourquoi est-ce que vous vous intéressez à la mort de ce gamin ?

Le type au bout du fil avait l'air aimable comme une porte de prison. La coopération entre les différents services régionaux n'allait pas toujours de soi.

— Simple vérification, répondit Marianne d'un ton détaché. Une enquête en cours…

L'homme souffla dans le combiné.

— Et vous voulez savoir quoi au juste ?

A priori, il était impossible que ce flic établisse un rapprochement avec le célèbre Fabrice Arthaud, puisque celui-ci n'avait été en rien concerné par la disparition de Leurtillois, mais Marianne préféra rester vague :

— Tout ce que vous pourrez m'apprendre sur la victime et sur ce suicide me sera utile.

— Ça va être rapide alors. Je me souviens de cet étudiant, évidemment... C'était la première fois qu'une histoire pareille arrivait à la fac de lettres. Une ambulance était déjà sur place quand j'ai débarqué là-bas. La scène n'était pas belle à voir : du sang partout sur le carrelage et le rideau de douche... Le gamin s'était entaillé les veines au niveau du pli du coude. Il avait dû se renseigner... Il savait qu'on a toutes les chances de se louper en se tailladant celles du poignet. Bref, il voulait vraiment en finir.

— Le suicide ne faisait donc aucun doute pour vous ?
— Aucun. La porte de sa chambre était verrouillée de l'intérieur.
— Qui l'a ouverte ?
— Le concierge. Les parents de Leurtillois n'arrivaient plus à le joindre depuis plusieurs jours, ils commençaient à baliser. Le type a longuement tambouriné à sa porte, sans succès. Les parents lui ont donné l'autorisation d'utiliser un double.
— La clé n'était pas dans la serrure ?
— Non, on l'a retrouvée près de son lit.

Si quelqu'un d'autre que le concierge possédait un double des clés, il lui avait donc été possible de pénétrer dans la chambre.

— Pourquoi les parents s'inquiétaient-ils autant ?
— Le gamin était dépressif depuis plusieurs années. Antidépresseurs, psy... la totale. Il avait déjà fait une tentative par le passé. D'après eux, les choses s'étaient arrangées depuis qu'il vivait en Cité U, mais personne n'est à l'abri d'une rechute. S'ils ont paniqué comme ça, c'est qu'ils ne devaient pas dormir tranquilles.
— J'imagine qu'il n'y a pas eu d'autopsie...

— Une autopsie ? s'étonna Pasquier. Pour quoi faire ? Vu le profil de Leurtillois, il était évident qu'il s'était foutu en l'air. De toute façon, le légiste n'avait retenu que la thèse du suicide.

Pas d'autopsie ni d'analyses toxicologiques... Impossible de savoir si Fabien n'avait pas été drogué, tout comme le serait Yves de Montalabert vingt ans plus tard.

— Sa chambre a quand même été fouillée ?
— Comme toujours dans ces cas-là.
— Et qu'est-ce que vous y avez trouvé ?
— Rien de particulier. C'était une chambre d'étudiant comme une autre, pour ce dont je me souviens. Pas de drogue ni de truc illégal, si c'est ce à quoi vous pensez.

Les interrogatoires des voisins de chambre de Fabien et de quelques membres du personnel administratif n'avaient rien donné de probant – rien en tout cas qui puisse laisser imaginer un acte malveillant. Fabien s'était suicidé, comme le font chaque année plus de trois cents jeunes en France. Fin de l'histoire. Sauf que ce jeune-là avait eu le malheur de croiser la route de Fabrice Arthaud.

Marianne ne pouvait pas décemment contacter les parents de Leurtillois : qu'aurait-elle pu leur raconter sans éveiller leurs soupçons ou remuer le couteau dans la plaie ? Si Fabien était un gamin secret et renfermé, il y avait peu de chances qu'il leur ait parlé de son prof de littérature ou d'un hypothétique roman sur lequel il travaillait.

En revanche, elle était bien décidée à ne pas lâcher l'affaire et à poursuivre ses investigations. En continuant à fouiller la vie d'Arthaud, elle pouvait établir un faisceau d'éléments qui dévoileraient son vrai visage : celui d'un arriviste prêt à tout, doublé d'un pervers obsédé par le crime gratuit.

17

Obsession

La cave à vin était plongée dans la pénombre. L'homme, un des œnologues les plus réputés au monde, transportait sa victime inconsciente en la tirant sous les bras. Il la déposa au centre de la pièce, au milieu des grands crus, puis la ligota avec une corde. Il coupa ensuite le système de climatisation, sans lequel l'air du caveau hermétique deviendrait vite irrespirable, ferma la porte principale à clé, puis s'échappa par une sortie dérobée…

— Je m'en souviens de celui-là ! cria Marianne en pointant l'écran du doigt. En coupant le climatiseur, le type a bousillé toutes ses bouteilles. Le vin a chauffé. C'est comme ça que Columbo va l'avoir !

Julien Pamart frappa rageusement son accoudoir.

— Merde, Marianne ! Arrête de spoiler !

Assis sur le canapé dans l'appartement de la commandante, les deux flics finissaient les plats chinois qu'ils avaient commandés. Depuis le divorce de Pamart, il leur arrivait deux ou trois fois par mois de se faire une soirée tranquille devant des séries *vintage* que programmait la TNT. *Columbo* était leur préférée. Nostalgie, quand tu nous tiens...

Julien ronchonna en avalant un reste de nouilles sautées. Ça y est, il s'en souvenait, maintenant, de cet épisode.

— Tu te rends compte qu'il n'y a que nous pour regarder ces vieilleries ?

— On ne doit pas être les seuls ; sinon, pourquoi ils les rediffuseraient ?

— Ce qui ne va pas dans cette série, nota Julien, c'est que les types finissent toujours par avouer, alors que Columbo n'a pas de preuves.

— Ben si. Il en a une, là.

— Des bouteilles de vin qui ont pris un coup de chaud ? C'est un peu gros quand même !

Pamart déposa sa boîte vide sur la table basse. Et en se rasseyant il s'arrangea pour se rapprocher un peu de Marianne. Tandis que l'œnologue à l'écran se débarrassait de la voiture de sa victime près d'une falaise, il plaça sa main sur le dossier du canapé, juste au-dessus de la tête de sa coéquipière.

— Ne fais pas ça, Julien, dit-elle en le poussant de l'épaule.

— Quoi, ça ?

— Ça ne serait pas une bonne idée...

Le policier reprit sagement sa place initiale.

— Tu sais, Marianne, tous les mecs ne sont pas des salauds.

— Je n'ai jamais dit ça. Je ne tire pas de règles générales à partir de mes expériences, si lamentables soient-elles. Je sais que tu es un type bien, derrière tes airs de gros macho.

— Alors quoi ?

— Je ne suis pas prête, c'est tout.

— J'avais pourtant l'impression qu'il se passait quelque chose entre nous...

Elle soupira.

— Tu ne t'es pas fait des idées, j'ai aussi ma part de responsabilité. Je crois juste que ça n'est pas le bon moment.

— C'est à cause du boulot ?

— De quoi est-ce que tu parles ?

— Marianne, tu as conscience que tu es en train de de te laisser bouffer par cette enquête, que tu en fais une affaire personnelle ? Ça vire à l'obsession.

— Non, Julien, je ne suis pas obsédée. J'essaye juste de bien faire mon taf.

— Bien faire son taf, comme tu dis, suppose de la jouer collectif. Pas de fureter en solo dans tous les coins, à la recherche de Dieu sait quoi.

— J'ai partagé mes infos avec toi. Et tu as dit que je n'avais pas assez d'éléments pour...

Il la coupa net :

— Tu crois que je n'ai pas entendu ta conversation au téléphone cet après-midi ? C'est quoi cette histoire d'étudiant qui s'est suicidé ? Quel rapport avec notre enquête ?

— On ne peut pas arrêter ? J'aimerais bien suivre l'épisode...

Pamart s'empara de la télécommande et éteignit la télé.

— Tu l'as déjà vu de toute façon. Vas-y, je t'écoute.

Au fond, Marianne n'attendait que ça : pouvoir partager ses découvertes pour voir si elle ne faisait pas fausse route.

Elle raconta à Julien sa rencontre avec Juliette Da Silva et tout ce qu'elle avait appris sur la mort de Fabien Leurtillois. Son collègue parut troublé par son récit, mais ne l'encouragea pas pour autant :

— Ce suicide remonte à vingt ans et aucune instruction n'a été ouverte. Qu'est-ce que tu espères prouver ?

— Rien. Je sais que je ne prouverai rien. C'est pour ça qu'il faut que j'explore d'autres pistes.

— Lesquelles ?

— Avant de faire main basse sur le manuscrit de son étudiant, Arthaud écrivait déjà et il avait envoyé au moins un roman à des éditeurs. Je l'ai appris grâce à un article paru à la fin des années 2000.

Elle se leva pour aller récupérer dans ses dossiers l'article en question.

— Tiens, lis ça.

Beaucoup de critiques ont eu du mal à croire que La Promesse du ciel *puisse être l'œuvre d'un primo-romancier. Aviez-vous écrit d'autres livres avant celui qui vous a valu le prix Goncourt ?*

Oui, mais je considère *La Promesse du ciel* comme mon premier roman abouti, le premier du moins qui méritait d'être publié. J'ai mis plusieurs années à achever un livre qui s'intitulait *Les Confessions*. Je l'ai envoyé à quatre ou cinq éditeurs sans trop y croire. Pour être honnête, je n'ai reçu que des réponses types – vous savez, ce genre de lettres qui vous expliquent que votre manuscrit est plein de qualités mais ne correspond pas à la politique éditoriale de la maison. Seules les Éditions de Crécy m'avaient envoyé un mot personnalisé : elles trouvaient que le livre était original mais souffrait de quelques longueurs.

Quel en était le sujet ?

L'histoire d'un homme qui commet certaines turpitudes. Vous connaissez le mot de Gide : « Il est bon de suivre sa pente, pourvu que ce soit en montant. » Le narrateur de ce livre ne devait pas le connaître, lui, car il suivait ses plus bas instincts.

Pamart posa la feuille sur ses genoux et regarda Marianne d'un air perplexe.
— Et qu'est-ce que tu comptes faire de ça ?
— Tu as vu le titre et le sujet du roman ?
— C'est vague…
— J'ai eu beau fouiller sur Internet pendant des heures, Arthaud n'a jamais plus fait la moindre allusion à ce livre par la suite.
— Il le trouvait peut-être trop mauvais.
Marianne secoua la tête.
— Je crois plutôt qu'il craignait que ce texte ne puisse devenir un jour compromettant pour lui et qu'il a tout fait pour le rayer de sa vie.
— C'est bien joli tout ça, mais qu'est-ce que tu vas faire ?
— Ça me paraît évident : il faut absolument que je mette la main sur ce manuscrit.

18

Les paroles s'envolent, les écrits restent

Les Éditions de Crécy se trouvaient boulevard du Montparnasse, à deux pas de La Coupole, dans un ancien local industriel entièrement rénové. Après avoir traversé une cour pavée, on pénétrait dans un loft éclairé par une immense verrière. Un escalier en acier conduisait à une mezzanine aux murs couverts d'affiches promotionnelles.

— Mlle de Crécy ne reçoit jamais sans rendez-vous, indiqua sèchement la fille à l'accueil.

Marianne dut sortir le grand jeu pour venir à bout du cerbère : carte professionnelle, air blasé et regard noir de mauvais flic, « enquête qui nécessite toute votre collaboration... » – de quoi impressionner ceux qui n'avaient jamais affaire à la police. Elle n'avait nullement l'intention de revenir bredouille de son second périple à Paris, le tout sur ses propres deniers. Après la promesse qu'elle avait faite à Julien de tout arrêter si cette piste ne débouchait sur rien, elle avait l'impression de jouer son va-tout.

Quinquagénaire ingambe, style Coco Chanel, Auriane de Crécy aurait pu être une version plus âgée de Catherine Lafargue : le genre de femmes gâtées par la vie et bien dans leur peau qui vous filent des complexes dès que vous croisez leur chemin.

— Bien sûr que je me souviens de ce manuscrit, déclara-t-elle en rejetant une mèche de cheveux derrière son oreille. Il est connu comme le loup blanc dans le monde de l'édition.

— Vraiment ?

— Il a été refusé par tous les éditeurs. Vous savez, cela arrive tout le temps : vous pouvez toujours passer à côté d'un très bon livre ou, disons, d'un roman à fort potentiel commercial. Mais concernant Fabrice Arthaud, c'est différent...

— C'est-à-dire ?

L'éditrice leva les yeux au ciel, comme si la conversation l'agaçait déjà.

— Ne pas avoir pu publier *La Promesse du ciel* restera mon plus grand regret professionnel. Car vous savez qu'il nous l'avait envoyé bien que nous ayons refusé son premier livre ?

— Je l'ignorais.

— Ce livre était une petite merveille. Nous n'avons malheureusement pas pu nous aligner sur les offres qui lui avaient été faites. Nous sommes une petite structure indépendante...

— Et pour ce qui est de ce livre, *Les Confessions* ?

Auriane de Crécy fit une moue.

— Il était loin d'être du même niveau. C'était probablement l'œuvre d'un auteur qui ne savait pas où il allait. Enfin, pour ce que j'en sais...

Toutes ces précautions oratoires firent tiquer Marianne :

— Excusez-moi mais… est-ce que je dois comprendre que vous ne l'avez pas lu ?

— À vrai dire, non.

— Je ne suis pas sûre de vous suivre.

Auriane de Crécy désigna du regard la pile d'enveloppes amoncelées sur un coin de son bureau.

— Je ne peux pas lire tous les manuscrits que nous recevons. Nous sommes une équipe : j'ai toujours été assistée d'au moins un éditeur et de stagiaires. Nous nous limitons à une dizaine de publications par an et n'éditons que des coups de cœur. Si ce livre n'a pas été retenu, c'est qu'il y avait une raison.

Cette politique éditoriale avait visiblement fonctionné : Marianne avait vu que sa maison avait raflé plusieurs prix littéraires importants et s'était forgé une solide réputation.

— Et vous n'avez pas eu la curiosité de le lire une fois qu'Arthaud est devenu célèbre ?

— Ce n'est pas une question de curiosité… Après un refus, les manuscrits qui ne sont pas réclamés dans les trois mois sont automatiquement détruits. Nous n'avons pas la place de les stocker.

— Et vos confrères ?

— Tout le monde suit le même mode de fonctionnement. Vous perdriez votre temps à essayer d'en retrouver un exemplaire. Vous feriez mieux de vous adresser directement à l'auteur.

« Si c'était si simple ! » pensa Marianne.

Auriane de Crécy se mit à tapoter sur son bureau avec un élégant stylo Montblanc.

— Écoutez, reprit-elle, j'ai accepté de vous recevoir malgré un emploi du temps chargé, mais j'aimerais à présent savoir à quoi riment toutes ces questions. Pourquoi vous intéressez-vous à un manuscrit vieux de vingt ans ? Arthaud est suspecté avec d'autres célébrités dans une affaire criminelle ; ce meurtre dans ce vieux manoir est devenu le sujet de toutes les conversations à Paris. Mais j'ai beau me triturer l'esprit, je n'arrive pas à établir de lien entre les deux.

Marianne n'en menait pas large. Comment croire que cette femme garderait cette conversation pour elle ? Si ses recherches s'ébruitaient, cela pourrait lui valoir de sérieuses emmerdes.

— Je n'ai pas le droit d'évoquer les détails de l'enquête. Rassurez-vous, je ne vous embêterai plus très longtemps. Je voudrais juste savoir qui, dans votre maison, a lu *Les Confessions* à l'époque.

L'éditrice croisa les jambes avec nonchalance.

— Eh bien, je suppose que c'est Jacques Dailland, le critique littéraire. Il était mon collaborateur. Je dis « je suppose », mais j'en suis sûre, en réalité. Nous en avons discuté ensemble, quand Arthaud a commencé à se faire un nom. Je me souviens qu'il avait trouvé ce manuscrit « affreux », ce qui dans sa bouche passerait presque pour un compliment.

— Il ne travaille plus avec vous ?

— Non, il a raccroché les gants il y a deux ans. Il se consacre entièrement à l'écriture aujourd'hui, malheureusement sans grand succès. Il a du style, c'est certain, mais ses ventes n'ont jamais décollé.

— Et où est-ce que je pourrais le trouver ?

*

En franchissant le seuil de l'appartement situé dans un vieil immeuble de la rive gauche, Marianne eut l'impression de pénétrer dans un univers parallèle. Dans le couloir et le salon, les livres étaient entreposés en doubles rangées sur des étagères qui couraient du parquet au plafond, ou stockés en piles précaires directement au sol. Le lieu sentait la poussière et les remugles des pièces jamais aérées. « Dis-moi où tu vis, je te dirai qui tu es. »

— Vous avez une belle...

Marianne chercha le mot le plus approprié pour désigner ce foutoir mais ne trouva rien de plus original que :

— ... bibliothèque.

Sexagénaire au visage buriné et à la mèche blanche rebelle, Dailland promena sur les ouvrages un regard désabusé.

— Oh, ça... La malédiction des critiques, mademoiselle. Pendant vingt-cinq ans, j'ai reçu toute la production littéraire du pays. Et dédicacée, par-dessus le marché ! « Avec toute ma considération », « Bien respectueusement », bla-bla-bla... Si vous trouvez un bouquin sans gribouillis, jetez-vous dessus, il vaudra une fortune.

Dailland ôta livres et revues d'un fauteuil et d'un petit canapé en velours pour qu'ils puissent s'asseoir.

— J'en ai reçu, ici, des écrivains et des intellectuels, mais un membre de la police, c'est une première. Auriane m'a dit que vous vous intéressiez à Arthaud. Un sacré phénomène, celui-là...

— Pourquoi dites-vous cela ?

— Cet homme a toujours été un mystère pour moi. Ce roman, *La Promesse du ciel*... j'ai rarement lu une œuvre aussi déstabilisante. Au bout de quinze pages, j'ai compris que je tenais entre les mains le roman de la décennie. Et puis, pffuit ! plus rien... Des livres insignifiants et soporifiques... Je n'ai jamais compris ce qui lui était arrivé. On sait qu'il est porté sur la dive bouteille, mais ça n'explique pas tout.

À en juger par les taches rougeâtres qui parsemaient les pommettes de Dailland, Arthaud ne devait pas être le seul.

— En fait, si je suis venue vous voir, c'est que je m'intéresse plus particulièrement à son premier manuscrit.

— C'est ce que j'ai cru comprendre. Vous remontez aux sources... Il n'y a rien de mieux pour comprendre les gens.

Marianne sourit : l'ancien critique semblait plus perspicace que l'éditrice.

— Vous l'avez lu, n'est-ce pas ?

— Il y a longtemps, mais oui, je l'ai lu. Pour mon plus grand malheur, serais-je tenté de dire.

— J'aimerais faire appel à vos souvenirs pour savoir de quoi parlaient précisément *Les Confessions*.

Dailland fit une grimace.

— Un livre ne « parle » pas, mademoiselle. Et peu importe son sujet. Vous savez que Flaubert avait pour projet d'écrire un livre sur rien, un livre qui ne tiendrait que par la force de son style ? Ah... tous ces romanciers qui passent plus de temps à « pitcher » leurs livres qu'à les écrire...

— Je suis officier de police, monsieur Dailland, pas critique littéraire.

— Bien sûr… Puisque ce manuscrit vous intéresse tant, venez avec moi.

Sans se faire prier, Marianne le suivit jusqu'à son bureau, lui aussi rempli de livres, mais dont la moitié de l'espace était occupé par des meubles de métier munis de tiroirs à clapet et de classeurs à rideau.

— Vous avez devant vous le travail de toute une vie, dit Dailland avec orgueil.

— Qu'y a-t-il à l'intérieur ?

— Toutes les fiches de lecture que j'ai rédigées… J'ai tout gardé et classé.

Il ouvrit le tiroir d'un meuble de notaire et en extirpa une feuille qu'il agita en l'air avec malice.

— Évidemment, j'avais fait mes recherches avant que vous arriviez. On peut dire que vous avez titillé ma curiosité avec ce manuscrit… En général, nous ne rédigions de fiche que pour les ouvrages susceptibles de passer en comité de lecture, mais il m'arrivait de faire du zèle. Voulez-vous que je vous en lise un extrait ?

Marianne aurait préféré récupérer la précieuse feuille mais elle n'osa pas le contrarier :

— Je vous écoute.

— « Style démonstratif et ampoulé. Où l'auteur veut-il nous conduire avec cette avalanche de considérations psychologiques dignes du café du commerce ? Les références littéraires et les citations noient le texte sous une couche indigeste de pédanterie et ne font, par contraste, qu'accentuer la médiocrité de l'ensemble. Non publiable en l'état (erratum : non publiable tout court). » Évidemment, je ne l'ai pas lu jusqu'au bout :

le pavé faisait 541 pages, si j'en crois mes notes. J'étais tellement atterré que je n'ai pas pu m'empêcher d'envoyer à Arthaud un petit mot pour le supplier d'arrêter d'écrire...

— Vous avez vraiment fait ça ?

— Il l'avait bien cherché. Personne n'est responsable de son manque de talent, mais la plus élémentaire des décences est de le garder pour soi.

— Mais quel était le sujet du livre ?

— Ah, vous avez l'air d'y tenir à votre « sujet » !

Il replongea ses yeux dans la feuille, avec moins d'enthousiasme.

— « Argument : Les longs aveux d'un homme d'une quarantaine d'années qui se met en tête de trucider un quidam sans mobile apparent dans le but, je cite, d'"éprouver dans sa chair et son esprit le vertige du crime" et de mettre ses pas dans ceux des grands criminels de la littérature. *Les Confessions* sont le récit d'une obsession qui torture le narrateur et le pousse à accomplir une action qui l'horrifie mais qui finit par s'imposer à lui inexorablement. »

Dailland parut troublé en prononçant ces mots. Peut-être, comme Marianne, venait-il de comprendre. *Les Confessions* n'étaient pas un roman. C'était une autobiographie.

19

Les aveux (6)

Je pris un plaisir coupable à figurer sur la liste des suspects et à voir dans la foulée mon nom à la une de l'actualité. Même au faîte de ma gloire littéraire, je n'avais jamais eu droit à de tels honneurs : un écrivain, si célèbre soit-il, ne peut guère rivaliser avec une rock star ou un champion de foot. Mais un assassin, c'est une autre affaire. Le crime a toujours fasciné les foules : les hommes, pleutres par nature, se plaisent à vivre par procuration les méfaits d'autrui dès qu'ils en ont l'occasion.

Je fus interrogé à deux reprises. La première, la nuit même du meurtre, dans la bibliothèque des Trois Ormes où j'avais lors de la partie précédente mis les invités sur la sellette en ma qualité de commissaire. Quelle sensation délicieuse de voir la fiction devenir réalité ! Nul doute que mon crime était ma plus belle création : j'avais enfin réussi à dépasser Fabien, non certes par les mots, mais en faisant du réel une œuvre d'art vivante.

Mon second interrogatoire eut lieu dans les locaux de la police judiciaire de Rouen. Malgré ses conseils insistants, je persuadai mon avocat de ne pas m'y accompagner : je voulais affronter seul cette épreuve, car il me semblait que solliciter une aide extérieure eût été malhonnête face à mes nouveaux adversaires. Je me montrai néanmoins prudent, sachant qu'un excès de confiance aurait pu m'être fatal.

Le commandant Belvaux, qui m'interrogea, suscita chez moi le plus vif intérêt. Malgré ses airs mal dégrossis, elle possédait un charme certain et j'imagine que dans d'autres circonstances j'aurais pu chercher à la séduire. Ses questions semblaient *a priori* banales, mais je sentais que mon activité d'écrivain avait retenu son attention au-delà de la simple curiosité, et qu'elle avait peut-être en tête de la relier, Dieu sait comment, à son enquête.

À en croire les articles des journaux, ladite enquête piétinait. Comme je l'avais prévu, aucune preuve matérielle n'avait pu être recueillie et je n'avais nulle crainte à l'idée qu'on fouille mon passé : à l'exception d'un vol de manuscrit, dont personne ne pouvait avoir connaissance, je n'avais strictement rien à me reprocher. Les pires criminels sont souvent des gens très respectables.

Le seul risque que je pris fut d'expédier aux enquêteurs un courrier anonyme, agrémenté d'un clin d'œil aux *Cinq petits cochons* d'Agatha Christie. Je le fis autant sous l'effet d'une impulsion puérile que pour aiguiller les enquêteurs sur une fausse piste. Puisque ce meurtre n'avait aucun mobile, autant leur faire perdre du temps à en chercher un.

Je savais en somme peu de choses à propos de mes camarades de jeu. Catherine Lafargue était énigmatique. Elle avait la réputation d'être une « tueuse » dans sa profession et je crois que je me serais méfié d'elle si j'avais été son ami, ou, pire, son mari. Si Adrien Moreau avait fait dans le jeu un excellent assassin, je ne lui trouvais pas l'étoffe d'en être un dans la vie réelle. Paul Granger avait à l'évidence le profil le plus suspect : la disparition tragique et mystérieuse de sa femme en mer ne plaidait pas en sa faveur. Quoiqu'il eût échappé à la justice, la moitié du Tout-Paris considérait qu'il avait bel et bien tué son épouse pour faire main basse sur sa fortune ; on racontait même que les gens qui le rencontraient tremblaient en lui serrant la main. Et s'il avait déjà tué une première fois…

Bref, je n'avais rien à craindre. Je m'étonnais pourtant d'avoir traversé cette histoire sans encombre malgré les moyens qu'avait déployés la police. Les personnages de roman qui m'avaient tant fasciné me décevaient presque désormais. Qu'avaient-ils d'exceptionnel si j'avais pu moi aussi commettre un crime et, contrairement à eux, m'en sortir ?

L'une de mes plus grandes fiertés est d'avoir su rester sobre dans les semaines qui suivirent le meurtre, « sobre » signifiant sous ma plume que je n'étais pas ivre du matin au soir. Je savais qu'il me fallait garder le contrôle. Je n'avais pas le droit de tout gâcher après ce que j'avais accompli.

*

Bizarrement, je ne fus pas surpris de recevoir la visite du commandant Belvaux un mois exactement après la mort de Montalabert. Elle ne prit pas la peine de s'annoncer et vint directement sonner à mon immeuble. Bien sûr, j'aurais pu la renvoyer, mais depuis les événements des Trois Ormes je me sentais vide et désœuvré. Le goût du risque et la curiosité me poussèrent à la laisser monter.

Elle avait fait un effort vestimentaire ce jour-là et portait un élégant chemisier à fleurs. J'eus la faiblesse d'en être flatté, bien qu'il fût évident que ces beaux atours n'avaient pour but que d'endormir ma méfiance.

— Votre appartement est très impressionnant, dit-elle en pénétrant dans le double salon et en remarquant à travers la verrière la vue sur le Sacré-Cœur.

Toutefois ce n'est ni de l'admiration ni de l'envie que je sentis dans sa voix, plutôt de la réprobation, comme si elle me reprochait de jouir indûment d'un bien aussi exceptionnel.

— Merci. Je me le suis payé avec les droits d'auteur de *La Promesse du ciel*, répondis-je d'un air crâne. On peut dire que ce livre a changé ma vie.

Elle accepta un café. Je m'en servis aussi une tasse, même si j'aurais préféré de loin une lampée de scotch ou de whisky. Lorsque je revins dans le salon, elle feuilletait l'édition polonaise d'un de mes romans, que je venais juste de recevoir.

— Je ne comprends pas un mot…
— Je vous rassure, moi non plus.
— En combien de langues êtes-vous traduit ?
— Une quarantaine, il me semble.
— Vous travaillez à un nouveau livre ? demanda-t-elle en lançant un regard vers la machine à écrire posée sur mon bureau, à l'autre bout de la pièce.

Je la soupçonnai d'être allée jeter un coup d'œil à la feuille qui dépassait du cylindre pendant que j'étais dans la cuisine.

— À vrai dire, non. J'ai passé un bon tiers de ma vie à m'asseoir chaque jour devant cette machine et j'ai décidé de prendre un peu de bon temps. Écrire est une torture que je ne souhaite à personne.

— Vous n'exagérez pas un peu ?

— À peine... Et puis, il fallait bien que l'inspiration finisse par se tarir un jour ou l'autre.

C'était la première fois que j'énonçais cette vérité à voix haute et je vis que la policière était surprise de ma franchise.

— On doit souvent vous poser la question... mais d'où vous vient-elle, cette inspiration ? Par exemple, votre premier roman, qui vous a rendu célèbre, où en avez-vous trouvé l'idée ?

J'avalai une gorgée de café pour gagner quelques secondes.

— Tout cela remonte à si loin... je ne m'en souviens plus vraiment. Vous noircissez des pages. Une idée surgit, qui en entraîne une autre et une autre encore...

J'avais toujours regretté de ne pas avoir interrogé Fabien à ce sujet, car je doute que, du haut de ses 19 ans, il ait pu puiser la sienne dans son expérience personnelle.

— Vous semblez beaucoup vous intéresser à mes livres, constatai-je après un silence.

— Ce n'est pas tous les jours qu'on a la chance de rencontrer un écrivain.

— Et quel genre de personnes rencontrez-vous en général ?

— Dans mes enquêtes ?

— Oui.

— Toutes sortes de gens. Les criminels, ou les suspects, n'ont aucun profil particulier. Je ne pense pas comme le docteur Vautrin que nous soyons prédisposés au crime.

— Le docteur Vautrin ? Comment savez-vous que... ?

— J'ai eu l'occasion de lire les fiches biographiques de chaque personnage d'*Ænigma*. Vautrin était un adepte de ce médecin italien... comment s'appelle-t-il déjà ?

— Lombroso.

— C'est ça, Lombroso. C'est fou le nombre de stupidités auxquelles on a pu croire autrefois.

Belvaux n'ajouta rien d'autre et continua de me fixer. Il ne faisait aucun doute qu'elle cherchait à me mettre mal à l'aise.

— J'aimerais beaucoup continuer à discuter littérature ou criminologie avec vous mais... pourquoi êtes-vous là, au juste ?

Elle jeta un rapide coup d'œil en direction de son sac, soit par réflexe, soit pour m'intriguer. Quand je croisai à nouveau son regard, je vis qu'il était animé d'une lueur étrange. Je compris aussitôt que je devais m'inquiéter et regrettai de lui avoir ouvert ma porte aussi facilement.

20

Le chat et la souris

Marianne avala d'un trait le reste de son café. Quoique en terrain inconnu, dans le luxe d'un appartement qui valait plus que ce qu'elle gagnerait dans une vie entière, elle se sentait en position de force. Elle n'avait passé que quelques heures en compagnie d'Arthaud, mais elle avait tant décortiqué sa carrière et ses déclarations publiques qu'elle avait l'impression de tout connaître de lui. Elle n'avait parlé à personne de cette visite officieuse, pas même à Julien.

— Je n'ai jamais été une grosse lectrice, vous savez. Ni le temps ni l'envie... Mais j'ai beaucoup lu ces derniers jours, sans pouvoir m'arrêter.

— Il n'est jamais trop tard pour s'y mettre. Et quels sont ces livres qui vous ont tant passionnée ?

La commandante prit un moment pour répondre. Elle savait qu'une fois lancée elle ne pourrait plus reculer.

— *Crime et Châtiment*, *Un roi sans divertissement*, *Les Caves du Vatican*...

Arthaud releva la tête, ce qui accentua son air naturellement hautain.

— Excellents choix ! Peu d'auteurs ont su sonder l'âme humaine avec autant de justesse.

— Je le crois aussi, même si je ne suis pas une spécialiste.

— À votre manière, vous l'êtes bien plus que moi.

— Si vous le dites…

À son tour, il avala le reste de son café.

— Vous n'ignorez sans doute pas que ces livres font partie de mes préférés ?

— Vous les mettez en bonne place chaque fois qu'on vous interroge sur votre bibliothèque idéale. Ils ont dû beaucoup vous marquer.

Arthaud se pencha en avant, soudain plus concentré.

— Je ne peux pas le nier. Et quelles conclusions pouvez-vous en tirer ?

— Je ne sais pas. Mais, en tant qu'écrivain, il ne doit pas vous être bien difficile d'émettre des hypothèses à ce sujet…

Marianne vit un léger trouble passer dans son regard. S'il avait participé à deux reprises à *Ænigma*, c'était qu'il aimait jouer. Elle le voyait mal ne pas saisir la perche qu'elle lui tendait.

— Soit, finit-il par dire. Je ne vous ferai pas l'affront d'établir les points communs qui existent entre ces romans.

— Non, ce ne sera pas la peine.

— Eh bien, j'imagine qu'un lecteur qui serait fasciné par ces histoires présenterait toutes les caractéristiques d'un tempérament mélancolique, voire dépressif. Il chercherait désespérément un sens à sa vie et essayerait de se détourner de sa condition à l'aide de tous les dérivatifs possibles. Vous savez que Giono a emprunté son titre à Pascal ?

— « Un roi sans divertissement est un homme plein de misères », énonça Marianne.

— Vous avez bien travaillé, à ce que je vois… Chez Pascal, le terme « divertissement » n'a évidemment pas le sens moderne de « loisir » : il est tout ce qui ne mène pas à Dieu. Selon lui, dès que nous essayons de rester en repos, nous sommes de nouveau confrontés à notre condition de mortels. Bref, pour en revenir à notre propos, je suppose que ce lecteur ferait un parfait suspect s'il devait être un jour mêlé à un meurtre. Car vous remarquerez que pour tous ces écrivains, c'est le crime qui offre la meilleure diversion à l'ennui.

— Oui, il ferait un parfait suspect, abonda Marianne.

— Tout autant néanmoins qu'un homme soupçonné d'avoir tué sa femme par le passé en maquillant sa mort en noyade. Ou un autre qui aurait été accusé de violences conjugales et se serait illustré en jouant le rôle d'un tueur en série au cinéma. Ou pourquoi pas une femme que l'on juge aussi froide qu'un serpent et qui pourrait facilement commettre un meurtre sans perdre son sang-froid ? Votre travail ne doit pas être facile, commandant. C'est en effet de preuves que vous avez besoin, pas de considérations psychologiques qui n'auraient aucun poids devant une cour.

Marianne se força à sourire.

— Votre exposé était très didactique. Vous avez dû être un excellent professeur, monsieur Arthaud. L'enseignement ne vous manque-t-il pas ?

— Absolument pas. L'Université est un panier de crabes ! Tous ces érudits imbus d'eux-mêmes… Quant aux étudiants, inutile de vous faire un dessin : le niveau s'est effondré. Mais je dois vous paraître bien amer... Laissons cela de côté, c'est du passé pour moi.

— Parfois, le passé nous poursuit et refuse de nous laisser en paix.

— Ce n'est pas mon cas : j'ai tourné la page depuis longtemps.

— Est-ce que le nom de Fabien Leurtillois vous dit quelque chose ?

Elle avait espéré que les traits d'Arthaud se décomposeraient, mais il était bien trop habile pour se laisser prendre au piège.

— Leurtillois ? Bien sûr. Il était à l'université les dernières années où j'ai enseigné. Naturellement, je ne me souviens pas du nom de tous mes étudiants, mais lui, je ne pourrais pas l'oublier : il s'est suicidé en plein milieu d'année scolaire. Tout le monde en a été bouleversé. Une histoire terrible. Oui, terrible...

— Ce jeune homme s'était inscrit à votre atelier d'écriture, si mes informations sont exactes.

— C'est vrai. J'étais un peu un précurseur à l'époque. Plutôt que de faire étudier des textes à mes étudiants, je voulais les mettre à l'épreuve et voir ce qu'ils avaient dans le ventre.

— Et Fabien Leurtillois s'est révélé être d'un grand talent.

— Il était doué, oui. Encore immature – qui ne le serait pas à cet âge ? –, mais doué.

— Je ne suis pas une experte, mais je dirais qu'il était un peu plus que « doué ». J'ai eu l'occasion de lire deux de ses nouvelles.

— Où ça, je vous prie ?

— Dans le journal de la fac, qui les a publiées en hommage après sa mort. Je suppose qu'il les avait écrites pour l'une des séances de votre atelier.

— Je ne m'en souviens pas.

— Si j'étais éditeur et que je tombais sur un texte de ce niveau, je m'empresserais de lui faire signer un contrat.

— Il ne vous aura pas échappé que je n'ai jamais été éditeur.

— Non, mais vous étiez un professeur de littérature bien installé. Étonnant que le talent de ce jeune homme ne vous ait pas plus impressionné que cela.

Arthaud afficha un sourire crispé.

— Me feriez-vous l'honneur de m'exposer votre théorie et de relier entre elles les pièces du puzzle ? Je crois que nous pouvons à présent jouer cartes sur table, commandant.

— Très bien, fit-elle d'un ton tranchant. Voyez-vous, je crois que la mort d'Yves de Montalabert constitue un aboutissement.

— Un aboutissement ?

— L'aboutissement d'une vie, si vous voulez. La vôtre en l'occurrence... Fabrice Arthaud est pour le grand public un écrivain que la vie a comblé. Mais il a été autrefois un homme malheureux. Un mariage raté, un métier dans lequel il se sentait à l'étroit, des ambitions littéraires vouées à l'échec... Tout cela a créé en lui une profonde frustration et sans doute aggravé sa misanthropie.

Arthaud demeura de marbre. L'absence de toute émotion sur son visage incita Marianne à poursuivre :

— Mais il a la chance de rencontrer un jour à l'université un jeune homme qui a entrepris l'écriture d'un roman exceptionnel. Le jeune homme en question est timide et mal dans sa peau. Il n'a jamais fait lire son texte à personne, mais ce professeur a su le mettre en confiance. En proie à une dépression sévère, il finit par se suicider sans avoir récupéré son précieux bien. M. Arthaud, qui s'est vu refuser jusque-là son manuscrit, est soudain courtisé par des maisons d'édition et publie un best-seller à la rentrée littéraire. Une drôle de coïncidence, vous ne trouvez pas ?

— Je n'ai jamais cru aux coïncidences. Les choses arrivent parce qu'elles doivent arriver.

— Je suis de votre avis. Évidemment, cette version de l'histoire est la plus avantageuse pour notre professeur. Car on ne peut pas exclure qu'il se soit débarrassé de son étudiant en maquillant son crime en suicide – on a déjà vu des hommes commettre un meurtre pour moins que ça.

— Diantre ! Un seul meurtre ne vous suffisait pas. Il fallait que vous en imaginiez un deuxième !

Marianne continua, bille en tête :

— Connaissez-vous les techniques dites d'« attribution d'autorité » ?

— Non, mais je suis certain que vous allez éclairer ma lanterne.

— Elles reposent sur l'analyse des habitudes d'écriture et des tics de langage. La police les utilise parfois pour trouver l'expéditeur d'une lettre anonyme, mais les universitaires y ont aussi recours pour trancher la paternité d'une œuvre. Chaque individu se distingue évidemment par des expressions et des structures syntaxiques particulières ; ainsi, c'est cette technique qui a été employée pour déterminer si Molière avait bien écrit ses pièces.

— Je me souviens maintenant... Certains prétendaient que Corneille en était l'auteur. J'attends la suite.

— J'ai demandé à un universitaire qui maîtrise ce genre d'analyse de se pencher sur *La Promesse du ciel*. C'est un énorme travail évidemment, mais l'informatique fait des merveilles aujourd'hui et il a déjà pu se livrer à une première comparaison sommaire.

— Une comparaison ? Je ne connais que vaguement ces méthodes, mais je sais une chose, c'est qu'elles nécessitent des échantillons significatifs. Ce n'est certainement pas avec les deux malheureuses nouvelles de Leurtillois que vous pourriez procéder à des rapprochements.

— Oh, mais je ne parlais pas d'une comparaison avec ces nouvelles, monsieur Arthaud, mais d'une comparaison avec vos autres romans... L'universitaire en question a disséqué quatre de vos livres pour mettre au jour les traces quasi inconscientes de votre style : aucun doute, ils sont bien de la même plume. Il a ensuite comparé ces caractéristiques communes avec le roman qui vous a valu le Goncourt. Le résultat est sans appel : il est impossible que vous soyez l'auteur de *La Promesse du ciel*...

Au bout de quelques secondes, Arthaud tapa trois fois dans ses mains, d'un air sarcastique.

— Bravo ! Vous vous êtes donné bien du mal !

— On n'a rien sans rien. Bien sûr, vous me rétorquerez qu'il ne s'agit là que d'hypothèses, pas de preuves.

— Des hypothèses, oui, mais qui ne manquent pas de charme. Je vous rétorquerai aussi que vous avez en cours de route oublié notre ami Montalabert. Car je comprends mal ce que toutes ces considérations ont à voir avec sa mort.

— Oh, je ne l'ai pas oublié, rassurez-vous. Fabrice Arthaud parvient à devenir un écrivain de tout premier plan, mais le succès n'est pas pour lui un « divertissement » suffisant. Il est depuis de longues années obsédé par le crime. Ce penchant est-il inné, comme le prétendrait le docteur Vautrin, ou est-il issu des nombreuses lectures qu'il a faites dans sa jeunesse ? Je l'ignore, et au fond cela n'a pas grande importance. L'essentiel, c'est qu'il veut devenir à son tour un assassin à la barbe de cette société qu'il déteste. Peu importe qui sera sa victime, puisque son crime n'aura d'autre motivation que d'assouvir un désir obsessionnel. Mais notre écrivain est orgueilleux. Il ne veut pas que son acte reste anonyme et rêve d'attirer à nouveau l'attention des médias, comme au temps de sa gloire, aujourd'hui plus que flétrie. Quel meilleur moyen donc que de se retrouver sur une liste de suspects tout en sachant qu'on ne pourra jamais prouver sa culpabilité ? *Ænigma* tombe à pic pour lui. Il s'amuse comme un fou à ce jeu pour richards complètement coupés de la réalité. Au fond, Fabrice Arthaud n'est pas si différent de ces gamins qui font un carnage dans leur lycée à force de s'être abrutis de jeux vidéo hyper violents. Sauf que sa méthode à lui est beaucoup plus sophistiquée, et que les livres remplacent la console de jeu.

— Vous feriez un auteur de talent, commandant. Vous avez vraiment une imagination débordante.

— Mon chef le dit aussi, et ça n'est pas toujours un compliment dans sa bouche.

Sans lâcher Arthaud du regard, Marianne posa ostensiblement sa main sur sa sacoche, ce qui n'échappa nullement à son hôte.

— Pourriez-vous me dire ce que contient cette besace ? Vous la couvez depuis tout à l'heure comme une mère ses petits...

— Oh, ça ? Je voulais garder la surprise pour plus tard, mais si vous insistez...

Elle défit les sangles de la sacoche et en extirpa une épaisse pochette cartonnée qu'elle posa sur la table basse devant elle.

— Je ne connaissais absolument rien au monde de l'édition avant de vous rencontrer. C'est un milieu fascinant : les gens se montrent vite bavards, sans qu'on ait besoin de trop les pousser. *La Promesse du ciel* est le premier roman que vous ayez publié, mais je crois savoir que vous en aviez écrit au moins un autre avant...

Pour la première fois, le visage de l'écrivain s'assombrit. Marianne était bien décidée à pousser son avantage. Elle ouvrit le rabat de la pochette et en révéla le contenu : une liasse d'environ cinq cents feuilles. Sur la première, on pouvait lire, tapé à la machine à écrire :

Fabrice Arthaud
Les Confessions

21

Tous ces noms dont pas un ne mourra

— Vous souvenez-vous de ce manuscrit, monsieur Arthaud ?

L'écrivain gardait ses yeux fixés sur la feuille, incapable de prononcer le moindre mot.

— Sans flatterie, je l'ai trouvé bien meilleur que les éditeurs auxquels vous l'avez envoyé. Le livre mériterait d'être élagué, mais je suis sûre qu'il aurait fait un tabac en librairie. L'histoire m'a captivée, et elle m'a surtout semblé étonnamment familière. Cet homme qui décide de perpétrer un meurtre gratuit en s'inspirant de chefs-d'œuvre de la littérature... tous ces détails psychologiques qui vous font pénétrer dans l'esprit torturé du narrateur... Ce genre de choses ne s'inventent pas. Je sais bien que le but du romancier est de se glisser dans la peau de personnages différents de lui, mais à ce point-là, c'en est bluffant !

Arthaud conservait le silence. Marianne tapota le volumineux manuscrit.

— Inutile de chercher à vous baratiner, monsieur Arthaud. Nous ne possédons aucune preuve directe de votre implication dans le meurtre de Montalabert, et nous n'en obtiendrons sans doute jamais. En revanche, nous avons réussi à établir un important faisceau de suspicions. Votre fascination pour ces romans dont nous avons parlé, les circonstances particulières entourant la mort de Fabien Leurtillois, et à présent ce manuscrit qui ressemble à des aveux par anticipation : tous ces éléments pourraient peser lourd dans la balance.

Arthaud la toisa un instant, puis un sourire énigmatique se dessina à la commissure de ses lèvres.

— Vous pensez vraiment me confondre avec une mise en scène aussi grossière ?

— Pardon ?

Il se tourna et désigna du menton le bureau où il avait l'habitude de travailler.

— Vous avez certainement lu dans la presse que j'écrivais tous mes romans sur cette Adler. Mais voyez-vous, à l'époque où j'ai rédigé *Les Confessions*, je n'avais pas encore acheté cette machine à écrire. J'utilisais une Smith-Corona, comme Kerouac à la fin de sa vie. Or je peux vous assurer que les caractères que j'ai sous les yeux n'ont pas été tapés avec ce modèle. Chaque machine possède une typographie caractéristique, reconnaissable au premier coup d'œil pour un initié.

Avant que Marianne ait pu réagir, Arthaud s'empara du manuscrit et en fit voler les feuilles sur la table basse. À l'exception de la page de garde, elles étaient toutes vierges.

— Il n'existe plus aucune version de ce livre, dit-il en ricanant. Tous les éditeurs l'ont détruit ou me l'ont restitué. Et quand bien même vous auriez mis la main dessus... qu'imaginiez-vous ? Qu'un texte vieux de vingt ans pourrait me compromettre ? Vous oubliez que pour un écrivain les droits de l'imagination sont imprescriptibles...

Prise à son propre piège, Marianne se fendit d'un sourire pour ne pas perdre la face.

— Il fallait bien que je tente ma chance... Dommage, j'ai eu beaucoup de mal à me procurer une Adler comme la vôtre.

— Rassurez-vous, je ne vous en tiens pas rigueur. C'était très ingénieux de votre part. J'ai été ravi de discuter avec vous, mais je pense que nous ferions mieux de mettre un terme à cet entretien... à moins qu'il ne s'agisse d'un interrogatoire ?

Marianne ne bougea pas du canapé.

— Jack l'Éventreur, Joseph Vacher, Landru, Ted Bundy, énonça-t-elle sans se démonter.

— Pourquoi me citez-vous ces noms ?

— Ce sont tous des tueurs en série...

— Merci pour l'information ! Et quoi ? Avez-vous l'intention de me mettre leurs meurtres sur le dos, commandant ?

— Ces hommes ont disparu depuis longtemps, et pourtant tout le monde les connaît encore. Le crime apporte souvent une gloire posthume supérieure à la littérature. Vous savez parfaitement que la plupart des auteurs qui cartonnent aujourd'hui auront sombré dans l'oubli dans quelques années. Qui se rappelle encore les gros vendeurs d'il y a trente ou quarante ans ?

Qui vous dit qu'on éditera encore vos romans quand vous aurez disparu ?

Un rictus déforma le visage d'Arthaud.

— *La Promesse du ciel* ne tombera jamais dans l'oubli. Jamais, vous m'entendez ! C'est une œuvre unique, qui continuera à bouleverser les lecteurs dans un siècle ! Ce genre de livre ne peut pas disparaître. Il est l'œuvre d'un génie !

Marianne se figea. Pour la première fois, l'écrivain avait perdu son calme. En plongeant les yeux dans son regard désormais rempli de colère, elle en éprouva presque de la peur.

— Vous vous rendez compte que de votre longue bibliographie vous ne retenez que ce roman ? Et que vous en parlez comme si vous n'en étiez pas l'auteur ?

Arthaud se leva si brusquement qu'elle eut un mouvement de recul, comme s'il s'apprêtait à fondre sur elle. Au lieu de quoi il se dirigea vers la bibliothèque. Il sortit d'un rayon un exemplaire de *La Promesse du ciel*, qu'il vint brandir sous ses yeux d'un air inquiétant.

— Peu m'importe ce que vous pensez. C'est bien mon nom qui est écrit en toutes lettres sur la couverture ! Regardez ! « Fabrice Arthaud ». Personne ne m'enlèvera jamais ce privilège !

Marianne se leva à son tour pour lui faire face.

— Peut-être bien, mais vous n'avez plus aucune inspiration, et cela dure depuis des années. Vous savez que vos succès sont derrière vous. Vous n'êtes pas marié, vous n'avez pas d'enfant et je doute que vous ayez beaucoup d'amis. Que vous reste-t-il ? Un magnifique appartement, un joli compte en banque, mais les choses matérielles ne vous apportent plus la moindre satisfaction.

— Qu'en savez-vous ?

— Une intuition, rien de plus... En revanche, vous avez commis un meurtre brillant, personne ne peut le contester. Un crime tout ce qu'il y a de plus réel qui se confond avec un crime fictif... Malheureusement, vous ne pouvez pas en ramasser les lauriers seul : il vous faut les partager avec trois autres personnes qui ne vous arrivent pas à la cheville.

— Vous m'en voyez flatté.

— Le seul moyen pour vous d'entrer dans la légende est donc de passer aux aveux, et je crois que vous le savez depuis le début.

— Allons, commandant ! Vous pensiez vraiment en venant ici que je me mettrais à table ?

— Non, je n'espérais rien de tel.

— Pourquoi êtes-vous venue alors ?

Marianne laissa passer un silence.

— Pour vous prévenir que je ne vous laisserai jamais en paix.

— Ce sont des menaces ? Je pourrais m'en plaindre à vos supérieurs.

— Faites-le, si le cœur vous en dit, mais vous ne ferez qu'attirer un peu plus l'attention sur vous. J'aimerais vous donner à réfléchir, monsieur Arthaud, semer une graine qui, je l'espère, germera dans votre esprit... Vous pourriez prolonger votre œuvre d'une manière tout à fait inédite.

— Et comment, je vous prie ?

— En racontant toute l'histoire dans un livre. Faites de votre crime une œuvre d'art. *Les Confessions* n'étaient qu'un brouillon, le délire d'un homme qui rêve de meurtre mais n'a pas le courage de sauter le pas. Vous pourriez écrire un ouvrage entièrement autobiographique, cette fois. Pas de mensonges, pas d'entourloupes... rien que la pure vérité. Il rencontrerait un immense succès, j'en suis certaine, et vous vous retrouveriez à nouveau sous les feux de la rampe.

Arthaud parut troublé. Il ouvrit la bouche mais ne prononça aucune parole.

— Ce serait une superbe manière de couronner votre existence, poursuivit-elle. Vous pourriez enfin allier vos deux raisons de vivre : l'amour des lettres et celui du crime.

Le visage d'Arthaud redevint inexpressif. Marianne aurait payé cher pour lire dans ses pensées. Si seulement elle avait pu s'immiscer dans les rouages de son cerveau, ne fût-ce qu'une seconde...

Mais aucun miracle de la sorte ne se produisit. L'écrivain mit un terme à leur face-à-face : après lui avoir tourné le dos, il alla récupérer un stylo sur son bureau.

— Pourrais-je vous demander votre prénom, commandant ? fit-il d'un ton parfaitement calme.

— Mon prénom ?

— Pour la dédicace. J'aimerais beaucoup vous offrir cet exemplaire de *La Promesse du ciel*. C'est une édition originale numérotée.

— Marianne, dit-elle. Je me prénomme Marianne.

Il ouvrit l'exemplaire et griffonna quelques phrases sur la page de garde.

— Tenez. Ainsi, vous penserez à moi... Car je doute que nous ayons l'occasion de nous revoir de sitôt.

— Qui sait ?
— Oh, il est peu probable que je me montre aussi accueillant la prochaine fois... je veux dire, s'il vous venait la mauvaise idée de sonner de nouveau à ma porte.

Il haussa les sourcils.

— Vous ne lisez pas la dédicace ?
— Si, bien sûr.

La commandante ravala sa déception et ouvrit le roman.

À Marianne,
Merci pour votre visite. Vous m'avez offert
un agréable « divertissement ». Bon courage
pour votre enquête, je suis certain que vous mettrez la main
sur le coupable. Il est bien connu que le crime ne paye pas.
F. Arthaud

22

Comme un roman

Me voici donc arrivé au terme de ce livre. Sans les conseils avisés du commandant Belvaux, il est peu probable que j'aurais entrepris de l'écrire. Non seulement cette femme s'est montrée d'une perspicacité remarquable, mais elle a fait renaître en moi une inspiration que je croyais définitivement perdue. Prendre pour sujet la mort de Montalabert. Faire d'une entreprise criminelle bien réelle la trame de ma prochaine œuvre. Comment ai-je pu être assez stupide pour ne pas en avoir l'idée tout seul ? Ainsi, je pouvais faire d'une pierre deux coups.

Je n'ai jamais rédigé un ouvrage avec une telle facilité. « Je suis moi-même la matière de mon livre », écrivait Montaigne. Tout écrivain devrait suivre son exemple et ne parler que de ce qu'il connaît vraiment.

J'ai donc relaté avec la plus grande fidélité le déroulement de la première partie de notre petit jeu aux Trois Ormes : mon arrivée dans la demeure sous les traits du commissaire Forestier, nos discussions sur le mal et le crime, l'assassinat de notre hôte et l'enquête que je menai pour résoudre le mystère de la chambre close et confondre Moreau.

C'est tout naturellement que j'ai décidé de consacrer la seconde partie au véritable meurtre, aux investigations menées par la police, ainsi qu'à ma propre confession. Bien sûr, si je me suis montré d'une parfaite sincérité pour les chapitres autobiographiques, il m'a fallu beaucoup romancer pour exposer de manière à peu près crédible l'enquête de la brigade criminelle. Je dois bien l'avouer, les procédures policières m'ont toujours ennuyé et je ne suis guère expert en ce domaine.

Malheureusement, je crains que cette chère Marianne ne soit quelque peu déçue par le résultat final, car il est bien évident que je ne livrerai jamais mon manuscrit en l'état à mon éditeur. La présente version rejoindra le coffre de ma maison bretonne. Je n'ai nullement l'intention de finir mes jours en prison en offrant des aveux à la police, fussent-ils littéraires.

Je commencerai donc dès demain une nouvelle version, expurgée de tous les chapitres relatifs à mes confidences criminelles et de toute allusion à Fabien Leurtillois. Je ne doute pas du futur succès de ce livre. Les lecteurs sont aujourd'hui friands de *cosy mystery* et d'enquêtes qui privilégient les déductions à l'hémoglobine, ils trouveront sans doute leur compte dans cette enquête surannée et pleine de charme, qui plus est en lien avec l'actualité. Reste à décider quel titre je lui donnerai. *Le Mystère de la Maison aux Trois Ormes* me paraît être un choix judicieux : après tout, c'est dans cette demeure que tout a commencé. Les lieux atypiques font des personnages de roman à part entière.

J'écoute le cliquetis entêtant des barres sur le papier. Combien le bruit de mon Adler m'a manqué ! Comment ai-je pu rester autant d'années sans écrire ? Lorsqu'on est écrivain, on l'est pour la vie ou on ne l'est pas vraiment.

Ce matin, en me levant, j'ai pris une décision importante : je rédigerai un testament lorsque j'aurai fini la nouvelle version de cet ouvrage. Il faudra bien qu'un jour mes lecteurs sachent qui j'étais vraiment et puissent admirer l'ingéniosité de mon crime. Je prendrai donc mes dispositions pour que le contenu intégral de mon coffre-fort soit rendu public après ma mort. Tout y passera : le manuscrit de Fabien, son message d'adieu, ainsi que le texte que je suis en ce moment même en train de taper. J'imagine déjà le ramdam qu'ils provoqueront, et pas seulement dans le petit monde des lettres.

Quelle gloire un criminel et un imposteur peut-il bien tirer de ses forfaits si ceux-ci demeurent à jamais anonymes ? Mais cette consécration n'aura lieu que *post mortem*. En attendant, j'essayerai de tenir le coup, de m'attacher aux petits plaisirs insignifiants que la vie voudra bien m'offrir. De chercher inlassablement des divertissements pour me détourner de l'abîme insondable qu'est devenue mon âme.

Tout faire pour ne pas redevenir un homme plein de misères.

Paris, janvier-mars 2023

III

Le Monde
Édition du 11 septembre 2023

À peine paru, le nouveau roman de Fabrice Arthaud crée la polémique

Après six ans de silence, l'auteur de *La Promesse du ciel* a fait jeudi son grand retour en librairie, et ce, à la surprise générale. Tiré à 300 000 exemplaires et imprimé outre-Rhin pour des raisons de confidentialité, son nouveau livre ne figurait même pas dans le programme de la rentrée. Ce n'est qu'en début de semaine dernière que les libraires ont été contactés pour organiser sa mise en place.

Les raisons d'une telle opération, digne d'un roman d'espionnage ? Dans *Le Mystère de la Maison aux Trois Ormes*, Fabrice Arthaud relate avec force détails la mort d'Yves de Montalabert, survenue l'an dernier au cours du désormais célèbre jeu de rôle *Ænigma*. L'auteur avait non seulement été témoin de l'assassinat de son créateur, mais il avait également fait partie de la liste restreinte des suspects. Si l'affaire a été largement médiatisée, l'information judiciaire, toujours en cours, n'a à ce jour conduit à aucune arrestation ni mise en examen.

Qualifié sobrement de « *récit* » en couverture, l'ouvrage mentionne nommément les protagonistes et ne s'embarrasse pas de travestir le réel sous des atours romanesques. Une absence totale de distanciation qui pourrait éventuellement valoir des ennuis à son auteur. « *En évoquant des personnes ou des faits divers, les écrivains s'exposent à des poursuites pour diffamation, précise un juriste et avocat au barreau de Paris. Toute la difficulté pour les juges consiste à trouver un équilibre entre la liberté de création et la protection de la vie privée.* » D'après nos informations, le manuscrit de l'écrivain goncourisé serait passé par le service juridique de la maison d'édition, qui aurait émis de sérieuses réserves à son sujet, avant que le PDG ne tranche finalement en faveur d'une publication.

Pour le moment, aucune plainte n'a été déposée mais certaines personnalités mises en scène dans le livre auraient peu apprécié le procédé. Dans un communiqué laconique publié hier, Catherine Lafargue a indiqué consulter ses avocats pour déterminer si le texte pouvait « *porter atteinte à [s]a réputation* ». Fragilisée depuis quelques mois par une enquête ouverte à l'encontre de sa société pour escroquerie, l'entrepreneuse de 36 ans se serait en effet bien passée d'une telle publicité. L'entourage de Paul Granger évoque quant à lui la colère et le sentiment de trahison qu'a éprouvés le député en apprenant la parution de l'ouvrage. Seul l'acteur Adrien Moreau ne semble pas en vouloir à son ancien partenaire de jeu. Avec son ironie coutumière, il a dit espérer que le roman soit rapidement adapté et qu'il puisse faire partie de l'aventure : « *Ce serait tellement amusant de pouvoir jouer mon propre rôle dans un film ou une série.* »

L'éditeur de Fabrice Arthaud a tenté de résumer le projet de l'écrivain dans un communiqué à l'AFP : « *S'il se base bien sur une affaire judiciaire, ce livre est avant tout un objet hybride, captivant comme un événement réel, mais bénéficiant de l'expertise du romancier et de la puissance des œuvres d'imagination.* »

Une entreprise qui, pour l'heure, n'a guère convaincu les critiques, dont la plupart reprochent au roman son voyeurisme et sa volonté de créer la polémique en suscitant le malaise. Gageons que ces reproches n'affecteront pas outre mesure Fabrice Arthaud et son éditeur, qui peuvent d'ores et déjà se frotter les mains : avec près de 70 000 exemplaires vendus en trois jours, *Le Mystère de la Maison aux Trois Ormes* s'impose comme le plus gros succès de la rentrée, loin devant ses concurrents.

1

Les Embruns

Je possède cette maison en Bretagne, à la pointe de Guilben, depuis une quinzaine d'années. J'y ai commencé ou terminé plusieurs de mes romans. Le lieu est tout à la fois rassurant et inspirant. J'y viens en général deux fois par an : durant l'été, lorsque la vie à Paris devient étouffante, et à Noël, car il est notoire que la période des fêtes de fin d'année est difficile à supporter pour les personnes seules, et je préfère un isolement complet à une demi-solitude.

J'étais encore marié lorsque j'ai découvert les Embruns. Ma femme et moi passions alors des vacances dans les Côtes-d'Armor. Après avoir visité Paimpol, nous avons poussé jusqu'à la pointe par le chemin des douaniers. L'endroit était magnifique – un long doigt de terre et de roches volcaniques qui s'avançait majestueusement dans l'anse –, mais je n'avais d'yeux que pour cette habitation, la dernière sur la route goudronnée qui se transformait ensuite en chemin pédestre : une imposante maison de deux étages, d'inspiration malouine, au toit pentu, orné de longues cheminées de brique.

J'ai souvent repensé à cette demeure par la suite. Elle revenait dans mes rêves – tel Manderley dans *Rebecca* – et j'ai fini par en faire le cadre d'un de mes romans, à partir de quelques photos que j'avais prises. Quatre ans après la publication de *La Promesse du ciel*, je suis revenu en Bretagne. Comme attiré par un aimant, j'ai décidé de faire un détour vers la pointe. Mes souvenirs n'avaient-ils pas embelli la maison ? Ne risquais-je pas d'être déçu ? Non, elle était tout aussi mystérieuse et fascinante que la première fois. Mon cœur s'est emballé lorsque j'ai découvert la pancarte « À VENDRE » accrochée sur le portail. Il ne pouvait s'agir que d'un signe du destin. L'après-midi même, je franchissais la porte de l'agence qui proposait le bien. Fortune désormais faite, je n'en ai même pas négocié le prix, à la stupeur et au contentement de l'agent immobilier.

À l'exception de la toiture qui prenait l'eau de toutes parts, je n'ai entrepris que des travaux sommaires dans la maison, par peur de la dénaturer ou d'en gâter les charmes. J'ai gardé à mon service Claire et Ewan, un couple de Paimpolais quinquagénaires qui s'occupaient depuis des années des Embruns pour le compte des anciens propriétaires. Je n'ai rien voulu changer à ce rituel domestique. Je continue de les payer au noir. Claire fait le ménage, Ewan effectue des travaux de jardinage ou de petites réparations. Ils sont d'un naturel discret, pas le genre à aller cancaner en ville, ce qui me convient parfaitement. Je ne sais pas ce que je ferais sans eux.

Je ne reçois pratiquement jamais personne dans cette maison. Mon ex-femme y est venue un été. Je l'avais invitée sur un coup de tête, sans imaginer un instant qu'elle prendrait cette invitation au sérieux. Elle était accompagnée de son nouveau compagnon, un chirurgien esthétique des beaux quartiers spécialisé dans le « body shaping ». Elle était rayonnante, à l'évidence très heureuse dans sa nouvelle vie. Amincie, bronzée, alerte : c'est avec un pincement au cœur et un brin de jalousie que je l'ai regardée sortir de l'Aston Martin rutilante de son chéri. « Si j'avais fait plus d'efforts, ai-je songé, les choses auraient peut-être pu marcher entre nous. » Mais cette pensée s'est vite dissipée quand je me suis rappelé les amabilités qu'elle m'avait jetées au visage lors de notre séparation. Je lui ai fait faire la visite des lieux avec la fierté revancharde du parvenu et elle m'a asséné d'un ton plus lucide que blessant : « Ça ne m'étonne pas que tu aies acheté un endroit aussi sinistre. Tu dois te plaire ici. » Sinistre, la maison l'est sans doute, mais elle m'apporte un peu de sérénité.

Voilà deux semaines que je suis revenu aux Embruns. Je ne supportais plus la pression médiatique autour de la sortie de mon livre. Trop de demandes d'interviews, de coups de téléphone et de sollicitations ; il fallait que tout cela cesse rapidement. Si je savais que *Le Mystère de la Maison aux Trois Ormes* provoquerait un certain émoi, je n'imaginais pas que la polémique atteindrait de tels sommets. J'ai cessé de lire les journaux et les réseaux sociaux deux jours après sa parution : les critiques, les insultes, les cris d'orfraie des indignés permanents s'étaient transformés en un torrent de boue qui aurait fini par me submerger.

Aux Embruns, j'occupe mes journées comme je le peux. Debout aux aurores, je pars me balader sur la bande de terre et contemple les immenses étendues de sable qui s'étirent jusqu'à la pointe de Plouézec. Je passe une partie de la matinée à lire des romans que m'envoie mon éditeur, mais je suis chaque jour un peu plus affligé par la production actuelle. Parfois, au détour d'une page, je me demande : « Qu'en aurait pensé Fabien ? » Mon sentiment de solitude se dissipe alors instantanément. Je me mets à dialoguer et à rire avec lui, comme s'il était réellement présent dans la pièce, grandement aidé en cela par l'alcool. Midi n'est pas encore sonné que je suis en effet déjà plongé dans un état d'ébriété avancé. J'ai toujours bu davantage lorsque j'étais en Bretagne. L'air marin m'assèche le gosier. J'évite en général de m'approvisionner en ville, car tout le monde m'y connaît, au moins de vue. Heureusement, la cave à vin est bien garnie. J'y stocke des bouteilles de tout premier choix.

L'après-midi, je dors sous l'effet de l'alcool ou reste immobile devant mon Adler portative en regardant la mer à travers une fenêtre du salon. Je n'ai aucune envie d'écrire, mais il est difficile d'aller contre ses habitudes : me retrouver devant cette machine est devenu une seconde nature chez moi.

J'ai de plus en plus de mal à admettre, voire simplement à réaliser, que je suis un imposteur et que j'ai tué un homme. À force d'imaginer des intrigues, ne finit-on pas par prendre la fiction pour la réalité ? Dans ces instants de doute, je me réfugie dans ma chambre à l'étage pour ouvrir mon coffre-fort. J'ignore si je suis horrifié ou rassuré par ce que j'y trouve. Les preuves sont là, incontestables. J'ai bien volé le manuscrit de Fabien. J'ai bien tué Montalabert. Mais ce n'est plus de l'euphorie ou de l'orgueil que j'éprouve, mais un terrible remords qui continuera toute la journée de me ronger de l'intérieur. Je croyais appartenir à cette race d'hommes capables de s'affranchir de toute règle morale, je ne suis plus qu'un damné qui attend l'heure du châtiment.

En parlant de châtiment, le commandant Belvaux n'a plus jamais cherché à entrer en contact avec moi. D'un certain côté, j'ai été déçu par son manque de persévérance. Je l'avais surestimée. Les gens ne sont jamais à la hauteur des qualités qu'on leur prête. Grâce à mon roman, elle aura eu néanmoins son quart d'heure de gloire. J'estime lui avoir offert un beau lot de consolation.

Aujourd'hui, en début d'après-midi, Claire est venue faire un peu de ménage dans la maison. Redoutant ses visites – elle me reproche fréquemment les quantités d'alcool que j'ingurgite –, je suis sorti me promener, sans oublier d'emporter avec moi une bouteille de scotch pour poursuivre ma beuverie post-prandiale. Je l'ai sirotée sur la plage déserte, du côté nord de la pointe. Je n'étais pas beau à voir. Le temps s'est couvert au fil de la journée, la mer et le ciel se confondaient à l'horizon en une grosse masse grise. J'ai fini par m'assoupir, sous l'effet de la boisson et de la fatigue, car je suis de plus en plus sujet aux insomnies.

Je suis réveillé par une fine bruine qui me frappe le visage. Pour sortir de ma torpeur, je dois faire un effort surhumain. En remontant la pente escarpée qui conduit au chemin, je trébuche sur un rocher et me blesse au coude. Je n'ai pas mal – l'alcool possède un pouvoir anesthésiant étonnant –, mais une auréole de sang se forme sur ma chemise et j'y vois un mauvais signe. À mon retour, Claire est déjà repartie. La maison sent les produits ménagers et la cire à bois. Je serai tranquille jusqu'à samedi, jour où Ewan a prévu de venir tailler la haie qui borde la route.

Enfin débarrassé de tout témoin gênant, je termine tranquillement ma bouteille de scotch affalé sur le canapé en écoutant le *Don Giovanni* dirigé par Georg Solti. Je ne crois évidemment pas avoir mis ce disque par hasard. Ma conscience me taraude.

Je sombre dans le sommeil sans m'en rendre compte. C'est la sonnette du portail qui me réveille en sursaut. Qui est là ? Claire et Ewan ont les clés, le facteur est déjà passé et je n'attends évidemment personne. Je ne réagis pas : mon fâcheux finira bien par se décourager. Mais la sonnerie redouble. Mon agacement se transforme bientôt en colère. Malheureusement, on ne peut pas voir le portail depuis les fenêtres. Je titube jusqu'à la porte d'entrée. Il continue de bruiner dehors, mais je ne pense même pas à prendre un parapluie. Le jardin baigne dans une brume irréelle, fréquente à l'approche de l'automne. C'est à petites foulées et encore bien éméché que je remonte l'allée. Qui que ce soit, je vais l'envoyer au diable.

Je m'immobilise dès que j'aperçois mon mystérieux visiteur derrière le portail. Mon visiteur, ou plutôt un fantôme.

Je suis à deux doigts d'en faire une crise cardiaque. Je cligne des yeux pour m'assurer que je ne suis pas encore en train de dormir ou qu'il ne s'agit pas d'une hallucination. Mais la silhouette ne disparaît pas. C'est un jeune homme d'une vingtaine d'années, cheveux en bataille, petites lunettes cerclées posées sur le bout du nez, qui se tient devant moi sous la pluie.

Fabien.

2

D'entre les morts

— Monsieur Arthaud ? Je suis désolé de venir vous déranger…

Je ne me souviens que confusément de la voix de Fabien Leurtillois, mais je comprends à l'instant où l'inconnu prononce ces mots que ce n'est pas la sienne. Non, ce n'est pas Fabien, mais un garçon qui lui ressemble un peu. Même si je suis ivre, l'illusion n'a pas duré plus de quelques secondes.

— Qui êtes-vous ?

Je n'aime pas le ton que je viens d'employer : vaguement craintif, comme si je me laissais impressionner par cette visite inopinée. Mais le choc que j'ai reçu est tel que j'ai du mal à faire preuve d'assurance.

Il agrippe les barreaux et me sourit.

— Je m'appelle Alexandre Marchand. Je suis étudiant en master de lettres modernes à la Sorbonne. Je vous ai écrit plusieurs fois mais vous ne m'avez jamais répondu.

Je suis éberlué. Comment ce freluquet ose-t-il venir me déranger dans ma résidence secondaire, dont presque personne ne connaît l'existence ? Et s'il s'agissait d'un charognard de journaliste à la recherche d'un scoop ?... Non, il est beaucoup trop jeune. Je ne suis pas rassuré pour autant.

— Comment avez-vous eu cette adresse ?
— Oh, elle n'était pas bien difficile à trouver.
— Vous m'en direz tant ! Répondez à ma question, je vous prie.
— Vous avez souvent dit que vous passiez vos vacances dans les Côtes-d'Armor. J'ai reconnu Paimpol à l'arrière-plan d'un portrait qui est paru dans la presse – ma mère est originaire de Saint-Malo, je suis familier de la région. Et vous avez décrit cette maison dans *Solitudes*, un de mes romans préférés. J'ai tenté ma chance en ville : là-bas, tout le monde connaît la maison de l'écrivain. Difficile de passer incognito quand on a votre notoriété...

Le moins que l'on puisse dire, c'est qu'il sait tout de moi. Je devrais l'envoyer paître et tourner les talons, mais quelque chose me retient.

— Que voulez-vous ?
— Je suis l'un de vos plus grands admirateurs, monsieur. J'aimerais consacrer mon mémoire de master à votre œuvre.

Mon « œuvre » ! Ce mot m'arrache presque un éclat de rire tant il l'a prononcé avec grandiloquence.

— Vous êtes sérieux ?
— Évidemment. J'ai tout lu de vous. *Solitudes* et *Les Leçons du passé* sont les deux romans qui m'ont

le plus marqué et qui m'ont poussé à entreprendre des études de lettres.

J'attends la suite : « même si *La Promesse du ciel* reste bien sûr votre meilleur livre » ou quelque chose d'approchant. Mais non, il n'évoque même pas le titre auquel tout le monde réduit mon existence. J'en demeure interdit.

— Comme je vous l'ai dit, poursuit-il, je vous ai écrit à plusieurs reprises pour vous demander un entretien, mais peut-être votre maison d'édition n'a-t-elle pas fait suivre mes courriers...

À nouveau, j'ai envie d'éclater de rire. Je n'ouvre jamais les lettres de mes « fans » que m'envoie effectivement mon éditeur. Aux Embruns, Claire, qui a pour charge de trier mon courrier, les stocke dans un tiroir de l'entrée, même si je lui ai expressément demandé de s'en débarrasser.

— Désolé, mais je crains que vous n'ayez fait tout ce chemin pour rien. Je n'ai pas de temps à vous consacrer : je suis complètement plongé dans mon prochain roman.

Je ne cherche même pas à rendre mon mensonge convaincant. Après tout, je me suis déjà montré trop aimable avec lui : depuis quand s'impose-t-on chez les gens sans y avoir été invité ?

— Je n'ai pas du tout l'intention de vous accaparer ! se défend-il. Je voudrais simplement vous poser quelques questions... trois fois rien, de quoi me permettre d'avancer dans mon travail. Une petite collaboration de votre part serait un énorme bonus pour mon mémoire. Je n'arrive d'ailleurs pas à croire que personne n'ait publié de travaux sur votre œuvre.

Il fait mouche, le bougre ! Cette remarque pleine de bon sens me rend aussitôt ce jeune type sympathique. Il est effectivement scandaleux qu'aucun universitaire n'ait jamais daigné s'intéresser à mes livres. Pas la moindre thèse ni le moindre misérable article dans une revue spécialisée.

Ses lunettes sont désormais embuées et couvertes de gouttes. Je commence à dégouliner moi aussi. Tandis que la bruine continue de tomber, il se débat avec sa sacoche et finit par en sortir une liasse de feuilles froissées qu'il agite à travers la grille.

— Je pourrais vous montrer mes notes. Ça ne prendra que quelques minutes, et vous pourrez ainsi juger de mon sérieux.

Son visage se fait suppliant. Je ne peux pas décemment laisser ce garçon faire le pied de grue sous la pluie devant chez moi. Qu'ai-je à perdre de toute façon ? En lui offrant quelques minutes de mon temps, j'éviterai qu'il ne revienne fureter autour de la maison.

— Très bien, suivez-moi, lui dis-je d'un ton sec en ouvrant le portail.

Avec nos pieds crottés et nos habits mouillés, nous faisons un vrai carnage dans l'entrée. Vu la peine qu'elle s'est donnée tout à l'heure, Claire va me maudire.

J'invite le jeune homme à s'installer dans le salon et, une fois n'est pas coutume, je farfouille dans le meuble de l'entrée contenant le courrier que je n'ai jamais ouvert. À présent que l'intrus est dans la place, je commence à m'inquiéter – je songe à ce roman de Stephen King dans lequel une lectrice cinglée séquestre son auteur favori. On ne se méfie jamais assez de ses groupies.

— Redonnez-moi votre nom.

— Alexandre Marchand, monsieur, s'écrie-t-il depuis l'autre pièce.

Je fais défiler le paquet de lettres entre mes doigts. Je tombe assez rapidement sur une première enveloppe, au dos de laquelle est indiqué le nom du garçon, suivi de son adresse parisienne près du canal Saint-Martin. En continuant de fureter, j'en trouve une deuxième, puis une troisième. Les cachets m'indiquent qu'il a commencé à me les envoyer il y a un peu moins de six mois. J'ouvre la première. Il a utilisé un luxueux papier vergé, sans doute pour me faire bonne impression. Je parcours la missive en diagonale : « immense admiration », « œuvre de tout premier plan », « rêverais de vous rencontrer ». Rien de bien original mais la lettre est soignée. Persuadé que je n'ai pas affaire à un imposteur, je ne trouve pas utile d'ouvrir les deux autres.

Quand je le rejoins dans le salon, Marchand attend sagement sur le canapé, l'air intimidé.

— C'est un de mes opéras préférés.

— De quoi parlez-vous ?

— *Don Giovanni*, répond-il en désignant la pochette du vinyle restée près du tourne-disque.

— Vous êtes amateur de musique classique ?

— Mon grand-père en écoutait souvent quand j'étais petit. La version de Solti est excellente, mais je lui préfère celle de Fritz Busch. La voix d'Ina Souez me donne des frissons.

Je n'imaginais pas qu'un gamin de son âge puisse connaître le premier enregistrement de cet opéra de Mozart. Et je partage son avis : Ina Souez était extraordinaire dans le rôle de Donna Anna. Personne ne l'a dépassée depuis.

— Vous vous êtes blessé ? demande-t-il en remarquant le sang sur ma chemise.

— Ce n'est rien, juste une égratignure.

— Vous devriez désinfecter la plaie et mettre un pansement. On ne sait jamais.

— Plus tard... Vous voulez boire quelque chose ?

Il se met à renifler assez bruyamment.

— Eh bien, je ne serais pas contre un petit remontant. Je crois bien que j'ai pris froid.

Il ne pouvait me faire plus plaisir. Je me dirige vers la desserte et choisis ma meilleure bouteille. Moi qui voulais me débarrasser de lui le plus vite possible, j'ai soudain envie de l'impressionner. Quand on commence à se montrer sensible aux flatteries, on fait tout pour qu'elles durent.

— Appréciez-en chaque goutte, lui dis-je en lui tendant son verre. C'est un Glenfiddich distillé en 1975. Trente-quatre ans d'âge.

— Trente-quatre ans ? répète-t-il, circonspect. Mais... nous sommes en 2023, monsieur.

— Merci, je ne suis pas encore sénile... Il n'a été embouteillé qu'en 2009. Vous savez qu'une fois mis en bouteille le whisky ne vieillit plus ? Seul compte le temps qu'il a passé dans les fûts.

— Je l'ignorais.

Je m'installe face à lui. J'ai du mal à contenir un soupir de ravissement lorsque le liquide se met à couler dans mon gosier. En général, quand je suis éméché, j'évite de me servir de tels nectars : j'ai le gaspillage en horreur.

— Vous sentez ces arômes de réglisse et d'épices ? Et cette finale de fruits mûrs et de miel ?

— Pour être honnête, je n'y connais pas grand-chose. Le mieux serait peut-être que je vous lise mes notes ?

— Faites donc.

— Ce ne sont pour le moment que des considérations décousues, prévient-il. Je n'ai pas encore de plan solide ni de vraie problématique.

— Évidemment. Il faut bien un commencement à tout.

D'une voix mal assurée, Marchand commence donc à me lire ses fameuses notes, et je dois dire que je n'y comprends fichtre rien. Voilà vingt ans que je n'avais plus entendu un tel jargon, et ce qui est sûr, c'est qu'il ne m'avait pas manqué. Les étudiants et les chercheurs ont l'art de prêter aux écrivains des intentions qu'ils n'ont jamais eues.

Je fais semblant de l'écouter en hochant la tête de temps à autre. Ce whisky est un pur délice. Heureusement, j'en possède une autre bouteille dans ma cave. Alors que mon verre est déjà vide, celui d'Alexandre est loin de l'être : il est bien trop accaparé par son salmigondis pour boire. J'ai soif, affreusement soif, mais j'ai encore assez d'amour-propre pour ne pas étaler mon éthylisme aux yeux d'un inconnu. Je choisis donc de jouer la carte du partage convivial :

— Je vais nous resservir, dis-je d'un air innocent.

Dos tourné au canapé, debout près du chariot, j'en profite pour avaler une petite lampée directement au goulot avant de remplir généreusement mon verre. Je n'ajoute que deux ou trois gouttes au sien : autant donner de la confiture à un cochon !

De retour à ma place, j'écluse mon godet en deux gorgées. Lui continue de tourner les pages, avec sérieux et concentration. Je récupère du bout de la langue les quelques gouttes restées au fond de mon verre. L'assise du canapé est confortable, je me sens détendu. Il est agréable de ne pas boire seul, de profiter d'un peu de compagnie. Mon visiteur semble avoir pris confiance en lui : sa logorrhée s'est transformée en une douce mélodie à mes oreilles. Je ferme les yeux et ne pense plus à rien.

Ensuite, c'est le trou noir.

Lorsque je rouvre les yeux, Marchand n'est plus sur le canapé mais assis à la grande table en chêne, en train d'écrire quelque chose. J'ai la migraine. Mon regard tombe sur le verre vide et je songe à tout ce que j'ai absorbé depuis le matin.

— Je suis désolé, j'ai dû m'assoupir un moment. Je crois bien que je ne tiens plus l'alcool, avec l'âge.

Il m'adresse un sourire complice.

— Je suis comme vous. Un verre et c'est la catastrophe.

— Qu'écrivez-vous ?

— J'allais m'en aller... Je voulais juste vous laisser un mot pour m'excuser de vous avoir dérangé.

— Qui vous dit que vous m'avez dérangé, Fabien ?

Il fronce les sourcils.

— Je m'appelle Alexandre, monsieur.

— Bien sûr. Alexandre. Où avais-je la tête ?

D'un geste brusque, il chiffonne la feuille, puis il se lève pour me rejoindre à la table basse.

— Si je peux encore abuser un peu de votre temps... Qu'avez-vous pensé de mes observations ? Ne prenez pas de gants avec moi, je voudrais un avis sincère.

Je tente de rassembler mes pensées mais aucune remarque intelligente ne me vient.

— C'est très prometteur. Vos analyses sont pertinentes, mais je trouve qu'elles sont un peu trop abstraites.

— Abstraites ?

— N'oubliez jamais qu'un écrivain écrit avec son cœur et ses tripes. L'écriture coupée de la vie n'a aucun sens. Il faut vous intéresser davantage à la psychologie et aux sentiments des personnages. Sans eux, un roman n'est qu'une coquille vide.

Il se frappe le front.

— Vous avez parfaitement raison. Je me suis ridiculisé à pérorer comme un singe savant.

— Ne soyez pas trop dur avec vous-même.

Ce jeune homme m'attendrit brusquement. Je craignais qu'il ne cherche à s'incruster mais il était prêt à s'éclipser discrètement en me laissant un mot d'excuses.

— Combien de temps restez-vous dans la région, Alexandre ?

Il paraît surpris par ma question.

— Eh bien, j'ai pris une chambre en ville pour cette nuit.

— Vous pourriez peut-être revenir me voir demain, lorsque je serai plus en forme. Après tout, vous ne vouliez pas simplement me lire vos notes. Vous aviez l'intention de me poser des questions, n'est-ce pas ?

Suis-je en train de rêver ou sont-ce des larmes que je vois soudain briller dans ses yeux ? Étant donné ma réputation d'ermite, il n'imaginait sans doute pas que je lui faciliterais autant la tâche. Aurais-je réagi autrement si je m'étais retrouvé à son âge face à Camus ou Giono ?

— Alors disons… demain 9 heures.

— Oh, monsieur ! Vous ne pouvez pas savoir combien je vous suis reconnaissant.

— Allons, allons… dis-je en balayant l'air de la main. C'est bien la moindre des choses.

Mais, au fond de moi, je ne comprends pas pourquoi je lui fais une telle proposition. Je suis en train de m'amollir. Il faut absolument que j'arrête de boire. L'alcool finira par me perdre.

3

Alexandre

Le lendemain, il est parfaitement à l'heure au rendez-vous. La ponctualité est une qualité que j'apprécie chez les autres, bien que j'en fasse rarement preuve moi-même. J'ai préféré une rencontre matinale pour être certain d'être à peu près sobre lorsqu'il arriverait. Je me suis levé tôt, j'ai fait ma balade quotidienne sur la pointe après avoir pris un café noir, que j'ai comme d'habitude agrémenté d'une bonne rasade de rhum. Je m'en suis préparé une deuxième tasse à mon retour, avant de délaisser complètement le café pour le rhum. J'en ai dégusté quelques verres, les yeux fixés sur l'horloge de la cuisine à attendre l'étudiant.

C'est à bord d'une antique Peugeot 205 qu'il débarque aux Embruns – hier, je n'avais pas vu le véhicule, qu'il avait dû garer le long du chemin. Son enthousiasme n'est pas retombé et je me sens d'humeur guillerette ce matin. Puisque le temps est revenu au beau, je propose que nous nous installions dehors à la table de jardin et lui sers un café.

— Vous me faites un grand honneur, monsieur. C'est si aimable de votre part de m'avoir invité.

Son obséquiosité m'agace. Je m'humecte la bouche avec mon carajillo.

— Je vais vous donner un conseil, Alexandre. Évitez de vous montrer trop reconnaissant envers les autres. Vous n'obtiendrez jamais leur respect si vous vous faites sans cesse leur débiteur.

Ma remarque, un peu rude, ne l'effarouche nullement.

— Merci. Je ne l'oublierai pas.

Il sort de sa sacoche sa fameuse liasse de feuilles ainsi qu'un petit carnet à spirale. J'aurais préféré que l'on converse tranquillement avant d'attaquer, mais je n'ai pas le cœur de le rabrouer une seconde fois.

— Par quoi désirez-vous que nous commencions ?

— Comme je vous l'ai dit hier, j'ai une grande admiration pour *Solitudes* et *Les Leçons du passé*. Peut-être pourriez-vous me donner des clés pour comprendre la genèse de ces œuvres et l'origine de votre inspiration.

— Ah, l'inspiration… Vous savez, Alexandre, il n'y a rien de plus banal que l'inspiration. Une idée de roman peut vous venir n'importe où et n'importe quand : sous la douche, en vous promenant dans la rue ou en taillant les rosiers de votre jardin. S'il y avait une recette, tout le monde l'appliquerait.

Je ne peux manquer de remarquer la déception qui s'affiche sur son visage. Aussi, j'ajoute dans la foulée :

— Néanmoins, je peux vous livrer quelques éléments autobiographiques qui peuvent éclairer mes romans. L'idée de *Solitudes*, comme vous pouvez vous en douter, est née de mon divorce. Pour être honnête, mon couple battait de l'aile depuis déjà plusieurs années...

Je me mets donc à lui raconter une partie de ma vie. Oh, rien de trop intime, rien en tout cas que je n'aie déjà livré durant des interviews. Marchand prend consciencieusement des notes dans son carnet. Je devais lui ressembler à l'époque où j'étais étudiant : poli, travailleur, sérieux. Tout ce que l'on est avant que l'existence nous enseigne qu'on ne peut réussir sans une bonne dose de cynisme et d'immoralité.

Notre duo fonctionne à merveille. Il me relance avec une série de questions, en se montrant pertinent et précis. Quand il cherche à creuser des aspects de ma vie qui me déplaisent, je lui raconte des boniments. Qu'est-ce qu'un écrivain si ce n'est un menteur professionnel ?

Le temps passe vite à ses côtés. Nous faisons une pause toutes les demi-heures environ. Tandis qu'il relit ses notes, j'en profite pour me rincer le goulot en cuisine en liquidant le fond d'une bouteille de vin.

Je suis parfaitement décontracté lorsque je le rejoins à la table.

— Parlez-moi un peu de vous, Alexandre.

Il paraît surpris :

— De moi ? Je ne suis pas sûr qu'il y ait grand-chose à en dire.

— Deuxième leçon : chacun de nous a une vie passionnante pour peu qu'il sache la présenter sous un jour favorable. Que font vos parents, par exemple ?

— Ma mère est professeur des écoles et mon père contrôleur des impôts. Ils vivent à Saint-Maur-des-Fossés.

— Ah ! Vous avez des frères ou des sœurs ?

— Non, je suis fils unique.

— Je le suis aussi. Vous savez ce qu'on dit des enfants uniques ? Qu'ils sont moins sociables mais beaucoup plus intelligents que les autres.

— Vraiment ?

— C'est ce qu'on raconte en tout cas. Avez-vous de bonnes relations avec vos parents ?

Le temps qu'il prend pour me répondre est à lui seul une réponse. Il semble en avoir gros sur le cœur.

— À peu près...

— Pour tout ce qui concerne la famille, un « à peu près » signifie « pas du tout ». Quel est le problème, si je puis me permettre ?

— Mes parents ne voulaient pas que je me lance dans des études de lettres. Ils disent que cette filière n'offre aucun débouché, à part prof ou chômeur. Mon père répète tout le temps : « Baudelaire n'a jamais fait pousser les dents. »

— Quelle étrange expression ! Votre père est un poète qui s'ignore.

— Vous ne diriez pas ça si vous le connaissiez.

— L'enseignement vous tente-t-il ?

— Pas vraiment. J'aimerais plutôt travailler dans l'édition.

— Les places y sont chères.

— Je le sais, mais je m'accroche quand j'ai une idée en tête.

— Vous avez raison, il faut toujours croire en ses rêves. Faites ce que vous avez envie de faire, pas ce que les autres attendent de vous.

Il paraît hésiter.

— En fait, j'ai aussi un autre rêve dans la vie.

— Lequel ?
— Devenir écrivain comme vous, monsieur.

Je me crispe. Et si cette histoire de mémoire n'était qu'une mascarade pour obtenir une recommandation de ma part ou me soumettre un lamentable manuscrit ? Je trouve plus sage de garder le silence.

— J'ai bien écrit quelques pages, continue-t-il, un début de roman... mais rien de très sérieux. De toute façon, j'ai envie de prendre mon temps : je n'envisage pas d'envoyer de texte aux éditeurs avant l'âge de 25 ans. C'est une limite que je me suis fixée pour pouvoir progresser.

— Une sage décision, dis-je avec soulagement. L'écriture demande de la persévérance.

Je préfère que nous changions au plus vite de sujet :
— Avez-vous faim, Alexandre ?
— Faim ?
— Il est bientôt midi. On ne peut pas vivre que des nourritures de l'esprit. Je ne suis pas un cordon-bleu mais je possède d'excellentes conserves dans le cellier.
— Eh bien...
— Pas de discussion possible, vous restez déjeuner.

Je dégotte dans ma réserve du foie gras aux figues ainsi qu'un bocal de bœuf bourguignon. Voilà longtemps que je n'ai pas préparé un tel repas. Je mange très peu lorsque je suis seul : il est notoire que la boisson vous coupe l'appétit. Je descends à la cave, où je choisis un blanc moelleux et un bourgogne.

— Alexandre, je vais faire votre éducation.

Il me regarde avec circonspection. Je désigne les bouteilles que je viens de déposer sur la table :

— Votre éducation œnologique, j'entends. Vous avez à peine touché à votre whisky hier ! Voici un sauternes de 2007, un grand millésime. Les notes de fruits exotiques feront merveille avec le foie gras. Regardez cette robe d'un beau jaune doré... On croirait plonger dans un champ de blé. Sachez qu'un vin se goûte d'abord avec les yeux.

Je remplis son verre, qu'il porte prudemment à ses lèvres.

— Vous aimez ?

— C'est bon, répond-il poliment.

Je fais un sort rapide au mien. Malheureusement, le rhum et le vin que j'ai bus dans la matinée m'ont gâté les papilles. Le deuxième que je me sers libérera peut-être toutes ses saveurs.

— Pour accompagner le bœuf bourguignon, j'ai choisi un excellent côte-de-nuits-villages. En général, on respecte toujours au cours d'un repas un ordre de puissance : on sert les blancs et les rosés avant le vin rouge. Mais il y a bien sûr des exceptions.

Mes explications n'ont pas l'air de le passionner et il est trop occupé à contempler la façade des Embruns.

— Vous avez une très belle maison, monsieur.

— Merci. Je n'aurais jamais pu me la payer sans mes droits d'auteur. Vous voyez que Baudelaire peut faire pousser les dents !

Il pouffe.

— Vous ne buvez pas ?

— Si, si... Vous avez toujours vécu seul ici ?

— Toujours. J'étais déjà séparé de ma femme quand j'ai acheté cette demeure.

— Vous ne vous êtes jamais remarié ?

— Dieu m'en garde ! « Tout seul peut-être mais peinard », comme dit la chanson. Bien sûr, quand j'avais votre âge, je croyais au grand amour et au mariage. Mais tout cela ne dure pas, vous verrez. Le temps détruit tout, malheureusement.

J'ai hâte de finir le foie gras pour pouvoir ouvrir la bouteille de rouge. Alexandre me propose de l'aide pour débarrasser l'entrée, mais je refuse énergiquement afin d'achever en paix le sauternes en cuisine.

De retour à la table, je lui demande :

— Et vous, vous avez quelqu'un dans votre vie ?

Il en rougirait presque, mais le vin l'a tout de même un peu déridé.

— Il y a bien quelqu'un à la fac qui m'intéresse...

— Comment s'appelle-t-elle ?... À moins que ce ne soit un garçon ?

— Non, c'est une fille. Elle s'appelle Céline.

— Et elle, s'intéresse-t-elle à vous ?

— À peine. Je crois qu'elle me considère juste comme un bon copain.

Il me prend l'envie de jouer les mentors.

— Tout n'est qu'une question de point de vue. Vous devez tout faire pour qu'elle change son regard sur vous.

— Comment ?

— C'est simple. Évitez d'abord de vous enfermer dans un rôle de confident. Vous devez sortir de la case « bon copain » dans laquelle elle vous a rangé. Montrez de l'intérêt pour d'autres filles pour la rendre jalouse : on ne peut susciter le désir qu'en se rendant inaccessible. Pourquoi croyez-vous que je n'accorde presque aucune interview ? Si vous vous montrez disponible en permanence, vous finissez par perdre tout intérêt aux yeux des gens.

J'ai conscience d'enchaîner les lieux communs, mais je me sens d'humeur badine. Au contact de ce jeune homme, j'ai l'impression d'avoir rajeuni de dix ans.

— Vous avez raison. Je ne suis pas à ses ordres, après tout. Je dois arrêter de la suivre comme un gentil toutou. Je vais la rendre jalouse comme un pou, monsieur.

Je l'applaudis.

— Bien ! Ce ton, cette détermination... vous êtes déjà beaucoup plus convaincant, Alexandre. Je suis fier de vous !

Après le déjeuner, une terrible torpeur s'abat sur moi, mais je lutte pour ne pas m'effondrer dans le canapé.

Estimant que nous avons suffisamment travaillé, j'emmène Alexandre découvrir la pointe de Guilben. Nous descendons sur la petite plage où j'ai mes habitudes. La mer est d'un bleu limpide, aujourd'hui, et le ciel parfaitement dégagé.

— Je vais me baigner, dit-il dès que nous avons atteint le sable.

— Vous plaisantez ! L'eau doit être glacée.

— Il en faut plus pour m'effrayer... s'exclame-t-il d'un ton crâneur.

— Allons ! Vous allez attraper la mort !

Sans tenir compte de ma remarque, il se déshabille promptement et se retrouve en boxer. Je le regarde courir sur la plage puis se jeter dans l'eau tel un chien fou. En cet instant, je regrette un peu de n'avoir jamais eu d'enfant. J'aurais sans doute été comblé d'avoir un fils comme lui. Nous aurions pu nous réunir dans cette grande maison pour les vacances. Mes petits-fils auraient joué dans le jardin. Nous aurions passé des heures à table lors de longs déjeuners de famille. Et si j'étais en fin de compte passé à côté de ma vie ? Et s'il valait mieux connaître une existence banale mais pleine de petits bonheurs simples que de vivre une seconde de roi ?

Après sa baignade, Alexandre a la chair de poule. Comme nous n'avons pas emporté de serviette, il s'essuie le corps avec son tee-shirt, puis enfile son pull à même la peau.

— Vous avez l'air songeur, monsieur. À quoi pensez-vous ?

— À rien, Alexandre. À rien.

Je me sens déprimé en revenant aux Embruns. J'aurais mieux fait de dormir pour ne pas me laisser gagner par de noires pensées. Je me console en me servant un digestif, puis je lance sur la platine un disque de Chopin, qui ne fait qu'aggraver mon cafard.

Alexandre a commencé à taper nos échanges de la matinée sur son ordinateur portable, qui semble avoir autant d'années au compteur que sa Peugeot.

— Combien de temps restez-vous dans la région ?

— C'est que... je n'ai réservé ma chambre que pour une nuit. En fait, mes affaires sont déjà dans ma voiture.

Je fais les cent pas devant lui et commence à m'animer.

— Je doute de pouvoir répondre à toutes vos questions s'il nous reste si peu de temps ! Et puis, vous n'allez pas faire le trajet retour d'une seule traite : il doit bien y avoir cinq heures de route jusqu'à Paris. Non, c'est absurde ! Vous n'avez qu'à rappeler l'hôtel.

Ce serait bien extraordinaire qu'ils soient complets en ce moment.

Je vois une ombre passer sur son visage.

— Qu'y a-t-il, Alexandre ?

— Je ne pourrai pas rester une nuit de plus. L'essence, l'hôtel, sans compter la prochaine révision de ma voiture... j'ai déjà largement dépassé le budget que je m'étais fixé. J'ai consulté l'application de ma banque tout à l'heure : je suis presque à découvert.

— Ça n'est pas un problème ! C'est moi qui payerai la note. Et si vous êtes dans l'embarras, je vous aiderai pour votre voiture. Nous n'allons pas en faire toute une histoire !

Il secoue énergiquement la tête.

— Hors de question, monsieur ! Je n'accepterai pas un centime de votre part. Je ne suis pas venu pour profiter de vous.

J'enrage. Je dois absolument le retenir. Sa présence me divertit et la perspective de me retrouver seul dans quelques heures commence à me terrifier. Mais alors que je m'apprête à le rabrouer, une idée me traverse l'esprit :

— Vous ne voulez pas de mon argent, très bien. Puisque vous avez vos affaires avec vous, pourquoi ne passeriez-vous pas la nuit ici ?

— Ici ? Vous voulez dire : dans votre maison ?

— Elle est immense. Il y a cinq chambres et trois salles de bains ! Je ne serai pas sur votre dos, rassurez-vous. Vous aurez toute votre intimité.

Je retiens mon souffle, dans l'attente de son verdict.

— Eh bien, si je suis sûr de ne pas vous déranger, ce sera avec plaisir.

Je me sens revigoré.

— Formidable ! Voilà qui est réglé. Mon père disait : « Il n'y a jamais de problèmes, il n'y a que des solutions. » Alexandre ?

— Oui ?

— Que diriez-vous d'un petit verre pour fêter ça ?

4

Nostalgie secrète

Voilà maintenant quatre jours qu'Alexandre réside aux Embruns. Comme le temps passe vite... Notre complicité a pris une dimension imprévue. Je ne sais plus comment les choses se sont faites, mais il était évident qu'il ne pouvait pas quitter la maison après y avoir passé une seule nuit. Nous étions loin d'avoir abordé tous les points qui l'intéressaient et le cadre enchanteur de la pointe l'inspire beaucoup dans son travail. Sans compter le fait que je ne fais preuve d'aucune générosité en l'hébergeant : moi, le misanthrope endurci, l'atrabilaire invétéré, je prends de plus en plus de plaisir à sa compagnie. Alexandre a réussi à m'arracher à ma solitude.

Et comment ne pas voir qu'à travers lui c'est Fabien que j'ai l'impression de retrouver ? Tout, chez ce jeune homme, me rappelle mon ancien étudiant. Grâce à notre amitié naissante, j'ai l'impression de poursuivre la relation prématurément brisée que j'avais nouée avec Leurtillois.

Nous avons vite trouvé notre rythme de croisière. S'il fait beau, nous nous installons vers 10 heures à la table de jardin pour converser. Alexandre préfère écrire plutôt que de m'enregistrer sur son téléphone – qu'il utilise rarement d'ailleurs, contrairement aux jeunes de sa génération.

L'après-midi est consacré aux promenades puis, pour moi, à la sieste, car je n'arrive plus à tenir sur mes deux jambes toute la journée. Dans le salon, Alexandre passe des heures à écrire et à mettre en forme son travail de recherche. Il me soumet régulièrement ses fragments, mais j'ai de plus en plus de mal à me concentrer. Tout me passe désormais au-dessus de la tête. Je me contente d'inscrire quelques annotations sans intérêt dans les marges, le plus souvent des encouragements.

Mes moments préférés sont les repas que nous partageons. Comme nous commencions à nous lasser des conserves, Alexandre s'est rendu deux fois en ville pour acheter des produits frais. Il s'est révélé un cuisinier de talent. Les plats qu'il nous concocte m'ont même redonné de l'appétit.

Autant le dire franchement, mon invité n'ignore plus rien de mon ivrognerie. Si j'ai plus ou moins réussi à donner le change au début, il s'est levé aux aurores le deuxième matin et m'a surpris dans la cuisine en tête à tête avec ma bouteille de rhum. Difficile pour moi d'improviser un bobard en étant pris la main dans le sac.

« Je bois trop, j'en ai conscience, lui ai-je confié, penaud.

— Je ne suis pas là pour vous juger, monsieur. Chacun a ses faiblesses. Je m'inquiète simplement pour votre santé.

— Oh, ma santé... c'est bien le cadet de mes soucis ! Je bois depuis très longtemps, vous savez. Ce n'est un secret pour personne... J'imagine qu'en descendant toutes ces bouteilles je cherche à me suicider à petit feu.
— Allons ! Vous ne pouvez pas dire ça. Vous n'avez que 58 ans. Imaginez toutes les belles années qu'il vous reste à vivre, et tous les livres que vous pouvez encore écrire...
— Vous êtes gentil, et bien trop indulgent avec moi. Mais, non, je me sens vieux et usé.
— Il vous suffirait de boire un peu moins et de faire du sport pour retrouver la forme. Pourquoi n'allez-vous pas nager de temps en temps ? Je vous assure que la température de l'eau est supportable. »
Je ne l'écoutais plus vraiment.
« On n'imagine pas qu'on deviendra vieux un jour. On pense que c'est un mal réservé aux autres, mais les années passent et un beau matin on se rend compte que sa vie est derrière soi.
— Cela m'attriste de vous voir ainsi.
— J'en suis désolé. J'aurais préféré que vous n'assistiez pas à ce spectacle pitoyable. »
Depuis, je ne me cache plus vraiment, ce qui a simplifié ma relation avec Alexandre. Je bois lorsque j'en ai envie. Tout y passe : rhum, scotch, vin, whisky... Je ne m'impose plus de limites. Alexandre ne me fait aucune remarque désobligeante. Quel intérêt d'ailleurs aurait-il à le faire puisqu'il obtient de moi tout ce qu'il veut ? Ma pochardise, qui me rend faible et conciliant, l'arrange peut-être bien, au fond.
Ewan est passé hier après-midi aux Embruns, car le chauffe-eau ne fonctionnait plus et aucun plombier

n'était disponible avant des jours. Il a rapidement réglé le problème – une histoire de branchement de connecteurs électriques. Ce n'est qu'au moment de partir qu'a remarqué la présence d'Alexandre, installé sur la terrasse.

« Je ne savais pas que vous receviez. Quelqu'un de votre famille ? »

Il m'aurait suffi de prétendre qu'il était mon neveu, mais j'ai perdu tout esprit d'à-propos.

« Non, c'est un étudiant qui s'intéresse à mes livres. Je l'aide dans ses travaux de recherche.

— Ah ! Vous n'invitez jamais personne d'habitude.

— Un peu de changement ne peut pas me faire de mal.

— Et vous le connaissez depuis longtemps ? a-t-il demandé d'un ton que j'ai jugé grossier et suspicieux.

— Quelques jours. Il loge ici, d'ailleurs, dans la chambre bleue.

— Il loge ici ? a-t-il répété d'un air consterné.

— Oui. Est-ce un souci ?

— Pas du tout, monsieur, vous êtes chez vous. Je suis juste étonné que vous ne vous montriez pas plus prudent.

– Prudent ? Que voulez-vous dire ?

— Je ne sais pas... Il y a des objets de valeur dans cette maison. Et vous êtes très isolé ici. S'il y avait un problème...

— Il n'y aura aucun problème, Ewan. Ne vous inquiétez pas. J'ai évidemment vérifié à qui j'avais affaire avant de l'inviter. »

Après son départ, un bref éclair de lucidité m'a frappé. Non, je n'avais rien vérifié du tout. Que savais-je en somme à propos d'Alexandre ? Rien que ce qu'il avait bien voulu me dire. Et s'il avait de mauvaises intentions ? Et s'il n'était pas celui qu'il prétendait être ? Après tout, les deux ou trois lettres qu'il m'avait envoyées ne prouvaient rien.

Je me suis isolé dans ma chambre pour utiliser mon smartphone. Je ne le consulte presque plus depuis que je suis revenu aux Embruns, et il était rempli de SMS et de messages vocaux que je n'ai pas pris la peine de lire ni d'écouter. J'ai tapé fébrilement le nom d'Alexandre Marchand dans le moteur de recherche. Malgré son jeune âge, Alexandre possède déjà un compte LinkedIn qui indique son intérêt pour la littérature et le monde de l'édition. Il a travaillé deux étés durant dans une librairie du Quartier latin et fait un stage de master chez un éditeur. Sa page Facebook est sommaire, mais quelques photos le montrent devant la Sorbonne ou à la terrasse de cafés en compagnie de ses amis. La dernière, mise en ligne il y a cinq jours, est une vue de Paimpol, prise depuis les quais. Il a aussi partagé des publications en lien avec l'actualité littéraire. Son compte Instagram ne contient aucune photo personnelle, mais beaucoup de comptes-rendus de lecture. En faisant défiler la page, je me suis aperçu qu'il avait consacré une bonne demi-douzaine de posts dithyrambiques à mes romans. J'ai cessé là mes recherches. Je ne me suis pas senti soulagé, mais au contraire honteux d'avoir pu le soupçonner après les moments que nous avions passés ensemble.

Ce matin, lors d'une pause, ayant remarqué qu'il consultait l'état de son compte bancaire avec inquiétude, je lui ai à nouveau proposé de l'aider financièrement. Il a eu beau protester avec véhémence, je suis allé chercher mon chéquier et lui ai offert 500 euros – une somme supérieure l'eût à coup sûr froissé. Il s'est contenté de l'empocher en marmonnant un « merci » contrarié.

L'histoire s'arrêterait là si je n'avais découvert quelques heures plus tard le chèque déchiré en mille morceaux dans la poubelle de la cuisine. Pour ne pas le mettre mal à l'aise, j'ai fait comme si de rien n'était.

*

— Vous n'avez pas peur, Alexandre ?

Je lui pose cette question alors que nous finissons de déjeuner. Il me regarde d'un air tout à la fois intrigué et amusé.

— Peur de quoi ?

— Peur de vous retrouver seul dans cette grande maison avec un homme qui a été soupçonné de meurtre... Ne trouvez-vous pas étrange que nous n'ayons jamais évoqué le sujet ensemble ?

— Il n'y a aucun sujet pour moi, monsieur.

Je suis soudain pris d'un doute.

— Alexandre, vous ne viviez pas au fin fond du désert ces derniers mois ? Vous êtes au courant de ce qui s'est passé ?

— Évidemment que je le suis.

— Et ça ne vous trouble pas plus que ça ?

— Pourquoi est-ce que ça me troublerait ? Je n'ai jamais imaginé une seule seconde que vous puissiez avoir tué cet homme.

— Et pourquoi donc ? Parce que vous admirez mes livres ? Céline était un génie mais aussi un antisémite notoire, et le marquis de Sade un délinquant sexuel. Avoir du talent ne fait pas de vous un saint.

— Je ne pense pas que vous soyez un saint. Mais j'ai eu l'occasion de constater votre gentillesse et votre générosité ces derniers jours. Vous seriez incapable de faire du mal à une mouche. De toute façon, on sait très bien qui a fait le coup...

— Tiens donc ! Et qui a fait le coup, je vous prie ?

— Eh bien, Catherine Lafargue. Vous savez qu'elle risque d'aller en prison pour l'escroquerie qu'elle a montée avec sa boîte...

— Quel rapport ?

— Je suis sûr qu'elle était fragilisée psychologiquement depuis pas mal de temps : elle savait que son arnaque finirait par être découverte. Elle a dû péter un câble alors qu'elle participait à ce jeu. Je me demande même si elle ne pourrait pas être jugée irresponsable de ses actes.

— Vous ne seriez pas un peu misogyne, Alexandre ?

— Pas du tout ! Je m'en tiens aux faits. Bref, je sais bien que vous n'avez rien à vous reprocher. C'est pour ça que je ne vous ai jamais interrogé sur *Le Mystère de la Maison aux Trois Ormes*. Je ne voulais pas que toutes les polémiques qui ont accompagné sa sortie viennent polluer notre travail. Je m'intéresse à la littérature, pas aux faits divers.

Il ne se montre pas plus curieux sur la mort d'Yves de Montalabert. N'importe quel autre « admirateur » aurait sauté sur l'occasion pour me bombarder de questions. Alexandre monte encore d'un cran dans mon estime.

— Il est un autre de mes romans sur lequel vous ne m'interrogez jamais : *La Promesse du ciel*.

Une moue s'inscrit sur son visage, à la limite de la grimace.

— C'est votre roman le plus connu, et on a déjà dit tant de choses à son sujet. Beaucoup d'écrivains ont tendance à être ramenés à un seul livre, je trouve ça dommage. Et pour être franc, je ne pense pas que ce soit votre meilleur.

— Vous pensez vraiment ce que vous dites ?

— Je l'apprécie, bien sûr, mais je le trouve différent. Pour moi, vous vous cherchiez à l'époque. Vous n'étiez pas encore le vrai Fabrice Arthaud.

Mon émotion est telle que je ne trouve plus rien à dire. Qui d'autre qu'Alexandre est capable de me comprendre ?

— Pourquoi me regardez-vous comme ça, monsieur ? Ai-je dit quelque chose de désobligeant ?

— Pas du tout, Alexandre. Vous me rappelez simplement quelqu'un.

— Quelqu'un de proche ?

— Je suppose, oui. Un jeune homme de votre âge qui a été mon étudiant autrefois. Je l'appréciais beaucoup et il possédait un grand talent.

— Quel genre de talent ?

Je secoue la tête, conscient de m'être déjà trop exposé.

— Je n'ai pas tellement envie d'en parler.

— Désolé, je comprends. Je ne voulais pas vous forcer.

— Mais non, c'est moi… Je ne sais pas pourquoi je pense à tout cela.

Je me ressers un verre. La mélancolie me submerge d'un coup. Alexandre, lui, fait semblant de ne rien remarquer.

— En définitive, finis-je par murmurer, nous ne sommes que ce que nous cachons aux autres.

5

Le vin de l'assassin

Quel jour sommes-nous aujourd'hui ? Jeudi ? Vendredi ? Je ne sais plus très bien, et au fond je m'en moque. Pas plus que je ne sais combien de temps je pourrai retenir Alexandre dans cette maison. Mon Dieu, voilà que je parle comme si je le séquestrais alors que c'est lui qui a fait des pieds et des mains pour avoir l'honneur de pénétrer dans l'antre du grand écrivain. Peut-être aurait-il mieux valu que je le renvoie, cela m'aurait évité de cruelles déconvenues.

Il finira bien par partir pourtant, dès qu'il aura réuni assez de matière pour son travail de recherche. Le reverrai-je ? Rien n'est moins sûr. Lorsqu'il aura repris le cours de sa vie étudiante à Paris, je doute qu'il daigne même me passer un coup de fil. Au mieux aurai-je droit à quelques lignes de remerciements à la fin de son mémoire. Je le perdrai, tout comme j'ai perdu Fabien autrefois.

Nos séances de travail se sont réduites à peau de chagrin. Manque de courage et excès de fatigue de mon côté. Sans compter la boisson, évidemment. Je dors beaucoup et me lève tard. Je ne fais plus que boire et attendre. Attendre le moment où il m'annoncera qu'il repart pour la capitale. « Vous devriez voir un médecin, monsieur. Il pourrait vous aider à aller mieux. » Voilà le genre de sornettes qu'il me sort. Une vraie nounou... Mais non, je suis injuste avec lui : il s'inquiète vraiment pour moi. Sinon, pourquoi serait-il encore ici ?

J'ai offert les brouillons de mes romans à Alexandre. Évidemment, pas celui de *La Promesse du ciel* – mais ça n'est pas *mon* roman, l'aurais-je donc oublié ? J'ai pensé que cela lui ferait plaisir. Il m'a remercié avec de grandes effusions de joie, mais j'étais trop ivre pour me réjouir de le voir heureux. Alexandre a fini par comprendre qu'il ne servait à rien de me raisonner. Quand je n'ai pas assez d'énergie pour m'extraire de mon fauteuil ou de mon canapé, c'est lui qui s'occupe de me servir un verre. Il se montre plutôt généreux dans les rations, pour s'épargner toute remarque désagréable de ma part. Il m'arrive en effet désormais de le rudoyer, simplement pour me venger de son futur départ.

Pourtant, nous passons encore d'agréables moments ensemble. Je me surprends de plus en plus à me laisser aller aux confidences en sa présence. Je lui ai parlé de ma tentative de suicide à l'âge de 12 ans et de mon sauvetage inespéré, sans mentionner naturellement que j'avais voulu noyer mon sauveteur. Il m'a fait remarquer que j'avais retranscrit cet épisode dans *Solitudes*. « Vous en êtes sûr ? » lui ai-je demandé. Il a été formel. Il a même retrouvé le passage en question. Vient un moment où l'on n'est plus certain de rien, pas même de ses souvenirs.

*

Nous dînons tard ce soir, et de peu. Ni lui ni moi n'avons vraiment faim. Comme la température s'est rafraîchie, il entreprend d'allumer un feu dans la cheminée. Cet été, Ewan a préparé dans la remise une bonne réserve de bois. Alexandre doit batailler un moment mais la flambée qu'il fait jaillir est splendide. J'ai toujours aimé les feux de bois. Comme la mer, on pourrait passer des heures à les regarder.

Après le repas, nous ouvrons un rhum hors d'âge, une véritable petite merveille, l'un des crus les plus précieux de ma cave. Vieilli pendant vingt ans dans un fût de cognac, puis de bourbon.

— Quand vous aurez un moment, Alexandre, j'aimerais que vous descendiez choisir deux bouteilles... celles que vous voudrez. Vous pourrez les emporter, c'est un cadeau.

— Monsieur, vous savez que je n'y connais rien. Je ne saurai pas les apprécier à leur juste valeur.

— Peu importe, vous penserez à moi en les buvant.

Je somnole un peu, amolli par la douce chaleur qui émane de l'âtre. Alexandre lance un disque, le finale de *Don Giovanni*. Dès que mon verre est vide, il m'en sert un autre. Un merveilleux échanson.

— Qu'aimeriez-vous écrire plus tard, Alexandre ? Car vous m'avez bien dit que vous vouliez devenir écrivain...

— Je ne le sais pas encore.

— Vous devez bien avoir une idée ?

— C'est précisément ce qui me manque.

— Vous n'avez qu'à vous inspirer de ce qui vous entoure. C'est ce que j'ai fait, moi. Pourquoi aller chercher midi à quatorze heures ?

— Si c'était aussi simple...

— Votre séjour aux Embruns ferait un excellent sujet de roman.

— Vous croyez ?

— Bien sûr. La rencontre singulière entre un jeune étudiant brillant et un vieux misanthrope, meurtrier potentiel de surcroît ! Vous pourriez en tirer quelque chose d'intéressant.

— Je ne suis pas « brillant » et vous n'êtes pas...

Il s'interrompt brusquement.

— Quoi ? Vous hésitez sur « misanthrope » ou sur « meurtrier » ?

— Aucun des deux, monsieur. Il y a simplement que je n'aime pas quand vous parlez ainsi.

— Je ne dis rien d'autre que la vérité. Bien sûr, il faudrait trouver des retournements de situation pour rendre le tout palpitant. Si je devais écrire ce livre, c'est de votre personnage que je ferais venir tous les problèmes.

Il me regarde avec inquiétude.

— Pourquoi dites-vous cela ?

— C'est évident ! Des écrivains solitaires et reclus dans leur vieille maison, on en a vu des pelletées en littérature. Mais vous... vous êtes beaucoup plus intéressant. Le lecteur se demanderait tout de suite quel mauvais coup vous manigancez.

— Je n'ai pas beaucoup d'imagination.

— L'imagination ne tombe pas du ciel, il faut la chercher.

Je continue à boire. Parfois, je ferme les yeux et décroche un bref instant, mais la musique m'empêche de sombrer.

Don Giovanni, a cenar teco
M'invitasti, e sun venuto !

— Vous comprenez l'italien, Alexandre ?
— Non, pas vraiment.
— *Il dissoluto punito...*
— Pardon ?
— C'est le vrai titre de *Don Giovanni* : « le dévoyé puni ». J'ai passé mon enfance à Rome, vous savez. Mon père était une sorte de diplomate. Et ma mère a publié une remarquable traduction de *La Divine Comédie*. L'italien est comme ma langue maternelle.
— C'est ce que j'ai lu.
— J'ai été injuste avec mes parents. Ils ont tous les deux disparu et je me rends compte que j'aurais dû me montrer plus compréhensif à leur égard. Il ne faut jamais rendre ses parents responsables de ses problèmes. Promettez-moi que vous vous montrerez plus indulgent avec les vôtres.
— Je vous le promets.
— Demain, je vous parlerai de mon enfance, si vous le voulez. Ne dit-on pas que c'est durant cette période que tout se joue ? Cela pourrait peut-être vous atterrer...
— Vous voulez dire « m'intéresser » ?
— Ce n'est pas ce que j'ai dit ?
Je dois dormir. Oh, pas longtemps, juste quelques minutes. Je crois bien que même dans mes pires moments de solitude je n'ai jamais bu autant qu'aujourd'hui. Non

seulement Alexandre n'a rien fait pour me tempérer, mais il s'est révélé un redoutable complice.

C'est la voix tonitruante de la statue du Commandeur qui me réveille :

Pentiti, scellerato !

J'imagine déjà les flammes de l'enfer qui vont bientôt engloutir le scélérat. Alexandre est toujours là, assis en face de moi. Il me regarde fixement mais ne fait rien de particulier.

— Alexandre, croyez-vous qu'on finisse toujours par être puni de ses mauvaises actions ?
— Je l'ignore. J'imagine que tout dépend de la gravité de ces mauvaises actions.
— Je vous parle d'actions terribles…
— On dit en général qu'on peut échapper à la justice des hommes, mais pas à celle de Dieu.
— Croyez-vous en Dieu ?
— Je suis agnostique, monsieur. Et vous ?
— Je ne croyais pas en Dieu autrefois. Mais à présent j'ai des doutes. Il vaut mieux prendre ses précautions quand on sent la fin approcher.

Dammi la mano in pegno !

La dernière scène de cet opéra m'a toujours mis en transe. Mais ce soir elle me terrifie. Suivrais-je la statue si elle me tendait la main ? Oserais-je affronter mon châtiment ?

È l'ultimo momento !

Oui, le moment ultime finira par arriver. J'espère juste que ce sera le plus tard possible.

Quelque chose d'humide coule sur mes joues. Il me semble que je pleure, à présent. C'est fou le pouvoir que la musique peut avoir sur notre âme.

— Fabien ?
— Je m'appelle… Non, rien, je vous écoute.
— Je suis désolé.
— Désolé de quoi ?
— Comment pouvez-vous poser la question ? Désolé de vous avoir privé de votre succès.

— Vous ne l'avez peut-être pas fait avec de mauvaises intentions.

— Bien sûr que si ! J'étais jaloux de vous, je peux bien vous l'avouer maintenant. La première fois que j'ai lu votre roman… Ah, j'en ai pleuré, vous savez, comme je suis en train de pleurer en ce moment. Je crois que je n'avais jamais rien lu d'aussi beau.

— Ça me fait plaisir de vous l'entendre dire.
— Vous devriez me haïr plutôt ! Personne n'a le droit de voler le travail d'un autre !

— Ne vous mettez pas dans un tel état, monsieur. Je vous ressers un verre ? Ça vous détendra.

— Volontiers. « *In vino veritas* », comme dit le proverbe.

— « Dans le vin, la vérité », traduit-il.
— Hum… c'est bien. J'apprécie les jeunes gens cultivés.

Comme je ne suis plus capable de porter mon verre à mes lèvres, c'est lui qui s'en occupe, telle une mère qui donne la becquée à ses petits. Il est penché sur moi. Son visage n'est plus qu'une masse floue. Je ne distingue que ses lunettes et ses cheveux en bataille.

Chi l'anima mi lacera ?
Chi m'agita le viscere ?

La musique me vrille les tympans. J'en tremble de tout mon être. Poussé dans ses ultimes retranchements, Don Giovanni pousse un cri de désespoir avant d'être avalé par la bouche de l'enfer. Puis le silence retombe dans le salon.

— Je savais que vous finiriez par revenir.
— Vraiment ?
— Oui. Je sais bien que vous êtes mort, mais le Commandeur l'était bien, lui aussi. Comme je regrette ce que j'ai fait… Me pardonnerez-vous, Fabien ?
— Si vos regrets sont sincères, bien sûr que je vous pardonne.
— Je n'ai jamais été aussi sincère qu'en cet instant, vous pouvez me croire. J'ai tellement menti dans ma vie, tellement manipulé les autres pour obtenir ce que je voulais… Sans compter… sans compter cet horrible meurtre que j'ai commis. Vous savez, je n'y ai pas pris un si grand plaisir que ça, en fin de compte. Ça ne valait pas le prix d'une vie.

Un regain d'énergie me permet d'attraper mon verre et de le finir cul sec.

— Je sais comment me faire pardonner, Fabien. Ainsi, vous ne douterez plus de mes bonnes intentions.
— Comment ?
— Je vais vous rendre votre manuscrit – c'est bien la moindre des choses.

— Vous l'avez gardé ?

— Croyez-vous que j'aurais eu le courage de détruire la version originale de votre chef-d'œuvre ?

— Où est-il ?

— Dans ma chambre, au fond de mon coffre. Avec la lettre que vous m'avez laissée. Je les conserve comme des reliques. Et il y a aussi… mes aveux.

— Je ne savais pas que vous aviez écrit des aveux.

— Si, si… Je me suis appliqué, vous savez. J'ai d'ailleurs hâte que vous me donniez votre avis. Je crois que c'est mon meilleur texte, parce que je m'y livre avec toute la sincérité dont un homme est capable. Mais… mais je vais avoir besoin d'aide. Accepteriez-vous de me conduire jusqu'à ma chambre, Fabien ?

— Bien sûr.

— Vous ne devriez pas vous montrer si bon avec moi après tout le mal que je vous ai fait.

Il passe ses mains sous mes aisselles pour m'aider à me relever. Je suis dans un tel état qu'il doit s'y reprendre à plusieurs fois.

— 29 09 83…

— Qu'est-ce que vous dites ?

— 29 09 83 : c'est le code du coffre, au cas où je n'arriverais pas jusqu'à la chambre. C'est votre date de naissance, Fabien – l'auriez-vous oubliée ?

— Non, monsieur, j'avais mal entendu.

— Je n'y arriverai pas, je suis rond comme une barrique.

— Mais si ! Faites un petit effort.

J'ai soudain l'impression de peser des tonnes.

— Vous n'allez pas m'abandonner, Fabien ?…

— Pourquoi vous abandonnerais-je ?

— J'avais l'impression que vous vouliez quitter cette maison. Que vous en aviez assez de vivre avec un vieux pochtron comme moi.

— Allons, ne vous inquiétez pas. Je resterai ici tout le temps qu'il faudra.

Enfin rassuré, je laisse Fabien me guider jusqu'à l'escalier et me soutenir pour monter les marches. Je n'aurais jamais imaginé que tout finirait par s'arranger aussi facilement.

Je me sens serein. Peut-être même heureux.

6

L'appât

Paimpol, une semaine plus tôt

Le charmant hôtel dans lequel ils étaient descendus se situait sur le port. Leurs chambres, contiguës, offraient une vue de carte postale sur les bateaux de plaisance. L'endroit idéal pour passer des vacances ou un week-end en amoureux. Mais la vue, Marianne Belvaux n'en avait rien à faire et elle ne s'était pas farci quatre cents kilomètres depuis Rouen, sur sa semaine de congé, pour se la couler douce ou visiter la région.

Son lit, aux draps défaits, était entièrement recouvert de photos et de documents. Les fruits d'une traque acharnée, d'un travail de fourmi qui avait depuis longtemps dépassé le simple cadre professionnel pour virer à l'obsession. Les clichés, pris au téléobjectif, n'avaient qu'un seul sujet : Fabrice Arthaud. On le voyait sur la terrasse de sa maison en train de siroter une bouteille ou tituber sur la pointe de Guilben avec un coup dans le nez. D'autres photos, plus anciennes, avaient été prises à Paris, les rares fois où il sortait de son appartement.

Avec son ordinateur portable, son imprimante et son amoncellement de dossiers, la chambre avait toutes les allures d'un QG. Pour ne pas éveiller la curiosité des employés de l'hôtel, Marianne laissait en permanence l'accroche-porte « NE PAS DÉRANGER » à la poignée extérieure.

Alors qu'elle était en train de procéder à d'ultimes vérifications, on frappa. Le jeune homme qui apparut sur le seuil avait 21 ans. Brun, les yeux en amande, plutôt beau garçon. Marianne n'eut pas besoin de l'inviter à entrer pour qu'il s'engouffre dans la chambre.

— Alors, qu'est-ce que vous en pensez ? demanda-t-il en désignant sa nouvelle coupe de cheveux.

— Attends.

Elle s'empressa de récupérer sur le petit bureau une photo de Fabien Leurtillois – la dernière qu'on avait prise de lui avant son suicide – et la plaça juste à côté du visage de son visiteur.

— Pas mal.

Elle passa rapidement une main dans les cheveux du garçon pour les ébouriffer.

— Comme ça, c'est encore mieux : tu ne dois pas avoir l'air trop propret non plus.

Elle alla ensuite chercher dans son sac à main un étui, qui contenait une paire de lunettes toutes neuves.

— Tiens, essaye-les. Ce sont des verres neutres, sans correction : elles ne devraient pas te gêner plus que ça.

Il les chaussa puis s'observa dans le miroir de l'entrée.

— Elles me vont bien, mais je ne lui ressemble pas vraiment. Vous n'avez pas trouvé de modèle plus approchant ?

— Il ne faut pas non plus que tu sois la copie conforme de Fabien, ça pourrait paraître louche. Non, c'est très bien comme ça. Avec la descente qu'il a en ce moment, Arthaud aura forcément un choc en te voyant, de quoi te permettre d'entrer dans sa tour d'ivoire. Il faut que tu arrives à l'intriguer, à capter son attention. Je sais que je te l'ai déjà demandé cent fois, mais tu es vraiment sûr qu'il ne t'a jamais rencontré ?

— Sûr et certain. Je ne suis jamais allé aux Trois Ormes quand il s'y trouvait. Et ma mère m'a totalement protégé des journalistes depuis… enfin, vous comprenez. Il n'a pas pu me voir dans les médias.

Se plantant devant lui, la policière lui posa les mains sur les épaules.

— Tu te sens prêt, Antoine ?

Il hocha la tête sans ouvrir la bouche.

— Je veux te l'entendre dire, reprit-elle. Tu sais qu'il est encore temps de tout arrêter si tu as des doutes ?

— Je suis prêt, et je n'ai aucun doute. On n'a pas fait tout ça pour se dégonfler au dernier moment, pas vrai ?

— Tu me rassures.

— Vous croyez vraiment qu'il va mordre à l'hameçon ? Plus j'y pense, plus je trouve les ficelles de votre plan énormes.

— Crois-moi, plus c'est gros, plus ça passe. Et si ça ne marche pas, eh bien on trouvera un autre moyen.

Elle écarta quelques photos de son lit pour s'asseoir.

— Bon, on va répéter une dernière fois.

— Marianne ! On y a déjà passé toute la journée d'hier ! Je n'en peux plus, moi.

— Je sais. On répète quand même. Ça fait des mois qu'on prépare ce coup, mais le moindre faux pas et tout capotera. Là, tu te sens en confiance, mais dès que tu entreras en scène, tu te mettras à baliser.

Elle agita le menton dans sa direction.

— Vas-y, je t'écoute.

Le garçon ronchonna un peu avant de s'exécuter :

— Je m'appelle Alexandre Marchand, je suis né le 16 septembre 2002 à Saint-Maur-des-Fossés. Je suis étudiant à la Sorbonne, master Métiers du livre et de l'édition. J'ai sauté la classe de 4e, ce qui explique mon année d'avance. Ma mère, Hélène, est professeur des écoles : reconversion après dix ans comme infirmière. Mon père, Bruno, travaille aux impôts…

Marianne écouta son protégé réciter son rôle, sans l'interrompre. Elle n'en revenait toujours pas d'avoir eu le cran de se présenter chez lui six mois plus tôt pour lui faire cette folle proposition, avec tous les risques que cela comportait – s'il l'avait dénoncée, elle aurait écopé illico d'une procédure disciplinaire et compromis sa carrière. Mais elle était certaine qu'il se laisserait entraîner dans l'aventure. Quel meilleur carburant que le désir de vengeance ? Elle n'avait pas pu oublier ses larmes le jour où elle l'avait interrogé. Ni la promesse qu'elle lui avait faite.

Elle n'avait guère eu de mal à le convaincre. Oui, il était prêt à tenter le coup, même si les chances de réussite étaient minces. Puisque Arthaud aimait l'illusion et les artifices, il fallait lui offrir une magnifique représentation théâtrale. Le piéger en réveillant les fantômes du passé, le pousser à la faute en ravivant sa culpabilité.

— OK, fit-elle quand il fut venu à bout de l'exercice. Quelques points encore... Le nom de ton directeur de recherche ?

— Jérôme Tardieux, professeur de chaire supérieure. Spécialiste de Georges Perec.

— Où est-ce que tu crèches ?

— Dans un petit studio du 10e arrondissement.

— Comment tu te le payes ?

— Bourse au mérite, APL, petite aide de mes parents... Et je bosse l'été comme vendeur chez des libraires.

— Sur qui tu fantasmes à la fac ?

— Céline Chaillot, une fille que j'ai rencontrée en licence, mais elle me considère juste comme un bon pote.

— Comment as-tu trouvé l'adresse d'Arthaud ?

— Interview à *Paris Match*, photo dans la presse, mention des Embruns dans son roman *Solitudes*.

— Et... ?

— Ma mère est originaire de Saint-Malo, j'ai souvent eu l'occasion de venir dans le coin.

Marianne acquiesça d'un signe de tête.

— C'est bien. Mais ça ne suffira pas : il faudra forcément que tu improvises à un moment ou à un autre.

— Je suis doué pour ça.

— Reste modeste. Rappelle-toi qu'un bon menteur est avant tout quelqu'un qui a une bonne mémoire. Tu sors un mensonge, tu t'y tiens, même s'il n'est pas crédible.

Elle se leva et ouvrit le capot de son ordinateur posé sur le bureau.

— Juste pour que tu sois au courant… j'ai supprimé quelques photos de ta fausse page Facebook – je ne sais pas, elles faisaient toc. J'ai ajouté une publication avec une photo du port. Pour le reste, je n'ai touché à rien. J'ai revérifié, il n'y a aucun annuaire d'étudiants de la Sorbonne disponible sur le Net : impossible pour lui de s'assurer que tu es bien inscrit là-bas. Reste à espérer qu'il n'a pas balancé les lettres qu'on lui a envoyées : elles pourraient vraiment jouer en notre faveur.

Elle s'empara du mobile à carte prépayée posé près de l'ordinateur.

— Dernier point : ton portable. Il est rempli de contacts bidon et de toutes les photos qu'on n'a pas mises sur les réseaux. J'ai aussi installé une appli dessus : au moindre problème, tu appuies trois fois sur le bouton d'allumage et je reçois sur-le-champ un message d'urgence. J'aurai même tes coordonnées GPS au cas où…

— Ça m'étonnerait qu'on s'éloigne beaucoup de la maison.

— Mieux vaut être prudent.

— Compris.

Marianne poussa un profond soupir. À l'heure du grand saut dans le vide, elle éprouvait des scrupules à avoir entraîné Antoine dans son plan.

— Tu as conscience que ce qu'on s'apprête à faire est à la limite de la légalité ?

— Ne vous inquiétez pas : si ça tourne mal, je ne dirai pas un mot sur vous. Je sais les problèmes que vous pourriez avoir.

— Ce n'est pas pour moi que je m'inquiète. Tu vas te retrouver seul avec lui et ça ne me plaît pas. Je serai dans les parages, évidemment, mais je ne pourrai pas trop m'approcher de la baraque : ce serait trop risqué.

— Franchement, qu'est-ce qu'il pourrait m'arriver ?

— Tu ne connais pas Arthaud. Ce type est capable de tout.

Antoine fronça les sourcils.

— De quoi avez-vous peur, en réalité ?

— Qu'est-ce que tu veux dire ?

— Vous ne craignez pas vraiment qu'il s'en prenne à moi : ce type tient à peine debout. Non, ce que vous craignez, c'est que je cherche à tuer l'assassin de mon père, n'est-ce pas ?

— Promets-moi qu'il n'y aura aucune violence.

Il jeta un regard vers les photos étalées sur le lit.

— Je n'ai pas envie que ce poivrot meure, Marianne ; si c'était le cas, je me serais occupé de lui depuis longtemps. Ce serait une fin trop douce pour un salaud pareil. Je veux qu'il finisse ses jours en prison et que toutes ses impostures soient révélées au monde entier.

— D'accord, je te crois.

Marianne jeta un coup d'œil à sa montre.

— Tu vas pouvoir y aller. À cette heure-ci, il doit déjà être bien cuité.

— Ce mec me dégoûte.

— Non, ne fais pas ça.

— Quoi, ça ?

— Ne te laisse pas aveugler par tes sentiments. À partir de maintenant, tu joues un rôle. Tu n'es plus Antoine de Montalabert mais Alexandre Marchand, un étudiant qui considère Fabrice Arthaud comme son maître. Si tu n'es pas capable de t'en tenir à ce qu'on a prévu, on arrête tout.

— Désolé, je n'aurais pas dû dire ça… Bon, vous avez les clés de la 205 ?

— Je te les ai données ce matin. Et surtout, n'oublie pas ta sacoche. S'il accepte de te parler, tu dois immédiatement lui montrer toutes ces notes qu'on s'est emmerdés à écrire.

— Et dire que j'ai dû me farcir toute son œuvre !

Ils sourirent à l'unisson.

— Tu sais, Antoine, je n'ai évidemment jamais rencontré ton père. Mais je peux te dire que tous ceux que j'ai interrogés ne m'en ont dit que du bien : son assistant, ta mère, ses amis, les participants du jeu… Tu ne peux pas imaginer les horreurs que les gens racontent sur les autres une fois qu'ils ne sont plus là. Mais avec ton père, rien. Yves de Montalabert était vraiment quelqu'un de bien.

Sans réfléchir, Antoine lui prit la main et la serra dans la sienne.

— Merci, Marianne.

— Je sais qu'il aurait été fier de toi pour ce que tu t'apprêtes à faire. Rends-lui justice. Fais d'Arthaud ta marionnette. Joue-toi de lui jusqu'à le faire tomber de son piédestal.

7

La chute de M. Arthaud

Quand j'ouvre les paupières, je constate à mon réveil qu'il est presque midi. Le dessus-de-lit recouvre mon corps, mais j'ai dormi tout habillé. Seules mes chaussures manquent à l'appel.

Mon crâne est pris dans un étau. Je ne me souviens de rien, ou du moins pas de grand-chose. J'ai beaucoup bu hier soir. En me concentrant, les souvenirs émergent lentement : l'opéra de Mozart, la bouteille de rhum, ma discussion avec Alexandre au coin du feu… Et soudain, je sens une terrible angoisse sourdre au fond de moi : qu'ai-je raconté sous l'empire de l'alcool ?

Je me lève avec difficulté, perclus de courbatures. Il ne me faut que quelques secondes pour remarquer que le tableau qui dissimulait mon coffre-fort n'est plus à sa place, mais posé par terre contre le mur. Le coffre, lui, est béant. Et surtout complètement vide. Je me précipite dessus. Je ne rêve pas, tout a disparu. Envolés, le cahier et la lettre de Fabien. Envolés, mes aveux et mon ébauche de testament.

Je me rue hors de la pièce, toujours en chaussettes, et crie le nom d'Alexandre. Je file directement jusqu'à sa chambre, dont la porte est restée ouverte. Le lit est fait, tout est bien rangé, ses affaires personnelles se sont volatilisées. Il n'y a plus rien. C'est comme s'il n'avait jamais mis les pieds dans cette chambre.

Il s'agit peut-être d'un malentendu. Il doit y avoir une explication. Je traverse toute la maison en hurlant son nom :

— Alexandre ! Alexandre !

Il n'y a pas âme qui vive dans le salon, où je débarque à bout de souffle. Je remarque la bouteille vide sur la table basse, puis mon verre renversé sur le tapis. Celui d'Alexandre est à peine entamé.

Je bondis vers la fenêtre et ouvre le rideau en grand. La Peugeot qui était garée au bout de l'allée a elle aussi disparu. Je comprends alors qu'il n'y a aucun malentendu. Alexandre est parti et il ne reviendra pas.

De rage, je ramasse mon verre au sol et le projette à travers la pièce. Il explose en mille éclats contre le pare-feu de la cheminée. Je m'effondre sur le canapé et me prends la tête entre les mains. « Qu'ai-je fait, mon Dieu ? Qu'ai-je fait ? »

Je demeure ainsi prostré durant de longues minutes avant d'errer comme une âme en peine. Sur la table qui me sert de bureau, je remarque que mon Adler portative a été légèrement déplacée. Intrigué, je m'en approche.

La feuille que j'avais placée dans la machine dépasse presque entièrement. Elle n'est plus vierge du tout et, malgré ma mémoire défaillante, je sais que ce n'est pas moi qui ai tapé ce texte.

Je l'arrache d'un geste sec. Je repère immédiatement les initiales au bas de la lettre : « A. M. » Je m'étonne qu'Alexandre n'ait pas signé de son nom complet et je me demande qui elles désignent réellement.

Pourtant, avant même de commencer à la lire, je comprends que le jeu est cette fois terminé et que je viens de perdre définitivement la partie.

> *Cher monsieur Arthaud,*
>
> *Vous dormiez si profondément que je n'ai pas voulu vous réveiller. Je vous remercie pour la semaine que nous avons passée ensemble : elle fut fort instructive. Tout comme je vous remercie d'avoir bien voulu partager avec moi vos petits secrets.*
>
> *Je suis certain que le public – et accessoirement la police – sera ravi de découvrir la version alternative du* Mystère de la Maison aux Trois Ormes, *que j'ai passé la nuit à lire, ainsi que le manuscrit original de* La Promesse du ciel, *dont le plus piètre des graphologues établira sans mal qu'il n'est pas de votre main. Les choses vont si vite avec Internet : peut-être n'aurez-vous pas encore dessoûlé que vos aveux seront accessibles en ligne, prêts à satisfaire l'insatiable curiosité des lecteurs. Décidément, monsieur Arthaud, le crime ne paye pas.*
>
> *Les gloires se font et se défont. Toute grandeur contient en elle sa propre chute et toute chute possède sa propre grandeur. J'espère que vous saurez apprécier la vôtre à sa juste valeur. Vous vous demandiez hier soir si l'on pouvait pardonner même les plus abominables des crimes. J'ai la réponse à votre question.*

Oui, on peut les pardonner, mais ce qu'on ne peut pas faire, c'est les oublier.

Bien à vous,

A. M.

PS : Comme vous me l'aviez si gentiment proposé, j'ai choisi deux bouteilles de vin, un pomerol et un sauternes d'exception, les plus onéreuses de votre cave si j'en crois les sites que j'ai pu consulter. Je suis certain que vous auriez approuvé mon choix. Je penserai à vous en les dégustant.

Épilogue

Huit mois plus tard

Marianne Belvaux récupéra rapidement la monnaie que lui tendait le chauffeur et descendit du taxi. La nuit était tombée. Devant le siège des Éditions de Crécy, quelques invités discutaient et fumaient, verre de vin à la main.

La commandante présenta son invitation à l'entrée et pénétra dans l'immeuble du boulevard du Montparnasse. Les locaux étaient noirs de monde. Sous la verrière régnait un grand brouhaha. Chacun s'était mis sur son trente et un. Avec son simple jean et sa veste en cuir, elle regretta de ne pas avoir fait plus d'efforts. À sa décharge, elle n'avait pas vraiment l'habitude de ce genre de « soirées de lancement », comme on les appelait dans le milieu.

Marianne se fraya un chemin parmi l'assistance et repéra Julien devant le buffet, occupé à se gaver de petits-fours. Ce n'est que lorsqu'elle se fut complètement extirpée de la foule qu'elle aperçut Antoine de Montalabert à ses côtés.

— Comment ça va, les garçons ?

— Ah ! J'ai cru que tu n'arriverais jamais !

Pamart se pencha pour lui déposer un rapide baiser sur les lèvres – une manifestation d'intimité à laquelle elle avait encore du mal à s'habituer en public. Le soir du nouvel an, ils avaient franchi le pas. Enfin libérée de son obsession pour l'affaire des Trois Ormes, et pour Arthaud en particulier, Marianne avait décidé de lâcher prise et de se donner une chance avec son coéquipier. Ils étaient à présent « ensemble » – c'est l'expression vague qu'elle utilisait pour parler de leur relation –, mais chacun avait gardé son appartement et ils ne s'imposaient aucune contrainte, bien décidés à ne pas précipiter les choses. Plus que des *sex-friends*, pas tout à fait un couple… Au fond, ça lui allait parfaitement comme ça.

Pamart lui tendit une coupe de champagne et en profita pour attraper deux canapés au saumon.

— Vas-y mollo sur le buffet ! lui dit-elle. N'oublie pas que tu es au régime.

— Je n'ai pas mangé à midi. J'ai une de ces dalles !

Antoine de Montalabert s'amusa de leur échange. Il paraissait apaisé. Il n'avait plus ce voile de tristesse dans le regard qui avait frappé Marianne dès leur première rencontre.

— Comment tu te sens ? lui demanda-t-elle. Après tout, c'est grâce à toi que tout ce beau monde est réuni ce soir.

— Vous rigolez ! Rien n'aurait été possible sans vous. C'était un travail d'équipe.

— Tu parles ! ronchonna Pamart. Un travail d'équipe dont vous avez pris soin de me tenir à l'écart…

— Tu ne nous aurais jamais laissés faire, rétorqua Marianne.

— Ça c'est sûr... Vous êtes de beaux dingues, tous les deux.

À l'autre bout du buffet, la commandante aperçut Eugène Guillaumin, le bras droit du comte, qui levait son verre dans sa direction. Elle leva son verre à son tour en lui souriant. Lui aussi semblait serein, à mille lieues du jeune homme angoissé qu'elle avait interrogé sur le perron des Trois Ormes.

Au bas de l'escalier qui conduisait à la mezzanine, on avait installé un grand portrait de Fabien Leurtillois. Sur une table recouverte d'une nappe blanche étaient exposés une centaine d'exemplaires fraîchement imprimés du roman dont on s'apprêtait à faire le lancement.

Vêtue d'une élégante robe beige, Auriane de Crécy monta deux marches et fit retentir une cuillère contre son verre pour attirer l'attention. Les têtes se tournèrent vers elle, le volume des conversations baissa lentement.

— Chers amis, je vous remercie d'avoir été si nombreux à répondre à mon invitation. Il y a vingt ans, j'ai reçu par la poste un manuscrit intitulé *La Promesse du ciel*. Tous ceux qui dans cette maison l'ont lu ont immédiatement compris que nous tenions un très grand livre, qui allait marquer l'histoire littéraire française. À l'époque, nous n'avons pas pu en obtenir les droits face à la concurrence. Mais ce qui a longtemps été mon plus grand regret professionnel s'est transformé récemment en immense soulagement : si vous êtes ici ce soir, vous savez que l'homme qui nous avait envoyé ce texte – et dont je préfère ne pas prononcer le nom – n'était qu'un usurpateur, un être sans foi ni loi, prêt à tout pour obtenir la célébrité.

L'éditrice tourna son regard vers la photo géante, puis elle s'empara d'un exemplaire en haut d'une pile. Un profond silence régnait désormais dans l'assemblée.

— Ce roman était en réalité l'œuvre d'un jeune étudiant en littérature du nom de Fabien Leurtillois, poursuivit-elle avec émotion. Il nous a malheureusement quittés à l'âge de 19 ans, dans de terribles circonstances. Ce soir, une injustice va être réparée. J'ai l'honneur de vous présenter cette nouvelle édition de *La Promesse du ciel*, qui sera disponible dès demain en librairie. Le texte a été établi à partir du manuscrit original et l'ouvrage contient d'intéressants fac-similés du cahier de Fabien. Cette édition n'aurait naturellement jamais vu le jour sans le soutien et l'accord de ses parents, qui nous font l'amitié d'être parmi nous et qui ont décidé de reverser tous leurs futurs droits d'auteur à des associations caritatives.

Auriane désigna de la main un couple de sexagénaires au premier rang. Aucun des deux n'avait pu retenir ses larmes, mais ils se tenaient dignes devant la photo de leur fils disparu, fiers de la renommée posthume qu'il obtenait enfin. Les invités les applaudirent longuement.

— Je me dois également de remercier une autre personne, sans laquelle le manuscrit n'aurait jamais été retrouvé. Je veux parler d'Antoine de Montalabert, qui se cache en ce moment même près du buffet, et qui a eu la lourde tâche d'écrire la préface de ce roman : il y rend hommage à Fabien et expose les conditions rocambolesques dans lesquelles il a pu récupérer son cahier. Antoine, merci !

L'assistance applaudit à nouveau. Le jeune homme rougit et baissa la tête.

— Qu'est-ce que je te disais ?... lui murmura Marianne à l'oreille.

Une fois le discours terminé, la commandante alla échanger quelques mots avec les parents de Leurtillois, qu'elle n'avait pas osé contacter durant son enquête. Elle était heureuse de les rencontrer, de boucler enfin la boucle.

Un peu plus tard, dans la foule, elle aperçut Paul Granger en grande conversation avec des journalistes.

— Tu as vu ? Le député est là... dit-elle à Julien.

— Ouais. Il fait la tournée des popotes. Il doit être sacrément soulagé de ne plus être soupçonné, et il le montre.

Marianne n'avait plus jamais revu les autres participants du jeu. Catherine Lafargue avait été mise en examen pour escroquerie. Le cours de son entreprise s'était effondré en Bourse, la justice avait gelé ses comptes en banque, mais on la voyait souvent sur les plateaux de télé : l'esprit toujours aussi combatif, elle assurait qu'elle lutterait corps et âme pour prouver son innocence. Quant à Adrien Moreau, il venait d'entamer le tournage de la quatrième saison de *La Roue du destin*, qui cartonnait toujours sur Netflix.

*

Ils passèrent tous une agréable soirée. Après s'être servi un dernier verre, Marianne alla retrouver Antoine. Il était assis sur une marche de l'escalier, en train de feuilleter le roman de Fabien, l'air un peu mélancolique.

— Je vais vous en dédicacer un. Je n'ai écrit que la préface, mais c'est mieux que rien…

— J'en serais très honorée, Antoine, dit-elle en prenant place à ses côtés.

Son exemplaire viendrait remplacer dans sa maigre bibliothèque celui que lui avait signé Arthaud. Dans cette horrible affaire, elle avait au moins gagné un ami.

— Je n'ai pas envie de parler de trucs déprimants ce soir mais… vous avez des nouvelles concernant la date du procès ?

— Non, toujours rien. Tu sais, la justice n'est pas réputée pour sa rapidité.

— De toute façon, je crois que je n'en attends rien. Tant qu'Arthaud reste en détention provisoire, ça me va. Il a tout avoué et tout perdu. Son châtiment, il l'a déjà eu.

— Je t'ai vu parler avec Eugène tout à l'heure.

— Oui. Il se pourrait bien que je l'aide à relancer *Ænigma*.

— C'est vrai ?

— Je crois que c'est le meilleur moyen d'honorer la mémoire de mon père. Je n'ai pas envie que son projet reste entaché par son meurtre. Il avait mis tout son cœur dans ce jeu… Du coup, ma mère et moi avons renoncé à mettre en vente les Trois Ormes. C'était stupide de notre part, nous n'avions pas le droit de faire une chose pareille.

Tandis que l'assistance commençait à se clairsemer, Julien les rejoignit.

— Antoine, je suis en voiture. Je te raccompagne, si tu veux.

— Volontiers.

Il se tourna vers Marianne.

— On dort chez moi ou chez toi ce soir ?

— Chez moi, répondit-elle sans hésitation. Mes éternuements, mes rougeurs... je crois que je suis allergique à ton chat.

— Méphisto ! Où est-ce que tu es allée chercher ça ?

— Il dort dans ton lit, Julien ! Il y a des poils partout.

— Alors il va falloir que je laisse plus d'affaires chez toi, parce qu'il est hors de question que je me sépare de lui... Bon, on y va ?

C'est avec un pincement au cœur que Marianne jeta un dernier regard vers la photo de Fabien Leurtillois. Elle aurait aimé le connaître, tout comme le père d'Antoine, tout comme tant d'autres victimes dont elle avait décortiqué la vie sans jamais les avoir rencontrées. Le problème, c'est que son boulot était peuplé de plus de morts que de vivants.

Dans l'entrée, ils croisèrent Auriane de Crécy, qui finissait de s'entretenir avec un journaliste littéraire.

— Ah, mademoiselle Belvaux ! Vous partez déjà ? Nous avons à peine eu le temps d'échanger deux mots.

— On se lève tôt demain, et je crois qu'on a trop bu. C'était une très belle soirée, en tout cas.

L'éditrice fronça les sourcils.

— Mais j'y pense ! Avec toutes les affaires sur lesquelles vous avez enquêté, vous devez en avoir, des choses à raconter. Nous recherchons de plus en plus de témoignages de ce genre. J'imagine déjà quelque chose d'accrocheur, de relevé, avec une bonne dose de suspense...

Marianne secoua la tête.

— Je ne crois pas être faite pour l'écriture.

— Ça n'est pas un problème. On pourrait engager un *ghostwriter*, une plume pour vous aider !

Cette simple hypothèse lui donna un frisson.

— Je préfère laisser ça à d'autres. Mais je veux bien vous mettre en contact avec des collègues qui pourraient être intéressés...

Lorsqu'ils se retrouvèrent dans la rue, Marianne se sentit plus légère, plus libre aussi. Certains font le choix de tout sacrifier à leur métier, à leur art, à leur ambition, à leur réussite. D'autres veulent simplement être heureux, ne pas monter bien haut peut-être mais faire leur modeste travail du mieux possible, en étant bien dans leur peau. Nul ne détient la vérité, tout n'est qu'une question de choix et de désir. Marianne savait désormais qu'elle appartenait à la seconde catégorie. Elle avait compris où se trouvait sa place et, plus que jamais, elle voulait prendre le parti de la vie.

Elle s'accrocha d'une main au bras de Julien, de l'autre à celui d'Antoine, et ils avancèrent tous les trois en riant, d'un pas un peu titubant, dans la douceur de la nuit.

Composition et mise en pages
Nord Compo à Villeneuve-d'Ascq

Imprimé en France par MAURY IMPRIMEUR
en avril 2025
N° d'impression : 284078

POCKET – 92, avenue de France, 75013 Paris

S35431/01